Mi único plan

Mi único plan

ANDREA SMITH

Plataforma Editorial

neo

Primera edición en esta colección: septiembre de 2018

Plataforma Editorial
c/ Muntaner, 269, entlo. 1ª – 08021 Barcelona
Tel.: (+34) 93 494 79 99 – Fax: (+34) 93 419 23 14
www.plataformaeditorial.com
info@plataformaeditorial.com

Depósito legal: B 21135-2018
ISBN: 978-84-17376-66-6
IBIC: YF

Printed in Spain – Impreso en España

Diseño y realización de cubierta:
Lola Rodríguez

Fotocomposición:
Grafime

El papel que se ha utilizado para imprimir este libro proviene
de explotaciones forestales controladas, donde se respetan
los valores ecológicos y sociales y el desarrollo sostenible del bosque.

Impresión:
Liberdúplex
Sant Llorenç d'Hortons (Barcelona)

El papel utilizado para la impresión de este libro
ha sido fabricado a partir de madera procedente
de bosques y plantaciones gestionados con los
más altos estándares ambientales.
Papel certificado Forest Stewardship Council ®

FSC
www.fsc.org
MIXTO
Papel procedente de
fuentes responsables
FSC® C109440

Para Ángel:

Algún día, tú y yo, en Nueva York.

Introducción

Lo siento, vida, pero te odio.

¿Nunca os habéis planteado que la vida apesta? Supongo que sí, todo el mundo lo ha pensado alguna vez, y quien no lo haya hecho es un maldito hipócrita. Y no hablo de adolescentes resentidos con el mundo, porque una parte de mí quiere pensar que ya he dejado esa parte atrás. Me refiero a vosotros en general, como humanos, en un momento en el que vivir solo os hace sufrir.

Pero todavía me queda un rayito de esperanza. Ese «quizá mañana sea mejor». El problema es que el rayito cada vez es más pequeño.

¿Suena muy patético si digo que todo se derrumbó a mi alrededor cuando Henry, mi exnovio, me dejó para irse a trabajar a Italia? Ni siquiera sé si algún día me acostumbraré a referirme a él con las dos letras que forman el prefijo «ex».

Supongo que sí, que suena patético porque cualquiera diría que perdí el juicio por un chico. Pero también suena a mentira. Simplemente todo terminó de derrumbarse cuando Henry se marchó y no quedó nada que me hiciera feliz.

La realidad es que no le veo futuro a mi vida. Estoy estancada con una carrera universitaria en mi currículum, con notas medianamente buenas (sorprendente hasta para mí), cursos de verano extras para ganar puntos, trabajos de media jornada que demuestran lo aplicada que soy… Y aquí sigo, con trabajos a media jornada que no parecen darme suficiente para vivir.

Mi futuro es incierto. Pero no solo eso, es inexistente. Nunca podré salir del bache. Nunca llegaré a nada. Seré una desempleada que tendrá que volver a casa de sus padres tras la universidad porque no vale ni para mantener un novio.

Noté el teléfono móvil vibrar en el bolsillo de mis vaqueros. Bajé la taza de café a la mesa para poder responder. Maldito café. Nunca me había gustado demasiado hasta que inicié la fatídica universidad, esa que me dio falsas esperanzas de un futuro mejor. Los exámenes y la falta de horas de sueño me convirtieron en una adicta.

—¿Sí? —pregunté, porque, tonta de mí, no había mirado quién llamaba antes de contestar.

—¡Agárrate, Kenzie, porque tengo una propuesta para ti!

Reconocí la voz de Melanie, mi antigua amiga del instituto. A ella le iba mucho mejor que a mí. Tenía un trabajo es-

table en Nueva York, y su jefe, Jack, era su novio de hacía años.

—Ah, ¿sí?

Removí el café con la mirada perdida en las ondas dibujadas en el sentido de las agujas del reloj y una expresión aburrida en el rostro. Dicen que mal de muchos consuelo de tontos, así que me aferro a la idea de que soy medianamente inteligente y por eso no me consuela que tantos jóvenes estén en mi misma situación.

—¿Qué te parecería trabajar para la empresa de Jack?

Capítulo uno

—Nunca me acostumbraré a viajar en metro.

Dejé la chaqueta en el pequeño perchero de pie que Melanie y Jack tenían en su apartamento de dos habitaciones, a tan solo dos manzanas de Central Park. Olía a bizcocho de chocolate casero, el postre favorito de Jack. Solo llevaba una semana viviendo con ellos y él ya lo había preparado tres veces.

—Lo harás, no te queda otra si aceptas el puesto —sentenció Mel, y también dejó su chaqueta en el perchero—. Solo tienes que memorizar las paradas hasta casa, porque nunca lograrás entender lo que dicen por los altavoces.

Crucé el espacio abierto del salón hacia la cocina para servirme un vaso de agua. En efecto, un bizcocho de chocolate reposaba sobre la encimera y una cantidad ingente de platos sin fregar descansaban a su lado.

—Sabes que voy a aceptarlo, es mucho mejor que todos los que he tenido antes. A menos que vuelva a tocarme llevar el café. Me dijiste que eso no iba a suceder, ¿verdad?

Mel llegó a mi lado y toqueteó la punta del bizcocho para robar una pepita de chocolate medio derretida y saborearla.

—Hay cafetería y máquina de café dentro del edificio, nadie te pedirá que seas la chica de los cafés. Relájate.

—Entonces solo me queda buscar piso —suspiré.

Aunque Jack y Mel no me habían presionado para que me fuera de allí, era obvio que su hospitalidad estaba reservada a un número finito de días. Aquel era su nidito de amor y yo, una completa invasora que abusaba del agua caliente.

Era un piso pequeño, mucho más que los de estudiantes en los que estaba acostumbrada a vivir, pero la zona residencial lo merecía, o al menos eso decía Mel. Además, su salario no le permitía algo más espacioso y se negaba a que Jack, su novio rico, pagase más de alquiler que ella.

Lujos que la gente sin preocupaciones de dinero puede permitirse. Yo estuve un mes viviendo de arroz y pasta, a veces incluso sin tomate, para poder llegar a fin de mes. Todo porque nos dejamos la calefacción encendida durante las vacaciones de Navidad en el piso de estudiantes y la factura fue escandalosamente elevada.

Por aquella época ya estaba saliendo con Henry y se ofreció a comprarme comida. Rechacé la oferta, porque me gustaba sentir que podía valerme por mí misma, y entonces me ofreció vivir con él unos días. La idea me espantó tanto que nunca más volvimos a sacar el tema de compartir piso.

Tomé un plato y un gran trozo de bizcocho para calmar la pena. Pensar en Henry me revolvía el estómago de esa forma retorcida y odiosa en la que también amenaza con hacerte llorar.

Nos sentamos en el sofá a aprovechar la *smart TV* del salón y ver Netflix, cada una con una porción de bizcocho de chocolate. Estábamos comentando lo que menos nos había gustado del último capítulo de *The Walking Dead* cuando Jack abrió la puerta de entrada.

—¿A que no adivináis quién ha conseguido encontrar vino blanco del que os gusta para la cena de esta noche?

Otro de mis grandes vicios tras dejar la universidad: el vino blanco. Mel bromeaba con que era igual que Claire Dunphy de *Modern Family*: neurótica, mandona y adicta al vino blanco. Y además lo compartía con Jack.

La sonrisa que iluminaba su rostro desapareció con lentitud al darse cuenta de lo que estábamos haciendo, dejando tras de sí una fina hilera de arrugas que me recordaban lo cerca que estaba de los treinta años.

—¿Estáis viendo *The Walking Dead* sin mí? —gimió, y la bolsa que llevaba en la mano chocó contra el suelo, junto con un leve tintineo del cristal de las botellas al chocar entre sí—. ¿Otra vez?

Me mordí el labio, culpable. Efectivamente, estábamos haciéndolo.

—Perdón —se disculpó Mel mientras se ponía de pie e iba hacia él—. Es que hacía mucho del último capítulo y no podíamos esperarte...

Jack dejó que le rodeara el cuello en un abrazo de lo más empalagoso. Miré hacia otro lado cuando fueron a besarse. Los últimos labios que había besado eran los de Henry.

¿Jack no había traído vino?

—Solo ha pasado una semana —oí que se quejaba—. Esto es motivo de ruptura.

Mientras ambos continuaban discutiendo acerca de si estaba mal o no ver un capítulo nuevo de la serie sin la pareja, me levanté del sofá y tomé la bolsa del suelo. Aunque las botellas estuviesen templadas, necesitaba una copa de vino. Ya que no podía tener amor en mi vida, al menos tendría un poco de alcohol.

—¿Qué hay esta noche para cenar? —preguntó Mel. Se acercó a mí mientras intentaba incrustar el sacacorchos en la botella.

Arqueé las cejas hacia ella.

—¿Me lo preguntas por alguna razón en concreto o es mi increíble don para quemar comida lo que tanto te atrae?

Como agradecimiento por dejar que me quedase unos días en su piso y encontrarme trabajo, había intentado preparar una cena para los tres al poco de mi llegada. Jack me prohibió usar el horno después de que me pasara echando levadura a la tarta y lo ensuciara todo. Mi madre había impuesto la misma prohibición en casa cuando vivía con ella.

Aquel día terminamos pidiendo comida rápida.

Jack se metió entre las dos para sacar una sartén de lo alto del armario.

—Abridme paso, chicas: prepararé un salmón para chuparse los dedos.

A diferencia de Mel y de mí, a él sí le gustaba cocinar. Y se le daba bien. Igual que a su hermano.

Hundí con fuerza la punta afilada del sacacorchos en el tapón del vino. Hacía mucho tiempo, casi cuatro años para ser exactos, había estado saliendo con el hermano de Jack, James Smith. El idiota y payaso de mi vecino. Me hacía rabiar como nadie, pero también reír, y a su lado cada día pasaba más rápido. Sin embargo, la ruptura fue tan mala, o para mí al menos tan dolorosa, que no me había atrevido a sacar el tema delante de ellos. Ni siquiera me había aventurado a comportarme como la chica madura de casi veintiún años que se espera que sea y no pregunté qué tal estaba o qué era de su vida.

En mi defensa, ellos dos tampoco lo habían sacado a colación.

Aunque con lo guapo y carismático que era James (además de un completo idiota), era probable que tuviese nueva novia o ligue. Seguramente se había ido a un país extranjero, como Italia, a viajar y conocer mundo. Yo debería irme a un país extranjero.

—Oye, Kenzie, respecto al trabajo, quería comentarte...

Pero lo que sea que quisiese comentarme Mel quedó ahogado por el sonido de cristales al romperse y sustituido por un gran grito de pánico. Jack comenzó a maldecir mientras el líquido templado empapaba mi ropa y pies.

—¡No os mováis! —dijo, dejando de lado la cena—. Voy a por algo para recoger los cristales.

Mi ineptitud para abrir botellas de vino y el recuerdo de uno de mis exnovios habían terminado con una botella de vino blanco rota en el suelo. Apenas había notado cómo se resbalaba de la encimera por la fuerza que estaba ejerciendo con el abrebotellas.

¿Sabéis qué? No merece la pena echarle la culpa al vino o a mi exnovio. Era una torpe, y me parece que eso no lo solucionaría en la vida.

Capítulo dos

Dejarme llevar por la desesperación nunca fue una de mis mejores facultades, pero si la desesperación me hacía avanzar, aunque fuese profesionalmente, no podía ser tan malo, ¿verdad?

—Y esta es la quinta planta, donde trabajarás a partir de ahora —dijo Melanie cuando las puertas del impoluto y silencioso ascensor se abrieron.

Después de conseguirme trabajo en la empresa de su novio en Nueva York, Melanie se había ofrecido a darme un paseo por las instalaciones y enseñarme mi nuevo lugar de trabajo. Ella también trabajaba en la empresa de Jack, pero con la diferencia de que, mientras que yo era la novata en el departamento de *marketing* y ventas, ella ya se sentaba tranquilamente en su despacho de recursos humanos. Ser la novia del jefe tenía sus ventajas.

La seguí en silencio al interior del departamento. Era todo un amplio espacio de paredes blancas y techos no muy altos, con escritorios dispuestos unos al lado de otros. Entre ellos había diminutos separadores de ambientes que regalaban cierta privacidad. Un pequeño pasillo en el medio daba paso a los despachos cerrados, situados al final, junto a las ventanas. Mel señaló hacia ellos al ver que los miraba.

—Allí está la sala de reuniones de tu equipo, y el de la derecha, el que tiene las cortinas echadas, es el de tu jefe de departamento.

Las paredes de los despachos consistían en amplias ventanas que dejaban al descubierto lo que había tras ellos. Sabía que a Jack le gustaba que sus trabajadores se llevasen bien entre ellos y que hubiese confianza. Cada cierto tiempo organizaba una especie de campamento de fin de semana para crear y fortalecer lazos. No sabía si era buena idea o simplemente estaba un poco chiflado.

—¿Es majo? —pregunté distraídamente.

Mel se llevó la mano a la barbilla y frunció el ceño.

—Bueno... La verdad es que hay algo que deberías saber sobre...

—¡Cuidado!

Un grito acelerado nos interrumpió mientras un trabajador nos adelantaba apresuradamente. En una mano llevaba una bandeja con dos cafés y en otra, un montón de folios. Un escalofrío me recorrió. ¡Me habían dicho que no hacía falta servir cafés!

—¡Ten más cuidado, Archie! —gritó mi amiga, y luego sacudió la cabeza y reanudamos la marcha.

Seguí a Mel hasta casi el final del pasillo, donde giró a la derecha, prácticamente frente al despacho del jefe. Se paró al lado de un escritorio vacío, a excepción del viejo ordenador de sobremesa.

—Y este es tu rincón.

Al menos tenía una mesa para mí, aunque, a juzgar por el ordenador, quizá tendría que hacer todo el papeleo a mano.

—No te preocupes por Frankie —dijo Mel al captar mi mirada, y dio unas palmadas al monitor gris—. Si se traba solo tienes que darle un par de golpes y vuelve a la vida. Es viejo, pero el cacharro funciona de fábula.

Suspiré, y temí que Frankie y yo no íbamos a llevarnos demasiado bien. Después dejé de mirar el escritorio y me atreví a observar a los demás. En la sala había otros quince trabajadores, con ordenadores tan viejos como el mío. La empresa de Jack se expandía y él había decidido convertir Nueva York en su sede central, por lo que había apostado a lo grande. Al menos podría haber comprado material de oficina nuevo y no traer el que había en sus otras oficinas.

Saludé con una pequeña sonrisa a un chico que se sentaba un poco más allá cuando nuestras miradas coincidieron y él cabeceó como saludo. Esperaba que ninguno de mis compañeros me odiase por haber conseguido el trabajo gracias al enchufe de mis amistades.

—Venga, Kenz. —Mel intentó consolarme, porque, aunque ya había aceptado aquel trabajo, que en el fondo necesitaba bastante, sabía que no estaba del todo convencida de poder hacerlo bien—. Te prometo que no está tan mal, yo me divertí mucho trabajando aquí.

En realidad, el puesto que estaba cubriendo era en el que Melanie había trabajado todos los veranos desde que terminó el instituto hasta que se graduó en la universidad. Si tenía cualquier problema o duda, siempre podía hablar con ella.

—¿Si lo hago mal, Jack se va a enfadar mucho? —pregunté, dudosa.

Era una especialista en meter la pata. No me extrañaría nada que terminase incendiando a Frankie o derramando café sobre la ropa de mi nuevo jefe.

—No te preocupes, todo lo que tienes que hacer es organizar, y se te da genial —me aseguró. Luego me dio un fuerte abrazo lleno de ánimos—. Además, Mara va a estar aquí para ayudarte con lo que sea.

Melanie miró más allá de ella a una chica joven que tecleaba con fuerza en su ordenador. A diferencia de los demás, estaba usando un portátil. Como no se dio por aludida, Mel volvió a decir su nombre, esta vez más alto. Finalmente, la chica lo oyó y, mientras dejaba de teclear, movió sus ojos poco a poco hacia nosotras. Eran de un azul profundo.

—Mara, esta es Kenzie, la chica que te dije que se incorporaba hoy —anunció Mel, sonando más formal que de costumbre—. ¿La cuidarás por mí?

Mara asintió y arrastró su silla lejos para levantarse y poder estrecharme la mano. Esperaba que no notase lo sudadas que las tenía.

—Por supuesto, es un placer.

Tan rápido como tomó mi mano la apartó, y supe que sí se había dado cuenta. No tuve tiempo de avergonzarme más, porque Melanie volvió a darme otro abrazo fuerte y, antes de marcharse, susurró en mi oído:

—Vendré a buscarte para comer juntas, pero si tienes cualquier problema, no dudes en llamarme.

Esperé hasta que mi amiga desapareció por el hueco del ascensor y a que el chico guapo compartiera otra sonrisa conmigo para sentarme. Dejé mi bolso sobre el escritorio y encendí el ordenador.

—Se llama Elliot —susurró Mara. Al volverme hacia ella la descubrí inclinándose sobre el pequeño cuadrado de madera que separaba nuestros escritorios—. Es muy simpático, pero yo prefiero a nuestro jefe.

Alcé las cejas con sorpresa.

—Yo prefiero no pensar en hombres.

El ordenador continuaba emitiendo un ronroneo bastante inquietante y la pantalla había pasado de negro a gris.

—¿Una mala ruptura? —preguntó Mara, y asentí—. No te preocupes por Frankie, es lento, pero al final arranca. Pasa lo mismo con todos los ordenadores, por eso me traigo el mío de casa.

Genial. La de minutos que perdería esperando. Minutos que podría emplear, por ejemplo, en buscar un lugar para vivir.

Oí la silla de Mara arrastrarse, y al volverme hacia ella me encontré su cabeza todavía más cerca de mi lugar de trabajo.

—Te explico, aquí guardamos todos los documentos en la nube. Tienes acceso directo desde una carpeta que hay en tu escritorio. ¿Qué te parece si imprimes las notas para la reunión de luego? No debería ser muy complicado.

Al menos diez minutos después de mi llegada, el ordenador finalmente se encendió. Me costó mucho más tiempo conseguir que el archivo se abriera. Mara me explicó que las notas se guardaban en función de la fecha en la que serían utilizadas. Después de eso solo había que mandarlas a la impresora e ir a buscarlas. Ella se las llevaría al jefe, que había pasado la mañana en el departamento de financiación preparando la reunión.

Mara tenía razón. El trabajo fue muy fácil y eso me animó bastante. Pude continuar feliz el resto del día, curioseando dentro de las subcarpetas del ordenador y familiarizándome con la empresa. Poco antes del descanso para comer fui un momento al baño y, al regresar, todo mi repentino buen humor desapareció. Mara me esperaba apoyada contra mi escritorio y con cara de pocos amigos.

—¿Qué ocurre? —pregunté con cierto matiz de miedo.

—Era una tarea sencilla, Kenzie. ¿Cómo has podido meter la pata en tan poco tiempo?

No sabía de qué hablaba hasta que me lo explicó. Las notas que había impreso no correspondían a la reunión de hoy, sino a la de mañana. Me había confundido, quizá distraído después del tiempo de espera hasta que el ordenador se encendió.

—Estaba superenfadado conmigo, no veas la regañina que me he tragado por ti —se quejó, y cruzó los brazos sobre el pecho—. Claro, al final he tenido que decirle que fue culpa de la nueva. Lo entiendes, ¿no? —Asentí, aunque sentía que estaba palideciendo—. Te está esperando en su despacho, ahora quiere hablar contigo.

Miré hacia atrás. Las cortinas seguían bajadas, aislándolo de los demás. Primer día de trabajo y ya me iban a echar la bronca. Di que sí, Kenzie. Tú no pierdas tu esencia.

Al menos no le había tirado café a nadie…

—Claro, ahora voy…

Comencé a dirigir mis pasos a la puerta con resignación. No me pasó desapercibida la sonrisa de suficiencia de Mara. Tomé aire y golpeé la madera. No recibí respuesta y me volví hacia mi compañera, quien con las manos me indicó que no esperara y entrara. Deseaba terminar cuanto antes con todo aquello, así que tomé el pomo entre las manos, lo giré y entré en la habitación.

Mi corazón se detuvo. No fue durante mucho tiempo, y quizá ni lo hizo, pero así lo sentí. Un pequeño brinco y después pude oír los latidos frenéticos, tomando carrerilla mientras cerraba la puerta tras de mí, sin dejar en ningún momento de mirar la cara de mi jefe. Era él. James Smith. Mi exnovio.

Estaba sentado ante su escritorio, revolviendo unos papeles. Ni siquiera se había dado cuenta de que había entrado. Se me helaron los huesos y tuve unas ganas espantosas de salir corriendo de aquel despacho.

Al escuchar el sonido de la puerta al cerrarse alzó el rostro y sus ojos se encontraron con los míos. Por su expresión supe que la sorpresa también le había golpeado con la misma fuerza que a mí.

—Tú... —dijo después de unos segundos de *shock* inicial en los que ni siquiera me había alejado de la puerta—. ¿Qué haces aquí?

Lo mismo podía preguntar yo, pero en realidad tenía sentido. Era el hermano pequeño de Jack, el jefe. Debería haber supuesto que tendría un buen puesto esperándolo. Seguro que Melanie también lo sabía, pero ninguno de los dos me había dicho nada... Y eso era lo que menos me sorprendía de la situación.

Tomé aire y me forcé a dar unos pasos hacia el frente. James se había puesto de pie, con las manos apoyadas sobre la mesa. Su sorpresa era demasiado obvia para fingirla. Nos habían tendido una trampa a ambos.

—Yo... —tartamudeé, y me mordí el labio antes de continuar con más firmeza—: Mara me dijo que querías verme. Soy la que imprimió las notas mal.

Decir que me sentía incómoda era quedarse corta. No solo metía la pata de forma catastrófica el primer día de trabajo, casi arruinando una reunión, sino que el jefe que me llamaba para echarme la bronca... ¡era mi exnovio! «Tierra, trágame» era una de las muchas frases que se me pasaban por la cabeza en aquel momento.

Me detuve cuando llegué frente al escritorio. Sin apartar sus ojos verdes de los míos ni un solo segundo, quitó las manos de la mesa y se irguió. Me di cuenta de que había crecido unos cuantos centímetros desde la última vez que nos vimos. Bordeó la mesa llena de papeles y se acercó a mí. Había una distancia de dos metros entre nosotros, y parecía que ninguno de los dos se atrevía a sortearla.

—¿Trabajas aquí?

Era obvio. Sin embargo, asentí. Delató su nerviosismo al rascarse la mandíbula, cubierta por una capa diminuta de barba rojiza, igual que su pelo.

—Bueno, es toda una sorpresa —confesó, y la expresión de asombro comenzó a desaparecer—. No tenía ni idea.

—He empezado hoy —informé—. Melanie me ayudó a conseguirlo.

No sabía qué más decir. Las ganas de salir corriendo de la habitación, que sentía cada vez más pequeña y asfixiante, crecían por momentos.

James dio un pequeño paso hacia mí e, inconscientemente, yo también me acerqué a él. Me sentía extraña. Estaba con una de las personas con las que más confianza había tenido, alguien a quien había querido mucho, y actuábamos como extraños que se reencuentran.

—¿Cómo estás? —preguntó.

—Bien... Creo. ¿Y tú?

La situación era muy extraña.

—Bien también —asintió, y tras unos segundos callado continuó—: ¿Estarás mucho tiempo por aquí?

No sabía si su pregunta camuflaba el hecho de que en realidad no me quería por allí, pero James nunca fue del tipo rencoroso.

—Pues si no me despides por haber confundido las notas, espero que bastante tiempo.

El recordatorio de las notas nos llevó de nuevo al presente y a la razón de por qué yo estaba en su oficina, lista para recibir una reprimenda en mi primer día de trabajo.

—Eso... No pasa nada, es tu primer día. Pero que no vuelva a ocurrir.

Sus palabras sonaron un poco forzadas. Tuve la impresión de que no iba a echarme la bronca y me pregunté si quizá nuestra relación pasada había tenido algo que ver. No iba a quedarme allí para comprobarlo. Necesitaba salir, airearme y ver a Melanie para echarle la bronca y pedir explicaciones.

—No pasará, lo prometo.

Empecé a retroceder, dispuesta a alejarme de él, cuando James dio un paso más en mi dirección. Parpadeé esperando que dijera algo, pero no lo hizo. Solo siguió mirándome. Recordé la ruptura y lo mal que lo había pasado después, pero ya no éramos unos críos. Ahora tocaba actuar con más madurez.

Tomé aire profundamente y estiré el brazo hacia él, con la mano abierta. No podía renunciar al trabajo, y si íbamos a vernos todos los días, mejor comenzar con buen pie, olvidando el pasado.

—Me ha gustado verte de nuevo —mentí, porque mis sentimientos eran tan confusos que no sabía con exactitud si me había gustado o no.

James tomó mi mano con la suya. Era cálida. Apretó con fuerza y eso me obligó a dar un paso adelante. Al final quedé frente a él, tan cerca como no habíamos estado en casi cuatro años.

—A mí también, Mackenzie.

Capítulo tres

—Venga ya, Kenzie. Admite que si te lo hubiese dicho, no habrías aceptado el trabajo.

Removí el café con la cucharilla de plástico mientras Melanie me daba pequeñas pataditas impacientes por debajo de la mesa. Acababa de descubrir de una forma bastante embarazosa que mi exnovio, al que hacía cuatro años que no veía, era mi nuevo jefe. Y que mi amiga, quien lo sabía de sobra porque era ella quien me había encontrado el trabajo, no me había dicho nada.

—¡Claro que no! O sí, no lo sé. Pero al menos hubiese estado preparada para cuando lo viese. ¡No sabes lo mal que lo he pasado ahí dentro! Ni siquiera sabía qué decirle.

Me lamenté y dejé de lado el café, porque odiaba cómo sabía el de máquina. Con lo moderna que era la empresa de Jack, y no se había dignado a conseguir una máquina de café en condiciones. Eso sí, disponía de una salita para que todo el personal pudiera almorzar sin tener que salir del edificio si quería. Allí estábamos Mel y yo, rascando los últimos minutos que quedaban antes de tener que regresar a nuestros puestos de trabajo.

—Debiste haberlo supuesto, Kenz —dijo a modo de disculpa—. El dueño de la empresa es su hermano. De todas formas, ¿cómo pudiste meter la pata en el primer día de trabajo?

A pesar de cómo lo dijo, se estaba riendo. Una parte de mí me decía que Melanie ya se había imaginado que la fastidiaría de alguna manera, aunque fuese enviándole al jefe las notas erróneas para la reunión.

—Eso no importa, Jack y tú nos mentisteis a los dos. ¡James tampoco sabía qué decirme!

Escondí la cara entre los brazos sobre la pequeña mesa. Aún no había superado que Henry me hubiese dejado, así que no estaba preparada para preocuparme por otro de mis exnovios. Aunque básicamente la lista se reducía a dos: Henry y James.

Recordar a Henry tampoco me ayudaba a superar aquel momento.

—Estoy segura, ojalá lo hubiera presenciado —se burló.

Le lancé una mirada fulminante a través de las pestañas. Eso era una gran amiga, sí, señor. Después se puso a hablar sobre su día: una de sus compañeras había traído pasteles porque era su cumpleaños, pero eran de canela y Melanie tenía alergia. Me estaba contando lo mal que lo había pasado porque le rugía el estómago y de repente su voz se fue apagando hasta desaparecer. Cuando la miré, sus ojos apuntaban en otra dirección.

—Hum... Hola, chicas, ¿qué tal?

Reconocí el tono de voz de James antes de girarme, e incluso así no pude evitar que mi corazón diese otro vuelco.

Tenía que empezar a controlarlo antes de que se volviese un incordio constante. Especialmente si a partir de ahora iba a ver a James todos los días.

—Hola, guapo —saludó Mel, y le guiñó un ojo—. ¿Cómo tú por aquí?

James se rascó la coronilla mientras se encogía de hombros.

—Quería hablar con Kenzie —confesó después de unos segundos de incómodo silencio—. A solas, si puede ser.

Lejos de sentirse ofendida, Mel no dudó en abandonarme a mi suerte, a pesar de que le imploré con los ojos que no lo hiciera.

—Claro, quería pasarme a ver a Jack antes de volver al trabajo —afirmó con resolución, y se levantó de la mesa—. Luego puedes acompañar a Kenzie hasta su oficina para que no se pierda, ¿verdad?

Solo le faltó añadir: «Porque trabajáis en el mismo departamento». Se despidió de mí con una caricia en la coronilla y se alejó, dejándonos solos. En realidad, había un pequeño grupo de trabajadores terminando su almuerzo, pero no nos prestaban atención, ni nosotros a ellos.

James tomó el asiento que Mel había dejado libre, frente a mí. Me obligué a mirarlo a los ojos.

—¿Qué querías? —pregunté, y aunque mi intención había sido la de ser amable, la pregunta sonó un poco borde.

Carraspeé para sacar la tensión de la garganta. El día estaba siendo un completo desastre.

—Ha pasado mucho tiempo desde la última vez que nos vimos, y ahora vamos a trabajar juntos —comenzó, señalando lo obvio—. Quisiera que nuestro pasado no afectase al trabajo.

Sus palabras sonaron muy profesionales. ¡Qué envidia! Asentí, porque, si no iba a despedirme, me gustaría no llegar todos los días a trabajar con el estómago revuelto por los nervios y la incomodidad.

—Estoy de acuerdo, no tiene por qué afectar.

Noté que James jugueteaba con los dedos sobre la mesa. Era una señal de que estaba nervioso, como yo. Sin embargo, no dejaba que su voz lo traicionara. Había pasado tanto tiempo a su lado que, a pesar de no habernos visto durante años, todavía lo conocía lo suficiente para saber cuándo se ponía nervioso.

—Me gustaría limar asperezas —añadió al cabo de un rato—. Quizás así pudiésemos tener un buen «nuevo comienzo».

Fruncí el ceño. También lo conocía lo suficiente para saber que había algo más detrás de esa afirmación.

—¿Qué estás proponiendo, James?

Al pronunciarlo, su nombre me escoció en la lengua, y sus ojos brillaron traviesos, lo que provocó otro vuelco brusco en mi corazón. Lo achaqué a los nervios. Después de años sin vernos, era imposible que continuara sintiendo algo por James. No puedes mantener el amor cuando una persona está fuera de tu vida, pero James siempre me había parecido atractivo, y verlo había despertado sentimientos dormidos que podían llegar a confundirme.

Por eso no podía estar más en desacuerdo con lo siguiente que dijo.

—¿Te apetece salir a cenar algún día conmigo?

Abrí la boca para contestar y la cerré inmediatamente. Tenía que estar bromeando. No podía estar pidiéndome una cita.

—No es lo que piensas —explicó rápidamente al ver mi cara, y soltó sus manos enredadas para alzarlas frente a mí en posición de defensa—. Sería como... una reunión de negocios. No hay nada mejor que una buena cena y un poco de vino para limar asperezas.

Acababa de dejarlo con Henry y él era mi exnovio. Ir a cenar juntos, aunque solo fuese por trabajo, no parecía la mejor idea.

—Vamos a coincidir mucho a partir de ahora, solo quiero hacer las cosas más fáciles.

Me mordí el labio inferior, porque sus palabras tenían sentido. El grupo de trabajadores que estaba en la sala comenzó a hacer ruido con sus sillas al levantarse para regresar a sus puestos. Los observé y miré la hora en mi teléfono.

James se levantó el primero. Observé su rostro derrotado.

—Está bien, entiendo que no quieras. Era solo una idea absurda...

Si había algo que recordaba sobre James Smith era que él nunca se daba por vencido. Si eso había cambiado, ¿qué más cosas serían diferentes en él? Siempre conseguía hacerme reír, y si continuaba manteniendo esa capacidad, no me vendría mal pasar un rato divertido.

Además, tenía razón. Necesitábamos limar asperezas, y era mejor hacerlo en un ambiente más relajado que el de la empresa. Aquel despacho era asfixiante.

—¿Qué te parece este viernes? —pregunté antes de que pudiera arrepentirme, y me puse de pie.

Tardó unos segundos en comprender a qué me refería, y cuando lo hizo una pequeña sonrisa traviesa se instaló en sus labios. Mi estúpido corazón dio otro vuelco, sacudido por los recuerdos que dicha sonrisa traía consigo.

—Suena genial.

Capítulo cuatro

—No pienses que un trozo de bizcocho de chocolate va a arreglar la situación.

Especialmente porque estaba comenzando a hartarme de comerlo tan a menudo. Era lo mismo que me había ocurrido en la universidad con las *pizzas*. Aunque quizás ese caso se debía a que eran *pizzas* congeladas de mala calidad y te aburrían tan rápido como las grasas malas se adherían a tus órganos y te enfermaban.

—¿Y con café? —añadió Jack, acercándome una taza humeante.

Arrugué la nariz, pero acepté la bebida a regañadientes.

—No creas que esto va a solucionar la traición —murmuré—. Y dame ese trozo de bizcocho también. He dicho que no lo arreglaría, no que no lo quisiera.

Jack suspiró y se dejó caer en el suelo frente a mí. Estaba en el sofá de la sala viendo el capítulo que no pudimos acabar de *The Walking Dead* como venganza y él había interrumpido mi sesión de odio con comida. Aunque, si era sincera, no podía estar muy enfadada con Jack. Al fin y al cabo, me había dado un trabajo bastante decente, y no iba a renunciar a él aunque James fuera mi jefe. Algunos compañeros demasiado entusiastas lo comparaban con trabajar para Google. Vale, teníamos seguro médico, vacaciones pagadas por la empresa e incluso una sala de *fitness* (que dudaba llegar a utilizar algún día), pero yo aún no había visto la sala de masajes gratis o la piscina.

—Mierda, si tú estás así de enfadada, no quiero saber lo que me va a hacer mi hermano cuando me vea.

—Sí, estaba bastante sorprendido por verme allí —le recriminé.

Al menos había sacado una cosa positiva al reencontrarme con mi exnovio: por fin llevaba más de ocho horas seguidas sin pensar en Henry y lamentarme por su partida. No soy buena manejando más de dos situaciones tristes al mismo tiempo.

Una melodía tensa y siniestra comenzó a resonar desde los altavoces estéreo. Alguien estaba a punto de toparse con un zombi putrefacto o con un humano trastornado que decide ser más monstruoso que los propios monstruos. Y eso los hace peores, porque se supone que es la conciencia lo que los diferencia, pero parecen carecer de ella.

Jack se sirvió un trozo de bizcocho y se sentó a mi lado en el sofá.

—¿Y bien? ¿Cómo ha ido el primer día?

Podía contestar con un simple bien o quizá comentarle lo perdida que estaba o lo horrible que era trabajar con un ordenador que tardaba media hora en arrancar. En su lugar me decidí por chincharle un poco más.

—Pues creo que mi nuevo jefe me encuentra atractiva, ¿sabes?

A medida que las palabras salían de mi boca rogué porque no le dijera nada a James. Estaba inventándomelo para fastidiarlo y sería muy embarazoso si llegaba a sus oídos.

Jack se volvió rápidamente hacia mí.

—¿James te ha hecho algo?

A juzgar por el tono de preocupación en su voz, quizás aquella no fuese la mejor respuesta que podría haberle dado. Por si no estaba del todo segura, Jack añadió:

—Sé que es mi hermano y que fuisteis pareja, pero me tomo muy en serio las agresiones sexuales en el trabajo.

Oh, Dios mío. Jack tenía razón. No debería hacer bromas con un tema tan serio y que en muchas ocasiones no recibe la atención que merece.

—No, James no ha hecho nada —negué, y dejé la taza humeante frente a la mesita baja que custodiaba el sofá—. Perdona, ha sido una broma pesada para hacerte sentir mal.

Supuse que no era un buen momento para comentar que James y yo iríamos a cenar el viernes. Para limar asperezas. Puramente amistoso y profesional. Una quedada. Ni siquiera era una cita.

Tenía que cancelarlo.

Un trozo de bizcocho desapareció frente a mis ojos cuando Jack decidió picotear de la porción que me había ofrecido. Con todo el chocolate que comía, no entendía cómo se mantenía en forma.

—No te dijimos nada porque sabíamos que entonces rechazarías el trabajo.

—Sí, Mel me ha dicho lo mismo esta mañana —asentí. En el televisor, un zombi apareció de la nada—. ¿Y no había algún puesto libre en otro departamento?

Al instante quise borrar mis palabras. Jack ya había hecho bastante ofreciéndome un puesto para el que debía de haber gente mucho más cualificada y, además, me acogía en su casa de buena gana hasta que encontrara un sitio donde vivir. Sin embargo, él no se lo tomó a mal, o al menos no mostró ninguna reacción.

—La verdad es que estábamos pensando en montar una guardería para los hijos de los empleados, pero Mel comentó que allí no encajarías demasiado bien —contestó, reflexivo.

Arrugué la nariz sin proponérmelo. Mi amiga tenía razón. Los niños y yo nos llevábamos peor que mal. En alguna ocasión había llegado a pensar que para los pequeños yo era la encarnación de *It*.

—Tiene razón —afirmé—. Cuando fui de visita a casa de Eric y Alia, hice llorar a su bebé solo con aparecer en la habitación. Es como si los niños tuviesen un radar anti-Kenzies.

—No será para tanto, mujer —bromeó Jack.

Un grito proveniente del televisor nos sobresaltó. Ahora ya no había un zombi, sino varios, y habían conseguido morder a alguien.

—¡No! —se lamentó Jack, y parte de su café le cayó en el pantalón, aunque apenas se inmutó—. A mí me gusta ese personaje, y ahora morirá o le amputarán la pierna...

capítulo cinco

Segundo día de trabajo y, por supuesto, continuaba sintiéndome como una extraña. Elliot, el chico guapo de ojos agradables que se sentaba unas mesas más al frente, había intercambiado un par de sonrisas conmigo, pero ahí acababa todo. Por el momento seguía frustrada porque no tenía ni idea de cómo me enfrentaría a mi nuevo jefe teniendo en cuenta nuestro pasado, pues sospechaba que no sabría hacer el trabajo (ni este ni ninguno) y porque el maldito ordenador no se encendía y esa mañana tenía muchas cosas que hacer.

Para colmo, Mara llegó tarde, revolviéndolo todo y tirándome parte de su café hirviendo en el dorso de la mano. ¿Quién posa un envase de cartón con la fuerza del martillo de Thor y espera que no salpique?

—Ayer metiste la pata, no pasa nada —dijo al ver mi cara, en lugar de disculparse—. En mi primer día aquí me confundí de planta y me presenté a todo el departamento de finanzas como la nueva becaria. Lo peor es que nadie me dijo nada y se comieron todos los dónuts que llevé.

Abrí los ojos con horror. ¿Había que llevar comida el primer día? ¿Por qué Mel no me avisó?

Mara interpretó mi repentino horror como compasión y suspiró mientras se dejaba caer en su silla. Comenzó a desabotonarse la americana que llevaba con un elegante movimiento que se contradecía con su rápida respiración. Debajo llevaba un vestido con escote pronunciado que dejaba lo justo y necesario a la imaginación.

Una vez tuve una camiseta con un corte parecido, pero justo después de comprarla me salió un grano enorme en medio del escote, se enquistó y tardó siglos en curar. Meses, si me atenía al tiempo real. Al final no estrené la camiseta. De hecho, creo que se la presté a una de mis compañeras de piso y nunca me la devolvió.

—¿Te gusta? Es de Forever 21 —dijo al percatarse de mi mirada. Sacudí la cabeza, alejando con velocidad mis ojos de su pecho—. El vestido, quiero decir. Las tetas son naturales, heredadas por parte de la familia de mi madre.

Sentí cómo me ardían las mejillas mientras ella se llevaba las manos al pecho y apretaba. Bajé la vista a mi propio pecho. Para empezar, me había puesto una blusa con cuello barco, sin escote, y en lugar de sujetador usaba un *bralette*. Los *bralettes* fueron mi mejor descubrimiento del año. Eran muy cómodos y quedaban bonitos como lencería, pero daban la impresión de disminuir la talla del pecho. En mi cómoda (en estos momentos maleta) había más *bralettes* que sujetadores.

Mara siguió la dirección de mis ojos e hizo un mohín.

—Si quieres, un día podemos ir de compras.

No estaba muy segura de aceptar su invitación, ni siquiera de que fuese una invitación seria. Bajé de nuevo la mirada a mi pecho. Nunca me había sentido intimidada o influenciada negativamente por su tamaño. ¿Por qué iba a hacerlo ahora?

—Buenos días, chicas —canturreó una voz sobre nuestras cabezas.

Dejé de mirar mis pechos a la misma velocidad vertiginosa con la que dirigí mis ojos hacia arriba y me encontré con unos alegres ojos de color verde intenso. Siempre me había fascinado que James pareciera contento en la mayoría de las situaciones, especialmente después de conocerlo mejor y darme cuenta de la persona que había detrás de la imagen de chico bromista y despreocupado que daba al mundo. En el fondo, James Smith era una persona madura y emocional, pero a veces son estas personas las que más esconden sus verdaderos sentimientos a los demás, y lo hacen bajo una careta de falsa felicidad.

—Hola, jefe, ¿cómo estás?

Los ojos de James se apartaron de mí para mirar a Mara y segundos después bajaron hacia su escote. Bien, borremos eso de persona madura. Ni siquiera sé por qué lo pensé.

—Listo para la reunión de hoy —contestó, y por fin apartó la mirada.

Tampoco podía culparlo. Incluso yo había desviado los ojos hacia ella. Mierda, ojalá hubiese usado sujetador esa mañana. Y otra blusa.

Entonces sus ojos volvieron a posarse en los míos.

—Mackenzie —dijo, y mi nombre completo sonó tan extraño viniendo de sus labios que no pude evitar mostrarme sorprendida. James carraspeó antes de continuar—. Cuando tengas un momento, me gustaría hablar contigo, si puede ser.

Asentí, porque ¿qué otra cosa podía hacer? Cuando se fue, Mara se inclinó sobre mi asiento.

—¿Te riñó mucho ayer por haber impreso mal los papeles?

Negué con fuerza. Frankie por fin se había encendido, así que traté de centrarme en el trabajo. Con suerte, hoy lo haría bien.

Mierda. ¿De qué querría hablarme James? Sospechaba que no sería sobre el trabajo.

—Es un buen jefe —afirmó Mara, y de pronto cambió de tema—. Oye, ayer te vi mirando pisos de alquiler. ¿Tienes donde vivir?

Menuda compañera cotilla me había tocado. Pero parte de mí sabía que mis sentimientos negativos hacia su persona se debían a que le gustaba James, lo cual no tenía sentido, ya que James y yo no éramos nada. Por supuesto, no iba a contárselo. En su lugar, me esforzaría muchísimo para que congeniáramos. Al fin y al cabo, si la cosa salía bien, pasaría mucho tiempo con ella. Más que con James.

—Por ahora vivo en casa de una amiga, Mel, aunque es solo temporal.

Temporal, porque ya me había hartado de oírlos «hacerlo» cada noche. En serio, ¿las parejas normales lo hacen todas y cada una de las noches? Pues entonces está claro que Henry y yo no éramos una pareja normal.

Mierda, ni siquiera James y yo. Y mira que él lo hacía bastante mejor.

—Es que resulta que mi compañera de piso y yo estamos buscando a alguien para que ocupe la habitación que queda libre. Antes compartíamos piso con un chico, Jaden, muy majo, pero se mudó con su novia. Te lo digo por si te interesa.

¿Vivir con Mara? Cuando dije que quería intentar llevarme bien con ella no me refería a lavar nuestra ropa interior en la misma lavadora. Eso era demasiado nivel de confianza.

Asentí y volví la mirada a mi ordenador, lo que se entendía como un «me lo pensaré», pero bastante más amable. No descartaría su oferta tan rápido.

Capítulo seis

—Bienvenida a mi dulce hogar.

Mara cerró la puerta del apartamento en cuanto entré. Observé durante un momento el pequeño vestíbulo del piso. Olía a incienso. El suelo era de madera y había un zapatero a un lado. Un detalle bonito, porque siempre me había preguntado para qué necesitaba utilizar unas zapatillas específicas en casa si tenía que caminar con el mismo calzado con el que pisaba la calle hasta mi habitación para poder cambiarme.

—¿Puedes dejar los zapatos allí? —preguntó Mara, quitándose los suyos y señalando el zapatero que estaba mirando—. Seo se pone muy pesada con eso…

—¿Seo? —repetí.

Hice lo que dijo y del vestíbulo pasamos al salón-comedor-cocina. Tenía una decoración sencilla, en tonos claros y marrones. Solo había un sofá de tres plazas delante del televisor, pero parecía cómodo. Sobre la mesita de centro había una barrita de incienso quemándose.

—Sí, es mi otra compañera. Debe de estar en su cuarto. Estaría bien que la conocieras.

Seguí a Mara a través de la habitación, observando mientras ella me hablaba del piso y del dinero del alquiler.

—Esta es la cocina. Como puedes ver, es de gas, espero que eso no sea un problema. Yo no la había usado antes, pero la comida se calienta más rápido. Además, le da un rollo hípster bastante guay, pero es un coñazo de limpiar. Oh, ¡y tenemos terraza!

Había una puerta a un lado de la cocina. Como había dicho Mara, daba a una pequeña terraza. Desde ella podía ver el final de Grove Street y parte de los apartamentos de los otros edificios. En uno de ellos había una pareja preparando la cena.

—No se permite fumar dentro de casa, pero si alguien lo necesita, puede salir aquí —informó, y después de hacerlo se abrazó a sí misma con fuerza—. Mierda, pero qué frío hace fuera.

Salió de la terraza dando pequeños saltos. Me quedé unos segundos más allí. Me gustaba el sonido de la calle, la circulación, el ajetreo de las personas... En casa nunca había tenido aquello, el lugar donde vivíamos no era demasiado grande. Por eso siempre había querido vivir en una ciudad, aunque nunca me imaginé a mí misma consiguiendo vivir en «la gran ciudad».

—Kenzie, ven, que te enseño tu habitación —gritó Mara desde el interior.

Atravesamos de nuevo el espacio abierto hasta la puerta que quedaba al otro lado de la entrada. Era una habitación sencilla, con una cama doble, armario empotrado y un escritorio. La ventana estaba abierta y los ruidos de la ciudad se filtraban por ella. Me asomé y comprobé que eran las mismas vistas que desde la terraza, pero más hacia la carretera. Eso me gustó.

Podía fantasear conmigo misma trabajando, leyendo novelas de amor frente a esa ventana mientras me imaginaba las vidas de las personas que llenaban los hogares de las otras ventanas. Incluso despertar una mañana con el sonido de la ciudad al amanecer.

—¿Qué te parece? —preguntó Mara.

Me volví hacia ella. Estaba apoyada contra el marco de la puerta, con los pies descalzos, y miraba distraída sus uñas pintadas.

—Es bonita.

No quería decirle la verdad, que me había encantado. Todavía no estaba segura de querer vivir con ella. En lo que llevábamos de semana no había pasado un solo día sin que hiciera algún comentario sobre el culo, los ojos o el pene de James. En serio, ¿cómo puedes hablar del paquete de un tío cuando no lo has visto?

Sin embargo, debía admitir que esa era la única razón por la que no terminaba de encajar con Mara. Por lo demás, era muy simpática conmigo. Notaba que se esforzaba para que nos llevásemos bien, aunque yo era la nueva en la empresa y ella tenía más amigos. También me había defendido ante otra compañera cuando terminé el papel de la fotocopiadora y se me olvidó reponerlo (aunque fue culpa mía y pedí disculpas repetidas veces), y no se enfadó el día que me estalló un bolígrafo en la mano, sabe Dios cómo, y ensucié su camiseta de GAP.

Mara se apartó de la puerta e hizo un gesto con el brazo, animándome a seguirla, mientras decía:

—Ven, voy a presentarte a Seo.

Y volvimos a cruzar el salón-comedor-cocina. El piso de Jack y Melanie también tenía ese diseño, pero estaba estructurado de tal forma que las áreas parecían relativamente separadas. De este modo era un poco más agobiante. Al menos podía decir que el piso había sido remodelado en los últimos diez años, a pesar de la cocina de gas.

Llegamos ante otra puerta y Mara procedió a golpearla como si quisiera derribarla. Consiguió sobresaltarme, aunque no romper las bisagras. Desde el interior alguien gritó «ya voy», y segundos después el pomo giró.

Un gato saltó directo a mis pies.

—¡Ah! —chillé.

El gato maulló y me olisqueó los calcetines. Me quedé completamente quieta, esperaba que no notara un olor desagradable. No me gustaban mucho los gatos, aunque me alegraba de que no fuera un perro. Principalmente porque les tengo pánico, pero no quiero meterme en discusiones de qué animal es mejor. El minino continuó a lo suyo.

—Joder, Seo, ¿no te dije que teníamos visita? —le reprochó Mara.

La observé. Había cruzado los brazos y negaba con la cabeza. A su lado, una chica bajita, mucho más que yo, y menuda, bastante más que yo, bostezaba somnolienta envuelta en un camisón que le llegaba hasta las rodillas.

—Perdona, esta mañana he ido a una sesión y he madrugado mucho —respondió con arrepentimiento. Tenía una voz muy dulce—. Necesitaba dormir un poco.

La nariz del gato chocó contra mis dedos, haciéndome cosquillas. Salté hacia un lado conteniendo la risa. El gato también saltó, pero al lado contrario a donde yo estaba. Era blanco, a excepción de la cabeza atigrada y las patitas marrones. Sus ojos verdosos me miraban alertas y tenía las orejas en punta.

Pensé en Henry. Él nunca se acercaría a un gato. Les tenía mucha alergia, tanto que cada cierto tiempo lo acompañaba al hospital para que le pusieran una vacuna.

—Boo, ven aquí.

La chica del camisón se había agachado y llamaba al animal.

—¿Boo, como la de *Monstruos S.A.*? —pregunté.

—Sí, y como cuando te meten un susto —respondió Mara—. Aunque es macho.

Vaya, no había contado con convivir con un gato. A ver, no me daban miedo, pero… ¿cómo se vive con un gato? Quiero decir, hay que darles de comer, ¿no? ¿Y si me muerde? ¿Y si me maúlla? ¿Y si dejo la ventana abierta y se escapa a vivir aventuras?

Por favor, ¡ni siquiera sabía cómo sujetar al animal!

—Seo, ella es Kenzie —dijo Mara.

Seo dejó de llamar al gato, que literalmente había pasado de ella, y se incorporó con la mano tendida hacia mí. Se la estreché con educación. Estaba sudada.

—Soy Seo-Yun.

—Mackenzie —respondí, porque, a juzgar por el tono en el que me lo dijo, parecía lo indicado.

Retiró la mano con rapidez y vi que intentaba secársela con la tela de su camisón. En el interior de mi bolsillo vibró el teléfono móvil. Lo saqué para ver quién me llamaba mientras Mara comentaba algo sobre preparar un té o una copa, lo que más nos apeteciera.

Era James.

Lancé una mirada rápida a las chicas. Seo estaba regañando a Mara por querer beber alcohol un miércoles. No parecían reparar en mí. Aproveché la distracción, y que Boo se había ido lejos, para contestar al teléfono. Me alejé unos pasos y presioné el botón de descolgar.

—¿Sí?

—Hola, Kenz, ¿qué tal?

—Eh..., bien. En casa de Mara.

Al oír su nombre, la aludida se volvió hacia mí. Le quité importancia con un gesto de la mano y me alejé un poco más, a la pequeña terraza.

—¿Y qué haces en casa de Mara?

Con el rabillo del ojo vi a las dos chicas caminar hacia la nevera y sacar una botella. Sería alcohol, pues.

—He venido a ver una habitación que tienen disponible —contesté una vez que estuve fuera.

No sabía por qué le estaba contando eso a James, no le interesaba.

—¿Necesitas un lugar donde vivir? —preguntó.

—No voy a quedarme con tu hermano y Mel para siempre... —argumenté tras asegurarme de que Mara y Seo no podían oírme—. ¿Qué ocurre?

Tampoco sabía por qué me llamaba. A lo largo de la semana apenas habíamos tenido la oportunidad de volver a hablar. En mi tiempo libre había quedado con Mel para comer y durante el horario de trabajo había estado demasiado ocupada. En una ocasión se me había ocurrido intentar espiar a través de las rendijas de la cortina que daban a su despacho, pero solo sirvió para que Mara me pillara y me preguntara si creía que se tiraba a sus amantes allí.

Desde entonces no había querido volver a mirar, por si acaso.

—Era por la cita para cenar este viernes, me temo que tengo que cancelarla. Nos han puesto una reunión importante de última hora.

Así que por eso me llamaba. En realidad era un alivio. Seguía sin entender por qué había aceptado.

—No pasa nada, otro día será.

El cielo se había oscurecido, y podía ver casi a la perfección lo que sucedía en el interior de los otros pisos. La pareja que antes hacía la cena ahora se besaba apasionadamente sobre la encimera de la cocina. De hecho, allí se estaba cocinando algo más que comida.

—Solo dime cuándo te va bien.

En el interior, alguien profirió un grito, no sabría decir si fue Seo o Mara. Me asomé por la puerta y vi a Mara sosteniendo un vaso de cristal desbordando de espuma. Parecía cerveza.

—No te preocupes, ya lo hablaremos —contesté.

No quería parecer borde, pero en aquellos momentos no me apetecía hablar con James. La cita «amistosa» me había estado preocupando durante lo que llevábamos de semana, aunque no era mucho tiempo. Haberla tachado de mi lista de planes suponía quitarme un peso de encima. Mayor sería cuando la tachara de verdad de la agenda al llegar a casa de Mel.

Cuando salíamos juntos, pasar tiempo con James era el mejor momento de mi día, incluso antes de ser pareja. Me divertía mucho con él. Me hacía reír y me hacía sentir guapa y valiosa. Cuando lo dejamos, aquello desapareció y aprendí que la primera persona que tiene que quererme soy yo misma.

Tras colgar regresé al interior con Mara y Seo. Me habían preparado una copa espumosa y, aunque no nos conocíamos mucho, durante el breve tiempo que estuve en el piso me hicieron sentir como una más.

Donde no me sentí exactamente como una más fue en casa de Mel y Jack cuando llegué. De hecho, nunca más volvería a usar una llave para abrir una casa ajena. Aunque sus propietarios me diesen dicha llave. Aunque ambos supiesen que me quedaría con ellos durante unos días. Aunque fuesen mis amigos.

Mierda, que fuesen mis amigos no mejoraba en absoluto las cosas.

—¡Kenzie! ¡Pensaba que volverías más tarde! —se excusó Mel, tapándose como pudo con el frutero.

No volvería a cocinar sobre esa encimera en mi vida.

Me encantaba contemplar el mar. No importaba que estuviese en calma o roto en diversas partes por olas espumosas, como ocurría hoy. El sonido de su majestuosidad y la grandeza que desprendía regalaban una sensación increíblemente apaciguadora. A veces, durante mis años de universidad, buscaba sonidos como los del mar o pájaros cantando para estudiar. Me ayudaban a concentrarme.

—Esto es genial. Deberíamos hacerlo más a menudo.

Asentí sin mirar a Mel y tomé un sorbo de cerveza. Ya

estaba caliente a causa del largo viaje en metro para llegar hasta nuestro destino, pero había merecido la pena. Nos encontrábamos en la playa Rockaway, descansando tras una larga semana de trabajo y mirando a los surfistas cazar olas. Sobre todo brindábamos porque había conseguido sobrevivir a mis primeros cinco días en la oficina con James como jefe. Se había comportado con bastante decencia, a pesar de que tuvo que anular nuestra cena «amistosa» por una reunión de última hora. De hecho, Jack y él estaban reunidos en ese momento, trabajando.

No los envidiaba. Aunque me gustaba la idea de sobrevivir en el mundo por mí misma, no quería que el trabajo me atrapara. Quería disfrutar de la vida, viajar, ampliar mi cultura, aprender a cocinar… y ser feliz.

—Aunque te vayas de casa, tenemos que seguir haciendo esto —dijo Mel, interrumpiendo mis pensamientos—. No puedo creer que vayas a dejarme.

Me volví hacia ella para ver cómo componía un puchero falso con los labios. Le di un codazo amigable que consiguió tirar su lata de cerveza al suelo. Por fortuna, ya estaba vacía y se limitó a botar hasta terminar rodando a pocos metros de nosotras. Mel suspiró y se levantó. Por su forma de caminar vi que ya estaba algo mareada. Esa había sido su tercera cerveza.

Después de visitar el piso de Mara y conocer el precio del alquiler, tuve que asumir que no encontraría algo mejor. No se trataba exactamente de una ganga, pero no estaba demasiado lejos del trabajo, no era demasiado viejo y podía guardar parte de mi sueldo para hacerme algún regalito de vez en cuando.

También me ayudó a tomar la decisión encontrarme a mi mejor amiga y a su novio haciéndolo en la cocina. Ayudó mucho.

—No hables como si no fueses a verme nunca. No me voy de la ciudad, solo me mudo —le recordé con tono amable. Aunque su puchero fuese falso, era preferible tener tacto—. Además, trabajamos en el mismo edificio, podemos comer juntas siempre que queramos.

—Sí, pero me gustaba tenerte como compañera de piso.

—¿Y qué hay de Jack? —me burlé—. Solo iba a quedarme hasta que encontrase otro lugar, no quiero ser una molestia para la parejita feliz.

O una molestia para que pudiesen hacerlo en cada rincón de su casa.

Los brazos de Mel me abordaron, rodeándome mientras su cuerpo se arrojaba sobre el mío. Tuve que dejar la lata de cerveza en el banco donde estábamos sentadas para no tirarla.

—Tú nunca eres una molestia —murmuró en mi oído—. Estaríamos encantados de tenerte con nosotros todo el tiempo que fuese necesario.

Probablemente eso se debía a que era la única que continuaba comiendo los bizcochos de chocolate de Jack. Aparte del propio Jack, obviamente. Pero no iba a decírselo.

—Gracias, Mel —dije en su lugar.

Por fin me soltó. Nos miramos y sonreímos. Cuando nos conocimos en el instituto no podíamos imaginar que nuestra amistad llegaría tan lejos, pero supongo que al conocer a una persona nunca piensas en si seguiréis hablando al cabo de los años. Solo esperas que, si te cae bien, así sea. A lo largo de estos años he entablado amistad con más personas, y algunas han llegado a ser una parte muy importante de mi vida, como mis compañeras de piso o algunos compañeros de clase. Ha pasado mucho tiempo desde que hablé con alguno de ellos por última vez, y cuando lo pienso me entristece darme cuenta de lo que se ha perdido por culpa de la distancia y de no poner un poquito de esfuerzo y llamar por teléfono. Preguntar qué tal va la vida, felicitar el cumpleaños o simplemente escribir un mensaje: «Hola, hoy me he acordado de ti y te echo de menos».

¿Por qué las personas hacemos eso? ¿Por qué nos olvidamos de otras que han sido tan importantes para nosotros? Quizá por la misma razón por la que somos el único animal que tropieza dos veces con la misma piedra.

—Jack y yo vamos a casarnos.

Si digo que su frase me sorprendió, me quedo corta.

—¿Qué? —fue lo único que pude vocalizar.

Sin embargo, en mi cabeza corrían múltiples pensamientos: eran muy jóvenes; no, Jack no era tan joven. ¿Cuándo se lo había pedido? ¿Estaba segura? Nunca había sido fan del matrimonio. ¿De dónde venía esa necesidad de dejar por escrito y firmado algo como el amor? El vínculo que une a una pareja que se quiere no tiene por qué fijarse en algo tan simple como un trozo de papel. Y además estaba todo el revuelo de la organización de una boda, el vestido… ¡y el dinero! ¡Casarse cuesta una fortuna!

Pero luego me fijé en Mel, en cómo brillaban sus ojos cuando lo dijo. Ella estaba feliz, quería casarse con Jack, y eso era lo único que importaba.

—Me alegro mucho por ti, Mel.

Esta vez fui yo quien la abracé. Y aunque no me atraía la idea de casarme, durante un segundo reconocí el dañino sentimiento de la envidia. Comenzaba su vida y lo tenía todo atado. Novio (¡prometido!), piso, trabajo, estabilidad...

Algún día, ojalá no muy tarde, quería eso.

Algún día dejaría al fin de sentir que estaba perdida en el mundo.

Capítulo siete

Lo bueno de no tener muchas cosas es que la mudanza resulta bastante fácil. A lo largo de mis años de universidad, moviéndome entre residencias de estudiantes y pisos pequeños, terminé quedándome con el equivalente a una maleta grande y un par de cajas. La mayoría de mis pertenencias estaban en casa de mi madre y, a juzgar por el camino que llevaba, seguirían allí hasta el fin de los tiempos. O hasta que Les las quemara junto con el resto de la casa.

—¿Dejo esta caja por aquí? —preguntó Jack, tambaleándose en la entrada de mi nueva habitación. Boo pasó maullando a su lado.

En la ciudad, Jack era la única persona que conocía que tuviese coche, así que se había ofrecido a ayudarme con la mudanza. Mel también lo había hecho, pero en ese momento estaba en casa intentando superar la resaca provocada por las cervezas. El viaje en metro hasta casa fue eterno, al menos para mí. Hubo un punto en nuestra conversación en el que incluso comenzó a hablarme de tener hijos.

—Sí, cualquier sitio está bien. Luego lo ordenaré.

Dejó la caja en el suelo, junto a mi maleta, bastante más grande de lo que había esperado cuando empecé a empaquetar. Mara apareció con otra caja.

—Bueno, me parece que ya está todo —dijo mientras apartaba a Boo con el pie para poder dejar el bulto—. ¿Y si lo celebramos con una copa de vino?

A mi lado, Jack empezó a reírse.

—Presiento que os vais a llevar muy bien —comentó, quitándose el sudor de la frente. Después, su rostro adquirió un matiz serio—. Aunque como jefe no debería apoyar que bebáis alcohol un domingo por la tarde.

—Como jefe, quizá quieras unirte —bromeó Mara, y se alejó hacia la cocina con el gato tras ella—. Vamos, una copa no hace daño a nadie.

Palmeé el brazo de Jack, invitándolo a seguirla. Lancé una mirada a la habitación invadida por mi equipaje. No me gustaba dejarlo así, pero una copa de vino para establecer lazos no vendría mal, especialmente después del esfuerzo que habían hecho para ayudarme a subir las cajas. Podría ordenar por la noche.

Cuando llegamos a la cocina, Mara ya estaba descorchando una botella de vino blanco. Sobre la encimera estaban dispuestas tres copas. Pensé en lo gracioso que resultaba el cambio de vida. En la universidad había bebido vino en vasos grandes de plástico, e incluso en tazas de desayuno si la situación lo requería. Ahora lo bebía en copas. Qué nivel.

—¿Dónde está Seo? —le pregunté con curiosidad mientras me servía una copa—. Así, no llenes más.

Aparté la copa antes de que continuara y un poco de líquido se derramó sobre la encimera. Mara lo limpió apresuradamente y comenzó a llenar otra.

—Ha ido a hacer unas cuantas fotografías. ¿Te había comentado que es fotógrafa?

Negué y di un sorbo al vino. El sabor seco y envolvente le hizo cosquillas a mi paladar. Mara terminó de llenar una última copa, prácticamente tres cuartos del vaso. ¿Mañana se tomaría el día libre?

Nos dirigimos hacia el sofá, aunque Mara se sentó sobre la alfombra, en el suelo, con Boo en su regazo ronroneando y pidiendo mimos. Estuvimos un rato hablando sobre la ciudad y de dónde procedía cada uno. Mara era de Florida, pero siempre había querido ir a Nueva York. El año pasado había conseguido el puesto que tenía yo ahora, relevando a Mel. Su buen trabajo le había hecho ganar un lugar indefinido. En aquel momento sus padres estaban en Argentina cuidando de su abuela, que se había puesto enferma.

—Pero iré a visitarlos por Navidad, así que estoy deseando que lleguen las vacaciones. —Se encogió de hombros y luego tomó un largo sorbo de vino antes de cambiar radicalmente de tema—. Así que Kenzie y tú ya os conocíais…

Miré a Jack apurada. No le había dicho nada a Mara sobre mi relación con James y, la verdad, esperaba no tener que hacerlo nunca.

—Éramos vecinos —contestó él antes de que pudiera evitarlo—. Y Mel y ella son amigas.

Esperé en silencio, con el corazón en un puño, a que dijera algo más. Cuando no mencionó a James le lancé una mirada rápida. Él hizo lo mismo, y supe que tampoco diría nada.

—Entonces, ¿también eras vecina de James? —exclamó Mara.

Genial, se nos había olvidado la parte en la que Jack y James son hermanos y ella lo sabe.

—Pues... —comencé, dudando.

—¡Por eso no te echó la bronca cuando la liaste al confundir las notas de la reunión!

Jack se giró con rapidez hacia mí.

—¿Qué hiciste?

—Nada de lo que debas preocuparte —atajé, y después le mandé una mirada seria a Mara—. Supongo que fue por eso, sí.

—Serás mala..., ¡no me dijiste nada! —De pronto, Mara se levantó del suelo, y del susto Boo se fue corriendo hasta el otro lado de la habitación—. ¿Era tan guapo en el instituto como ahora?

Mara se echó sobre mí y tuve que inclinarme sobre Jack para que no se me sentara encima. Con el rabillo del ojo observé al chico conteniendo una sonrisa.

—Pues... —dudé, no quería delatarme—. Supongo.

Una copa de vino se zarandeó por delante de mi cara y tuve miedo de que me la tirara. Mara me pinchó con el codo en las costillas y acercó su rostro más al mío.

—Venga, tienes mucho que contarme...

Prácticamente una hora después, por fin podía cerrar la puerta de mi nueva habitación conmigo dentro. Sin vino, sin preguntas sobre James y con dos cajas y una maleta sin abrir. Estaba exhausta después del interrogatorio, sobre todo porque me esforcé en ser cuidadosa y no revelar nada que hiciera sospechar a Mara que James y yo estuvimos saliendo juntos. Demonios, solo llevaba una semana en la ciudad y me sentía como si hubiese vuelto de nuevo al instituto. James estaba en todos lados, aunque no fuese físicamente.

Reprimí un bostezo y comencé con una de las cajas. Si me daba prisa, podría tenerlo todo listo antes de que el sol terminara de esconderse. Me apetecía tomar otra copa de vino, sentada en la terraza mirando cómo se oscurecía el mundo o, más concretamente, la ciudad.

Estaba acabando de sacar libretas cuando una foto cayó de una de ellas. Mi corazón dio un pequeño salto de tristeza, de esos en los que sientes que se va a acelerar, pero no lo hace porque el recuerdo no trae alegría. Era una foto de Henry. Estábamos en una fiesta con unos amigos de la universidad y él había ido medio obligado. No le gustaba mucho salir, pero sabía que a mí me apetecía. Mi compañera de habitación, Poppy, había intentado pintarle un beso de carmín en la mejilla y los demás nos reíamos de su bochorno.

Dejé la foto de nuevo en la libreta, junto con los recuerdos que traía. Quizá debería tirarla a la basura, porque Henry se había ido a Italia y ya no estábamos juntos, pero algo me impedía deshacerme de ella. El recuerdo de los momentos que vivimos juntos, el amor que todavía me costaba superar, me hacían aferrarme a algo que ya no existía.

Y así de simple, con una foto borrosa que no conseguiría más de diez «me gusta» en Instagram, me asaltó la tristeza. Había conseguido no pensar demasiado en él gracias al ajetreo de la semana, y ahora... Me sequé una lágrima traicionera de la mejilla. Apenas habían pasado unas semanas desde que lo dejamos y no había recibido ni un solo mensaje de él, a pesar de que le había escrito para desearle un buen viaje.

Un grito descontrolado seguido de voces llegó desde el salón. Seo había regresado a casa y Mara continuaba tomando vino, a juzgar por la conversación que estaban manteniendo. Abrí la segunda caja y sonreí, todavía con restos de humedad en los ojos. Tenía la sensación de que la vida en esa casa iba a ser más ajetreada que en la de Mel y Jack. Y eso era lo que necesitaba en aquel momento.

Capítulo ocho

Vivir en un piso compartido es de locos. Después de un tiempo con Melanie y Jack, una pareja establecida y con dos dedos de frente, se me había olvidado el caos que implica convivir con más personas, especialmente cuando tienen personalidades tan distintas a la tuya.

Mara era un torbellino. Comenzaba a hacer ruido nada más levantarse, chillando que nos despertásemos y desayunásemos juntas. Eso si conseguía oír el despertador. Otras veces sonaban cinco alarmas que no se apagaban hasta que Seo o yo entrábamos malhumoradas en su habitación. Dejaba la ropa tirada por cualquier lugar imaginable del piso. Ya había encontrado unas bragas secándose sobre la mampara de la ducha y unos pantalones vaqueros debajo del sofá. No quería saber cómo habían llegado allí.

Seo, por otro lado, era como un pajarito. No la oías ni entrar ni salir. Era bastante tímida, excepto cuando se enfadaba. La última vez que entró en el cuarto de Mara para apagar la alarma, toda la casa retumbó con sus gritos. El único problema que tenía con ella era su afición a encender incienso o velas perfumadas por todo el piso y a todas horas. A veces el olor era tan fuerte que daba dolor de cabeza.

Pero el peor era Boo, definitivamente. Ese gato y yo nunca encajaríamos. En el breve tiempo de convivencia que llevábamos ya lo había pisado sin querer un par de veces y él me había mordido las tapas de varios libros, sin mencionar las numerosas ocasiones en que se colaba en mi cuarto y lo dejaba todo lleno de pelos.

—Fui el año pasado, estuvo bastante bien —dijo Elliot, dándole los últimos tragos al café.

Estábamos tomando café durante uno de los descansos que se realizaban durante el horario de trabajo. A veces, si quería encontrar a algunos de mis compañeros, como era el caso de Elliot, debía ir hasta la máquina de café, cerca del ascensor. Y eso que era un brebaje asqueroso.

—Yo conseguí saltármela porque mi familia vino de vacaciones —explicó Mara, también apurando su café—. Aunque he escuchado de todo, que fue divertido y que fue un coñazo.

Hablaban de la fiesta de Navidad que organizaba la empresa cada año. Tenía entendido que en esta ocasión la planificaría Mel. Una vez a Jack se le ocurrió reunir a todos los departamentos y pedirles que fuesen los propios trabajadores quienes la organizasen. Según él, era una forma de aprender a trabajar en equipo, pero la mayoría se iba con sus familias o de vacaciones y hubo muy poca asistencia y participación.

—¿Vendrás este año, Kenzie? —me preguntó Elliot, volviéndose hacia mí.

¿Sinceramente? Después de lo que había oído no tenía muchas ganas, pero no podía fallarle a Mel. Opté por encogerme de hombros.

—Supongo.

—Deberías —añadió, y después me guiñó un ojo con simpatía.

Mara se inclinó sobre mí y me dio un pequeño codazo en las costillas.

—Creo que le gustas —dijo en un susurro mientras Elliot se alejaba hacia la papelera para tirar el vaso de plástico.

No veía cómo podía gustarle si apenas habíamos intercambiado un par de palabras y otro par de sonrisas desde que me incorporé a la empresa, pero no pude decírselo a Mara porque una figura se acercó a nosotras por detrás.

—Kenzie, ¿puedo hablar contigo?

Trabajando en el mismo lugar, era muy complicado evitar a James Smith, especialmente porque era mi jefe. Lancé una mirada de auxilio a Mara, pero no sirvió de nada. Se limitó a hacer un gesto con la cabeza para que lo siguiera. Al fin y al cabo, estábamos en el trabajo. Quizá tenía algo importante que decirme.

De camino a su despacho, ambos en silencio, mi mente estuvo cavilando sobre las diversas razones por las que James había ido a buscarme en lugar de mandarme un mensaje. Probablemente era por algo malo.

Ay, no. Se había enterado de lo de la fotocopiadora. A principios de semana me enviaron a imprimir unos documentos, pero la máquina se volvió loca. Empezaron a salir folios a medio rellenar, intenté pararla y al final se quedó trabada. No volvió a funcionar ni siquiera cuando la apagué y la encendí.

En cuanto James cerró la puerta de su despacho, me volví hacia él con los ojos muy abiertos.

—No soy yo quien averió la fotocopiadora —solté.

La expresión de confusión que cruzó su rostro me dijo que había metido la pata.

—¿Qué?

—¿No me has llamado por lo de la impresora?

James se llevó una mano a la coronilla y sonrió ligeramente mientras se revolvía el pelo.

—Dios, eres una mentirosa horrible —farfulló, pero no parecía molesto—. Quería hablar contigo de nuestra... cena.

Cena. Porque decir cita sonaba demasiado formal. Me mordí el labio con nerviosismo y retrocedí un paso. Los cristales de las paredes estaban cubiertos por cortinas gruesas, como siempre. A pesar de que a Jack le gustaba el concepto de espacio abierto en la oficina, a James no parecía agradarle tanto la idea. Lo entendía perfectamente: si yo pudiera, también aislaría el cubículo en el que trabajaba. Quizás así Mara dejara de lanzarme bolitas de papel cada vez que quería hablar conmigo y no le hacía caso. Sin embargo, me agobié al encontrarme allí a solas con él.

—Oh. Eso.

—¿Lo habías olvidado?

No lo había olvidado, aunque era mejor que James pensara que sí. De hecho, había estado dándole demasiadas vueltas, cavilando sobre si estaba bien salir por ahí con mi exnovio, que ahora era mi nuevo jefe, mientras la herida de mi ruptura con Henry todavía seguía fresca. Y si tenía mis dudas era porque ver a James, estar con James, siempre sacaba a relucir sentimientos fuertes dentro de mí.

No es que tuviese muchas ocasiones de verlo durante el trabajo, pero las había. Cuando pasaba cerca de mi escritorio para ir a su despacho y por accidente su brazo rozaba mi hombro o cuando, a pesar de mis esfuerzos por no mirarlo, acababa encontrándome de pleno con sus ojos verdes, casualmente observando los míos, aunque solo fuese por el recuerdo de cómo me sentía a su lado y no por amor de verdad.

A la mierda, no creo en las casualidades. Empezaba a pensar que era verdad eso de que nunca olvidas a tu primer amor.

—Había pensado en que estaría bien ir a Chinatown, hay un restaurante bastante bueno —continuó cuando no añadí nada—. Creo que te gustará.

Mis pocas experiencias con la comida china habían sido bastante agradables.

—Todavía no he estado en Chinatown —comenté.

—¿Cómo es posible? ¿Cuánto tiempo llevas en Nueva York?

Hice cálculos mentales, levantando los dedos de la mano para servirme de ayuda. James contuvo la risa cuando me vio hacerlo y sentí cómo se me encendían las mejillas. Veamos, esta era mi segunda semana de trabajo, y había llegado casi una entera antes para hacer turismo…

—¿Casi un mes?

—Increíble, Mel y Jack han sido unos pésimos anfitriones —se burló—. Tienes que conocer Chinatown.

—De acuerdo… ¿Y cuándo te va bien?

—¿Este viernes? —propuso—. Me encargaré de que no haya ninguna reunión imprevista de última hora.

—Me parece que no puedes controlar eso —me burlé.

—Pues, si la hay, me negaré a ir —afirmó con contundencia—. Hasta que mi hermano me deje contratar a un nuevo secretario no iré a ninguna reunión. Jack me debe mucho.

Negué con la cabeza, pero me estaba riendo. Al contrario que Henry, James siempre había estado muy seguro de sí mismo. De hecho, él fue quien me enseñó a creer un poquito más en mí.

Cuando estaba en el instituto odiaba a James Smith. Era el vecino pesado de al lado, el payaso de la clase que decidió pegar un preservativo en mi espalda y dejó que me paseara con él por el instituto. Sin embargo, tenía un toque divertido y provocativo que me atraía. Un toque que no había perdido con los años.

Salí del despacho con una ligera sensación de malestar en la que el recuerdo de Henry continuaba marcando territorio y esa cena con James, aunque fuese como amigos, parecía una traición.

capítulo nueve

Si hay algo de lo que no podía quejarme respecto al piso era de la velocidad de internet. Podía mantener una conversación por Skype sin que la pantalla se quedara trabada o la voz llegara a destiempo. Y eso estaba haciendo el viernes antes de la cita.

—¿Estás nerviosa?

—¿Tú qué crees? —contesté con la voz unas octavas más aguda de lo normal mientras rebuscaba en el fondo del armario—. Ni siquiera tengo ropa que ponerme.

Me di por vencida y regresé a la cama. Coloqué el portátil sobre las piernas y me encontré el rostro recién levantado de mi mejor amigo riéndose desde el otro lado de la pantalla.

—¿Y qué les has dicho a tus compañeras sobre James? Porque imagino que saben que tienes una cita hoy.

Hice un mohín con la boca. No me gustaba usar esa palabra.

—No es una cita, Mase —lo corregí—. Es una cena de trabajo amistosa.

—Ya, claro. Una cena para la que estás buscando desesperada qué ropa ponerte.

—Te libras porque estás en España, pero ahora mismo quiero lanzarte un zapato a través de la pantalla.

Mason era mi mejor amigo desde que éramos pequeños, e incluso llegué a estar enamorada de él. En el instituto nuestra amistad pasó por un pequeño bache: perdí una lista en la que había escrito el nombre de los cuatro chicos que me gustaban y se hizo pública. Su nombre y el de James estaban en ella. Así descubrí que también le gustaba a Mason, pero fue tarde, porque ya había comenzado a enamorarme de James.

Al principio pensé que nuestra amistad se había terminado para siempre. Se fue a estudiar Enfermería a España, donde todavía sigue viviendo. Durante el primer año de universidad apenas hablamos. Sin embargo, ninguno quería romper una relación tan larga y fuerte como la que habíamos creado durante tantos años, y así comenzamos con las charlas por Skype.

Mason fue el primero en dar el paso. Un día me encontré un mensaje suyo en el teléfono preguntándome si podíamos hablar. Recuerdo estar nerviosa, porque habían pasado meses desde la última vez que tuvimos una conversación. Pero, igual que ir en bicicleta, en cuanto le dije «hola» a la pantalla del ordenador, todo surgió solo.

Me contó cómo era su vida en España, y yo, cómo llevaba la universidad. A los pocos días me perdí en el campus y acabé en una clase que no era la mía, además llegando tarde, y le escribí para contárselo. Así fue como volvimos a hablar de nuevo por Skype, todas las semanas, hasta que se convirtió en un hábito. Hasta que volvimos a ser tan amigos como cuando éramos niños.

—Saben que James y yo éramos vecinos, pero no pienso decirles nada más —contesté finalmente.

—Nada más… ¿Te refieres a cómo os metíais mano entre clases en el instituto? —se mofó.

Fruncí el ceño hacia la pantalla del ordenador.

—¡Mason! —protesté—. ¡Eso no es cierto!

—Sí que lo es, y lo sabes.

Mientras Mason continuaba riéndose, mi teléfono móvil vibró con una llamada entrante. Por un segundo pensé que sería James, para cancelar de nuevo la cita… La cena amistosa, perdón. Sin embargo, al leer quién llamaba me llevé una sorpresa.

—Es mi padre —le dije a Mason—. Leslie está pasando el verano con ellos, ¿qué te apuestas a que ya ha liado alguna?

Mi hermana pequeña era un torbellino de problemas y, además, estaba enfadada conmigo porque al aceptar el trabajo en Nueva York ella había sido obligada a pasar el verano en casa de nuestro padre, con su familia. Nuestra madre y su novio se habían ido de luna de miel y no había más opciones.

—No hables mientras contesto, porfa —pedí.

Descolgué la llamada y, efectivamente, Leslie se había metido en problemas. Había desaparecido.

Varios minutos después, tras una larga discusión con Leslie y estar a punto de caerme varias veces en el metro, llegué a Columbus Park, donde James estaba esperándome. Se había ofrecido a ir a buscarme, pero no sabía cómo explicárselo a Mara sin tener que contarle nuestro pasado. Al menos podía estar tranquila con la fuga de mi hermana. Solo se había escapado unas horas de casa para ir a una fiesta a la que nuestro padre no la dejaba asistir, pero seguía viva y entera.

Cuando finalmente vi a James, cerré la aplicación de mapas del teléfono y me dirigí con paso apresurado hacia él. Llevaba unos zapatos de tacón que me había prestado Mara, a quien mentí diciendo que había quedado para tomar unas copas con Mel. Al menos había encontrado un vestido bonito y sin arrugar entre mi ropa. Necesitaba ir de compras con urgencia, básicamente en cuanto cobrara mi primer sueldo.

—Pensé que te habías echado atrás y no venías —me saludó cuando llegué a su lado.

Me quedé callada durante unos segundos muy largos, sin saber exactamente cuál debía ser mi reacción. ¿Le daba un beso en la mejilla? Por lo general saludaba así a mis amigos cuando quedaba con ellos, pero con James… Con él era distinto.

—Mi hermana se ha escapado de casa para ir a una fiesta y he tenido que resolverlo desde la distancia —respondí después de un rato—. O al menos lo he intentado, porque me ha colgado y ha apagado el teléfono.

Se rio y después tomó la iniciativa. Se acercó a mí y me dio un beso en la mejilla. Noté que se había puesto perfume, y su barba naciente me raspó la mejilla. Le devolví el saludo, aunque más bien lancé el beso al aire. Quería gritar a mi cuerpo, porque de repente se había puesto nervioso. La incomodidad todavía estaba latente y entorpecía cada segundo.

—Vamos.

Comenzamos a adentrarnos en Chinatown con el sol escondiéndose entre los edificios. A cada paso que dábamos aparecían más y más tiendas con caracteres preciosos anunciando su nombre. Los edificios eran bajos, pero muchos mantenían las escaleras de emergencias a plena vista, pegadas a las fachadas. La gente iba y venía, en su mayoría con prisa, unos pocos relajados. Algunos usaban bicicleta y luego la dejaban apoyada contra la pared de algún edificio.

Con cada pequeño rincón que descubría de Nueva York, más me gustaba la ciudad. Sin embargo, llevaba casi un mes viviendo allí y sentía que jamás la conocería del todo.

—¿Te estoy aburriendo? —preguntó James después de diez minutos de camino.

Habíamos estado hablando de cosas triviales como el trabajo, la futura boda de Mel y Jack, a la que todavía no habían puesto fecha, e incluso del tiempo. No quería ser aguafiestas, pero sacar a relucir el tiempo en una conversación siempre es una mala señal.

—No, solo tengo hambre —confesé, escondiendo parte de la verdad—. ¿Está lejos el restaurante?

Con los nervios de encontrar algo que ponerme y hablar con Mason, se me había olvidado merendar y mi estómago rugía como si no hubiese mañana. Más que rugir, arañaba por dentro.

—Es aquí al lado.

Dos minutos después nos paramos ante uno de esos edificios con la escalera de incendios en el exterior. Nos daba la bienvenida con dos columnas rojas que se alzaban desde el suelo hasta el primer piso, coronadas con un triángulo ancho del mismo color. Se llamaba «Jhon's Shanghai».

Dentro se estaba más fresco que en la calle. El verano estaba terminando de instalarse y las temperaturas tardaban más en bajar a lo largo del día. James habló con un camarero y nos guiaron a través de un amplio comedor hasta un reservado, aislado de las demás mesas por una pared y una cortina. Daba a una ventana desde la que podías ver a las personas caminar apresuradas por la calle mientras el sol terminaba de decir adiós.

—Pensé que estaría mejor... para hablar —dijo James una vez que estuvimos solos.

Asentí y me senté en una de las sillas mientras tomaba la carta. Me temblaban los dedos y seguía teniendo la sensación de querer salir corriendo. No lo haría, sobre todo porque con esos zapatos en lugar de una huida dramática acabaría besando el suelo.

—Nunca había estado en un restaurante chino, ¿qué me recomiendas? —pregunté antes de que se creara un clima incómodo.

Había probado comida china a domicilio, pero había oído que era mejor comer en un restaurante. James alzó las cejas pelirrojas.

—Así que nunca, ¿eh? —Sentado frente a mí, tomó otra carta y la ojeó rápidamente—. Yo iría a lo sencillo. Pan, rollito de primavera, arroz tres delicias y tallarines.

—¿Y me va a entrar todo eso? —pregunté con asombro—. Bueno, tú eres el experto.

Se rio, debió de pensar que estaba bromeando. Continuó pasando páginas de la carta. Yo ya me había dado por vencida y había ido directa al apartado de bebidas.

—Si es para compartir, puedes con ello —afirmó—. Y para beber…

—Vino blanco —lo interrumpí, porque ya lo había decidido—. El número ocho suena muy bien.

Me miró con los ojos abiertos, parpadeó un par de veces y luego los desvió hacia la carta.

—Pensaba que te gustaba la cerveza —comentó.

Sonreí, y esta vez lo hice de verdad ante su cara de sorpresa.

—Sí, hasta que descubrí el vino blanco y se me abrió un mundo de posibilidades.

Un mundo que compartía con Mara. Nuestras noches con una copa de vino en la mano comenzaban a unirnos más de lo que había previsto, o al menos lo suficiente como para olvidarme de su alarma mañanera.

—En ese caso… —comenzó a murmurar—, te recomendaría el doce, es mucho mejor y creo que te encantará.

—De acuerdo.

No me molestaba probar vinos nuevos y, sinceramente, en aquel momento solo quería beber una copa y eliminar de una vez los retortijones de estómago ante la expectativa de pasar una larga noche cenando con James. Y eso hice cuando llegó la botella, pero en mi defensa diré que fue culpa suya.

—Bueno… ¿Qué has estado haciendo estos últimos años? —preguntó.

El camarero me había servido la primera copa. La agarré rápidamente y bebí la mitad de un trago. Al momento me arrepentí. James tenía razón, aquel vino estaba riquísimo y beberlo así era un desperdicio.

Cuando lo miré, sus cejas volvían a estar alzadas.

—Tenía sed... —mentí.

No llevábamos ni media hora juntos y ya había dicho dos mentiras. ¿Cuántas serían al final de la noche?

Al ver que no contestaba a su pregunta, decidió responderla él mismo.

—Los últimos veranos he estado haciendo prácticas en la empresa, además de las de la carrera, así que prácticamente tenía el puesto asegurado. Pero no pienses que fue por enchufe, he trabajado muy duro para ganármelo.

Asentí y tomé otro sorbo de vino. Maldición, ni siquiera había posado la copa sobre la mesa y dudaba que fuese a hacerlo hasta que llegase la comida. Después, sus ojos se afianzaron sobre los míos. Esperaba que yo también contestara.

—Pues... —comencé titubeando—. Estudié, trabajé como camarera, intenté escribir un libro que no fue muy bien...

—Y te aficionaste al vino, por lo que veo —bromeó.

De acuerdo, la cosa no podía estar yendo tan mal si tenía humor para bromear. Eso me relajó lo suficiente para sonreír, porque, a pesar de los nervios, de la tensión y de la montaña de recuerdos y sentimientos que regresaban a mí cada vez que estaba con él, James siempre me proporcionaba tranquilidad. Llegué a confiar tanto en él que era sencillo caer de nuevo en la trampa de la familiaridad. Ahora solo esperaba que la incomodidad por nuestro pasado desapareciese y que las cosas volviesen a ser como antes.

En un tema puramente amistoso, por supuesto.

—Acabé la carrera y Mel convenció a Jack para darme el trabajo, lo cual fue un alivio porque mis expectativas no eran demasiado buenas —finalicé.

—¿Por qué no lo eran? —preguntó, extrañado.

«Porque mi novio me dejó para irse a trabajar a Italia.»

Pero no iba a contestar eso. En su lugar, opté por dar otro sorbo a la copa y... esta se acabó. Tomé la botella y me serví una más con lentitud, tratando de ganar tiempo bajo la atenta mirada de James. Una vez llena, seguía sin saber qué decir, así que di otro sorbo.

Estaba quedando como una auténtica alcohólica. Lo peor era que mi tope estaba en dos copas de vino, y no quería saber qué ocurriría si me pasaba.

—Ya sabes, el mundo laboral es complicado —murmuré al final, esa frase tan común y que tantas veces había escuchado.

Observé cómo James asentía, no muy convencido, y di otro sorbo a la copa. Menos mal que al día siguiente no trabajaba...

Para cuando los rollitos de primavera aparecieron en nuestra mesa, ya me había terminado la segunda copa de vino. Eso también fue culpa de James, por preguntarme si Mara sabía algo de nuestro pasado juntos. ¿Quién lo obligaba a hacerme preguntas tan incómodas?

—A mí me gusta con mucha salsa agridulce —explicó mientras abría el rollito crujiente con el cuchillo—. Y creo que a ti también te va a gustar así.

Había acertado con el vino, así que ¿por qué no? Nunca lo había tomado. Seguí sus pasos y colmé la comida con aquel espeso líquido naranja. Efectivamente, había vuelto a acertar. Cuando se lo dije, una sonrisa de suficiencia cubrió su rostro. Estúpido James, cuánto le gustaba tener razón.

El resto de los platos llegaron con mucha rapidez. No había terminado mi rollito y el arroz estaba sobre la mesa, y lo mismo con los tallarines. La conversación también mejoró bastante. James se explayó describiéndome cómo era su trabajo en la oficina y los pocos días libres que tenía. Él y Jack habían tomado la costumbre de ir cada domingo a tomar un par de cervezas a la playa (ahora sé de dónde sacó la idea Mel) y continuaba manteniendo el contacto con su madre. De hecho, la visitaba cada pocas semanas.

—Vi a tu hermana la última vez que estuve en casa —comentó mientras tomaba la última porción de comida sin explotar—. Estaba hablando contigo por teléfono y comentó algo sobre que lo habías dejado con tu novio…

Maldición, necesitaba más vino. Como ya comenzaba a hacerse costumbre en la cena, agarré rápidamente mi copa y la llevé apresuradamente a los labios. Apenas quedaba un poquitín.

—Creo que ya has bebido suficiente —me interrumpió James cuando fui a tomar la botella de nuevo.

Al realizar ese gesto, su mano se posó sobre la mía y todo a mi alrededor se desequilibró. No sabía si era por la tensión acumulada o por el vino, pero el contacto de su piel cálida con la mía envió un hormigueo por todo mi cuerpo, directo a ese sitio de mi corazón en el que él todavía tenía un lugar. Alcé la mirada y, como tantas veces durante la noche, chocó con sus familiares ojos verdes, solo que esta vez se mostraron igual de sobrecogidos que los míos.

James fue el primero en apartar la mano. Cuando yo lo hice, llevándome la botella de vino, no puso objeción. Él no había bebido más que una copa porque tenía que conducir. Admiraba su coraje, ojalá fuese igual de fuerte.

Me serví el vino y saboreé el dulzor en mis labios. Ya no podía apreciarlo igual de bien que al principio. Tras unos largos segundos incómodos, James volvió a hablar.

—Somos adultos, Mackenzie. Podemos hablar de esto y…, joder, necesitamos hablarlo si vamos a trabajar juntos. Es obvio que has salido con más chicos después de dejarlo, eres muy guapa. Yo también he salido con otras chicas y…

Dejé de escuchar brevemente mientras volvía a llevar la copa a mis labios, algo que comenzaba a convertirse en habitual esa noche, aunque cada vez me importaba menos. Sin embargo, no me pasó desapercibido el trasfondo de lo que James había dicho: no estaba saliendo con nadie… y necesitábamos comportarnos como adultos para manejar la situación adecuadamente. Al menos yo.

—Está bien, lo siento —dije por fin, interrumpiendo su discurso sobre cómo las exparejas podían llevarse bien—. Estaba muy nerviosa por esta cita y me he pasado un poco con el vino.

Espera, ¿había dicho cita? Aquello no era una cita.

—Yo diría que te has pasado bastante —se burló después de soltar un largo suspiro—. Te has acabado la botella. Pero eres una mujer adulta, no puedo obligarte a nada.

Era cierto. Y tenía la sensación de que necesitaba tomarme otra. Sobre todo cuando James dijo lo siguiente:

—Háblame de Henry, Mackenzie.

Su petición me tomó por sorpresa. Sentí cómo mis ojos se abrían, más confusos que aterrorizados.

—¿Por qué?

—Fuiste muy importante para mí. No solo como novia, también como amiga. Sé que actué mal, no supe manejar la situación. Pero, ahora que nos hemos reencontrado, me gustaría poder recuperar el pasado, aunque sea como amigos.

«Aunque sea como amigos.» En algún rincón de mi cabeza esa frase rebotó y rebotó, haciendo eco hasta perderse en la bruma que causaba el alcohol. Rebotó hasta esconderse, dispuesta a salir en otra ocasión con todo lo que la acompañaba. Pero, en aquel preciso momento, lo que sí se agarró y salió de la neblina fueron los recuerdos, el triste momento en que, con diecinueve años, me presenté en casa de mi entonces novio. Ese día quise hablar con James para arreglar todos los problemas que la distancia había impuesto sobre nosotros; aunque, más que la distancia, fue la dejadez.

Y ese día salí de su casa con el corazón roto después de que él decidiera ponerle punto final, con un triste beso de despedida haciendo sombra en mis labios. Pero sería injusto decir que todo fue culpa suya, porque ambos éramos responsables. Yo no peleé más por mantener una relación que él ya había dado por perdida. Tampoco lo visité cuando las cosas iban bien, mientras que él me había dado varias sorpresas apareciendo de repente.

Hay gente que mantiene muy bien las relaciones a distancia. Envidio a esa gente. No digo que sea imposible, pero lo fue para nosotros. Y al mirar a James a los ojos, me di cuenta de que él estaba recordando lo mismo.

—Comencé a salir con él hace dos años, más o menos —dije cuando sentí que mi corazón lo soportaría, porque hablar de Henry seguía siendo doloroso—. Me ayudó mucho después de que tú y yo…

—Lo imaginaba —me interrumpió, aunque tampoco era capaz de pronunciar esas palabras—. Lo conocí en una fiesta, no sé si te acuerdas.

Asentí. Era cierto. Se puso muy celoso, y en aquel entonces no sentía absolutamente nada por Henry. Es probable que nunca hubiese llegado a sentir nada de no haber cortado con James.

—Lo que no entiendo es por qué lo habéis dejado —continuó, y tomó un poco de agua de su vaso—. Ese chico estaba embobado contigo, más de lo que sería correcto. Prácticamente rozaba la obsesión.

Moví el líquido dentro de mi copa. Yo también había estado segura de eso, tanto que fui un poco prepotente. Y tal vez ese fue mi primer error con Henry: asumir que me quería tanto como para no hacerme daño nunca, como para no irse a Italia. En realidad, nunca me enfadé con él por elegir ese trabajo. Teníamos veinte años y el futuro por delante. Por favor, ni siquiera podíamos estar seguros al cien por cien de si nuestra relación prosperaría si él se quedaba en Estados Unidos.

Luchó por su futuro, y yo por el mío quedándome aquí.

—Le ofrecieron un buen trabajo en Italia —confesé tras terminarme la copa—. Iba a pasarse la mayor parte del tiempo trabajando, y si me iba con él, estaría sola casi siempre, o eso dijo…

—Kenzie…

El rostro de James se contorsionó en una mueca de tristeza. No me gustó, porque no quería que se apiadase de mí, que sintiese la tristeza que no sintió cuando él me dejó. Y hablar de Henry no me estaba doliendo tanto como había creído. Soltar todas aquellas palabras era una forma de curar la herida, de ayudarla a cicatrizar.

—No, no pasa nada. Al final se fue, pero cortó conmigo. Dijo que no quería, pero que estaba enamorado de mí y que por eso me dejaba. Según él, no me merecía sufrir por un novio al que nunca vería. Me merecía algo más. Menuda tontería, ¿eh?

Jugueteé con los dedos y me mordisqueé el labio inferior, como hacía cada vez que mis nervios me sobrepasaban. De hecho, estas últimas semanas había gastado prácticamente una barra entera de cacao.

James atravesó la mesa con sus brazos para interponer su mano entre las mías y separarlas. El contacto llameó en mi interior.

—A mí no me parece una tontería, me parece que vuelvo a tener razón y que Henry te quería demasiado. Y también que te mereces mucho más de lo que crees. Siempre te has infravalorado en ese sentido, Mackenzie.

El camarero llegó en ese preciso momento. Menos mal. La mano de James se retiró apresuradamente.

—¿Van a querer postre? —preguntó.

—Un pastel de manzana. ¿Y tú, Kenzie?

Mi futuro era un mar de incertidumbre, pero eso lo tenía muy claro.

—Otra copa de vino, si puede ser.

Observé a James. Apretaba los labios para no decir nada y prohibirme beber más. Sin embargo, en ese momento nada me importaba. Sentía una sensación muy agradable, tanto en el estómago como en el resto de mi cuerpo. Era esa felicidad espontánea que te causa el alcohol, en la que crees que nada puede salir mal. Nunca. Y eso era lo que necesitaba aquella noche. Al fin y al cabo, estaba con James y me fiaba de él.

El camarero se retiró y volvió al cabo de unos pocos minutos con el postre y mi copa. El pastel venía acompañado de dos cucharillas.

—¿Quieres? —me preguntó, acercándome una de las cucharillas.

Mi estómago estaba a reventar, así que me limité a zarandear la copa en el aire como disculpa. James se encogió de hombros y yo di un sorbo. Fruncí los labios, habían cambiado de vino y este no estaba tan rico.

Después del postre James pidió la cuenta y, a pesar de mis intenciones para nada deseosas de pagar, invitó a la cena. A ver, había que ser prácticos. Primero, él fue quien propuso la cena. Segundo, era probable que ganase más que yo. Y tercero, no recordaba demasiado bien el código pin de mi tarjeta de crédito.

—Vayamos a un karaoke —propuse al salir del restaurante.

El frío de la noche finalmente decidió hacer su aparición y, aunque no era excesivo, me obligó a usar la chaqueta y apretarla contra mi cuerpo.

—¿Estás segura de poder leer las letras de las canciones? —preguntó con una sonrisa contenida.

Eso me hizo dudar.

—Quizá no.

James rio más fuerte y de pronto noté que su brazo tomaba el mío. Menos mal, porque estaba a punto de caerme al suelo. ¿Cuándo había perdido el equilibrio? O mejor dicho, ¿cuándo el suelo había comenzado a moverse?

—Será mejor que te lleve a casa —comentó.

Hice un mohín y protesté. No quería ir a casa. ¡La noche era joven! Eso mismo grité, captando la atención de un par de transeúntes que rieron por lo bajo. Había escapado del agarre de James, pero él volvió a atraparme.

—En serio, Kenzie, necesitas dormir un poco.

—Pero ¡si es pronto! —protesté.

—Son casi las doce y estás borracha.

—¡Vivan los borrachos! —grité.

Vaya, quizá estaba más ebria de lo que pensaba.

—Kenzie...

Escurrí mi brazo del suyo, pero tomé su mano en el último momento y tiré de él hacia las luces brillantes de un karaoke al final de la calle.

—¡Vamos al karaoke! —chillé con demasiada felicidad.

—Yo...

—Mi compañera de piso, Seo-Yun, me ha enseñado alguna canción en coreano —comenté mientras tiraba hacia delante—. ¿Crees que las tendrán?

James hacía de peso muerto hacia atrás. La situación ya no le parecía tan graciosa como antes.

—Posiblemente, pero...

Entonces comencé a gritar como una auténtica borracha.

—¡Karaoke! ¡Karaoke! ¡Karaoke! ¡Karaoke!

Y James perdió la paciencia.

—¡Joder, nena, para ya!

Entonces dejé de tirar y James dejó de protestar.

Me volví hacia él con la respiración contenida. Para cualquiera que pasara a nuestro lado aquello podría no tener sentido.

«Vale, me ha llamado "nena", ¿y?»

Dejando de lado si me gustaba o no ese mote, así era como James me llamaba en el instituto para hacerme rabiar. Así me llamaba cuando salíamos juntos. Así me llamaba solo él. Y que fuera capaz de sacarlo tan de la nada, de forma tan natural, creó un mundo entre nosotros, uno en el que volvíamos al pasado y esos años separados no habían existido.

—Yo... —comencé, pero me callé. Ni siquiera sabía cómo seguir.

Fue él quien tomó la iniciativa.

—Venga, vayamos al karaoke.

Su mano volvió a tomar la mía y ambos nos adentramos en el local.

«Aunque sea como amigos.»

¿Qué quería decir eso, James?

Capítulo diez

Me dolía todo. Principalmente la cabeza, pero en general todo. Y, si me daba la vuelta, el estómago pedía a gritos expulsar bilis. Esa mañana ni siquiera tuve que abrir los ojos para darme cuenta de que estaba sufriendo los efectos de la resaca.

—Mi cabeza… —gemí a nadie en concreto.

Me agarré a las sábanas, especialmente suaves y mullidas, y me giré hacia un lado. Mala idea, porque en ese lado había mucha luz. A pesar de tener los ojos cerrados, la notaba atravesando la piel de los párpados y martilleando en el interior.

Había salido a cenar con mi exnovio. Todo fue horrible y me bebí una botella de vino entera hasta terminar berreando letras inventadas en coreano en un karaoke. Al menos allí me lo pasé bien, porque la cena hablando de nuestras vidas no fue digna de rememorar. De hecho, ahora que hablábamos de rememorar…

¿Qué hice después del karaoke?

Volví a girarme hacia el lado contrario a la luz, tratando de aclararme las ideas y recordar cómo demonios había llegado a casa. Tenía imágenes de James con la camisa desabrochada cantando a Bon Jovi y de mí intentando realizar uno de esos bailes K-pop. Sin embargo...

En mitad de la cama, choqué contra un bulto.

El bulto gruñó.

De pronto, el dolor de cabeza y las náuseas desaparecieron, reemplazados por el instinto natural de supervivencia. Abrí los ojos y lo primero que pensé lo expresé en voz alta:

—¿Dónde estoy?

Mi voz sonó muy débil y rasposa. Notaba el aliento a alcohol en la boca. La figura que había frente a mí se movió y una cabeza pelirroja asomó, seguida a los pocos segundos de unos ojos verdes.

—Ya estás despierta —murmuró James, demasiado cerca de mí. A continuación, arrugó la nariz—. Joder, nena, cómo te canta el aliento.

Me tapé la boca con las sábanas oscuras en las que estaba enredado mi cuerpo e hice un ovillo uniendo mis extremidades todo lo que pude. No fue buena idea y mi estómago se quejó enseguida.

—¿Dónde estoy? —pregunté, intentando no vomitar.

Mierda, mierda, mierda. ¿Qué había pasado después de que me cayese en mitad de mi baile triunfal del karaoke?

James se incorporó en la cama mientras yo continuaba envuelta en forma de ovillo entre las sábanas. Se pasó una mano por la cara y bostezó.

—Estás en mi casa, anoche eras incapaz de decirme tu dirección. ¿Qué hora es?

Junté las piernas más hacia mi cuerpo. Entonces noté que estaban desnudas. En una rápida inspección, me percaté de que llevaba camiseta. Una camiseta grande y fea que no me pertenecía. Agudicé la vista y allí, tirado en el suelo, estaba mi vestido junto con los zapatos de Mara.

El peor de los pensamientos se me pasó por la cabeza.

—¡Las doce de la mañana! —exclamó James, que tenía el teléfono en la mano—. Vaya, sí que hemos dormido.

Terminó de levantarse de la cama y me cubrí los ojos rápidamente con la sábana. Solo llevaba calzoncillos.

—¿Qué haces? —preguntó, divertido, al verme—. Vamos, no es nada que no hayas visto antes.

Sí, claro. Antes, cuando salíamos. A no ser que...

—No, no, no, no... —repetí una y otra vez, hundiendo la cara entre las manos—. Por favor, dime que no nos hemos acostado.

Entre el hueco que formaban mis dedos y la tela de la sábana, pude ver a James cruzar los brazos y lanzarme una mirada de indignación.

—Parece mentira, Mackenzie. ¿Quién te piensas que soy para aprovecharme de una pobre chica borracha?

Vale, eso era cierto. Aparté las manos lentamente del rostro, atreviéndome por fin a mirarlo. Entonces pude disfrutar de su sonrisa traviesa haciendo aparición con lentitud en sus labios.

—Hicimos una cosa mucho más íntima —comenzó, despacio. «Por favor, dime que no se la...»—. Agarré tu cabeza mientras vomitabas toda la cena en la taza del baño.

Dejé escapar un jadeo de tranquilidad. Si eso era lo peor, podría empezar a avergonzarme al día siguiente, cuando se me pasara la resaca. O quizás el lunes...

—Como esto siga así, creo que voy a volver a vomitar —gemí.

No volvería a beber. Al menos no en cantidades tan exageradamente grandes. ¿En qué estaba pensando? Mi límite eran dos copas, no más.

James se sentó en la cama, a medio metro de mí. Su rostro había dejado de lado la sonrisa burlona y parecía más mayor.

—Anoche me dejaste preocupado —confesó. Tamborileaba con la mano a escasos centímetros de mí, como si no supiera qué hacer con ella—. ¿Estás bien?

Asentí muy despacio. Había tenido resacas peores, aunque no situaciones peores.

—Solo necesito un analgésico —musité—. Y agua con toneladas de medicamento para las náuseas.

James palmeó el colchón tan fuerte que mi cuerpo rebotó. Eso no fue muy bueno para las náuseas.

—Tengo una idea mejor.

Media hora y una larga ducha de agua templada después, me encontraba mucho mejor. Además, al salir del baño el apartamento de James olía a huevos revueltos con queso.

—He decidido dejarte la botella de zumo fuera, por si acaso —comentó cuando me senté sobre un taburete frente a él—. ¿Estás mejor?

Asentí y tomé el vaso lleno de líquido naranja. No me había percatado de la sed que tenía hasta ese momento y, además, el zumo estaba frío. Sobre la encimera estilo barra de bar había un plato con huevos revueltos para cada uno. James ya estaba comiendo el suyo.

Cuando calmé la sed, me atreví a buscar respuestas.

—Esto… ¿Qué pasó anoche?

Así fue como me enteré de que después de cinco canciones de karaoke y un baile demasiado efusivo, estaba tan atontada por el alcohol que James le envió un mensaje a Mel para contarle la situación. Jack y ella ya estaban medio dormidos, así que decidió que lo mejor era llevarme a su apartamento, donde no pasó absolutamente nada de nada, aparte de dormir con una borrachera de campeonato. Y mis supuestos ronquidos, pero eso no se lo creía ni él.

—Vomitaste en el vestido, así que te lo quité, te puse una camiseta limpia y te metí en la cama —concluyó, al tiempo que terminaba con la última porción de huevos revueltos—. Solo tengo una y no me apetecía dormir en el sofá, pero te prometo que no te he tocado.

Su última frase pasó medianamente inadvertida en mis oídos. Me había quedado estancada en la primera parte.

—¿Me desnudaste?

De acuerdo. Eso sonó un poco acusatorio.

—Vomitaste en el vestido, Kenzie —repitió, por si no lo había entendido—. ¿Qué esperabas que hiciera?

Tomé un sorbo de zumo, que entraba con la misma facilidad que el vino de anoche. Tenía razón y, repitiendo sus palabras de aquella mañana: no era nada que no hubiese visto antes. Además, estaba demasiado hecha polvo como para avergonzarme. De eso ya me encargaría el lunes.

Oh, mierda. El lunes volvería a verlo en el trabajo.

Terminé apresuradamente el desayuno y después le pedí a James que me llevara a casa.

—Puedes quedarte todo el tiempo que quieras —ofreció mientras yo guardaba el vestido con vómito en una bolsa—. No hay prisa.

Aunque el apartamento de James era bastante más genial que mi piso, jamás había tenido tantas ganas de llegar a casa. Solo quería tirarme en la cama a compadecerme de las idioteces que cometía y reunir el valor para contarle lo sucedido a Mason. Eso sin hablar de las preguntas que tendría que soportar de Melanie. Por lo pronto, ya me había dejado varios mensajes en el teléfono.

—Si no llego hoy a casa, es probable que Mara llame a la policía y organice una patrulla de búsqueda —bromeé, tomando los zapatos de mi amiga del suelo—. Esta mañana tenía muchísimas llamadas perdidas suyas.

Dudé si ponerme los zapatos de tacón con la ropa que estaba usando. Además de la camiseta me había prestado unos pantalones de chándal. Iba hecha un cromo, pero era mejor que caminar descalza por el apartamento o la calle.

—Te dejaré lo más cerca posible de la puerta de tu casa —dijo James tras lanzarme una mirada de reojo—. Vas a hacer el paseo de la vergüenza más largo de tu vida.

No podía estar más de acuerdo.

Me despedí de James a pocos metros de mi portal, tal como había prometido, y prácticamente volé hasta encontrarme a salvo entre las paredes oscuras del edificio. Era pasado el mediodía y todo el mundo estaba despierto, por lo que nada me salvaría de enfrentarme a mis compañeras.

Mara me abordó en cuanto puse un pie en el piso.

—¡Estás viva! —gritó, levantándose del sofá y corriendo hacia mí—. ¿Por qué no has contestado a ninguna de mis llamadas?

Aunque su preocupación me enternecía, estaba tan cansada y dolorida que no era capaz de apreciarla como se merecía. Más bien me enfurecía, pero ya me preocuparía otro día de agradecérselo. Me libré de sus brazos de pulpo, dejé los zapatos en el suelo y prácticamente me arrastré hasta el sofá.

—Me pasé con las copas y me quedé a dormir en casa de Mel —murmuré. En aquel momento era la mejor excusa que se me ocurría, y no me parecía tan mala.

Seo salió de su cuarto con Boo en los brazos. Llevaba un pijama ancho, pero yo parecía muchísimo más disfrazada.

—¿Qué narices te ha pasado? —preguntó con una risa contenida.

Se colocó frente a mí, junto a Mara, observándome atentamente. Estaba claro que no iban a dejarme tranquila a menos que sacaran una respuesta.

—Vomité en el vestido y Jack me dejó ropa limpia. —Señalé la bolsa que había tirado en el suelo junto a los zapatos.

—¿Por qué no te dejó ropa Melanie? —argumentó Mara.

Mi cabeza no estaba preparada para mantener una charla.

—Supongo que no quería que vomitase en ella.

Vaya, mentía mucho mejor cuando tenía resaca.

Mara y Seo intercambiaron una mirada que fue interrumpida por Boo. El gato saltó de los brazos de Seo y salió corriendo en dirección a la bolsa con el vestido vomitado. Allí mismo metió la cabeza.

—¡Boo, no! —gritó Seo, y fue tras él.

—Déjalo. —Me levanté del sofá, deseando poder llegar a mi cuarto y descansar por fin—. Ese vestido va a ir directo a la basura.

Por mí, como si el maldito gato se lo comía. Con suerte, no se acercaría a mis libros en una larga temporada.

Conseguí escaparme hasta mi habitación y, una vez que la puerta estuvo cerrada, pude respirar tranquila. Abrí la ventana para que entrase el aire. El sonido de la ciudad alborotada de sábado me animó un poco. Saqué el pijama de debajo de la almohada, pero en el último momento decidí no usarlo. Al fin y al cabo, aunque no fuese bonita, la ropa de James era cómoda. Y ya había dormido con ella.

Rebusqué en el bolso y comprobé que la cartera y todas las tarjetas estaban dentro. Tomé el teléfono móvil y me metí dentro de la cama. Aproveché los últimos minutos de somnolencia para escribir a Mel y decirle que todo iba bien, que ya hablaríamos.

Justo antes de dormirme, recibí un último mensaje.

JAMES: Gracias por cenar conmigo anoche, me ha gustado que volviésemos a vernos. Si necesitas cualquier cosa, estaré en la oficina este lunes.

«Oh, lunes... Qué pocas ganas tengo de que llegues.»

Capítulo once

Tenía la espalda recta de la tensión, sentada en la silla frente a Frankie, que tardaba siglos en encenderse. Era lunes y había llegado al trabajo más pronto que de costumbre, ya que Mara se había confundido y puesto la alarma una hora antes de lo necesario.

Durante el fin de semana tuve mucho tiempo para pensar y avergonzarme más y más de lo sucedido la noche del viernes. Ayudó bastante tener que rememorarla para contarle a Melanie todos los detalles que recordaba. ¿No había sido ya bastante humillante?

—Elliot Bell está mirándote ahora mismo —susurró Mara desde su escritorio—. No, no lo mires…

Tarde. Necesitaba una distracción para mi atolondrada cabeza, y, por favor, no puedes decirle a alguien que no mire si realmente eso es lo que quieres. Alcé los ojos y así fue, a varios metros de distancia me encontré con los ojos castaños de Elliot. Sonreí y él me devolvió la sonrisa.

—Te dije que le gustas —siseó de nuevo Mara.

Aparté la mirada unos segundos para fruncirle el ceño y, cuando quise regresar a Elliot (porque Frankie no se encendería en la vida), una figura se interpuso en mi camino. En realidad no se interpuso, pero mis ojos traicioneros notaron a James y fueron directos a él.

Llegaba tarde a trabajar, con el último botón de la camisa desabrochado, la americana arrugada y la barba sin afeitar desde nuestra cita. Su paso era rápido y decidido. Parecía que había tenido un mal despertar.

—Jefe, llegas tarde —bromeó Mara cuando pasó a nuestro lado.

James frenó unos segundos, los suficientes para que sus ojos recayeran en nosotras, en mí específicamente más de lo necesario.

—Alguien rompió mi despertador este fin de semana y me he dormido.

Vale. Eso lo había dicho en mi dirección. De hecho, ahora que lo comentaba, me venía a la cabeza el recuerdo de un reloj de mesita bastante caro y mi mano lanzándolo contra el suelo. El sonido de su tictac daba dolor de cabeza.

Tierra, trágame, por favor.

Mara alzó las cejas sugestivamente.

—¿Algún ligue alborotador?

—Más bien una amiga muy borracha.

De acuerdo. Definitivamente estaba hablando de mí. Tragué saliva y me centré en Frankie, que por fin se había encendido. Solo respiré tranquila cuando James se encerró en su despacho.

—Es tan guapo que da rabia —dijo Mara sobre mi hombro, sin preocuparse por realizar su trabajo—. Y eso que es pelirrojo.

Me pregunté qué tendría que ver el color del pelo para que fuese guapo o no.

—Siempre ha sido guapo —comenté mientras abría el informe de la próxima reunión—. Aunque ha mejorado bastante.

No debí decir aquello. Durante la siguiente media hora Mara intentó sacarme detalles sobre mi pasado y sobre James, aunque mayormente quiso saber sobre mí. Al fin y al cabo, él solo era su jefe buenorro, y yo, su compañera de piso.

Pero era verdad. En el instituto James no era feo, tenía cierto atractivo ligado a su calidad de payaso de la clase. Su rostro siempre fue agradable y cálido, aunque ahora parecía más delgado y los pómulos le resaltaban en las mejillas. Y estaba esa barba. La llevaba como si no se hubiese afeitado durante los últimos días, pero sin llegar a parecer descuidado. Como el buen vino, los años le habían sentado muy bien.

También tenía los hombros más abultados y el culo...

«Mierda, Kenzie, céntrate.»

Se acercaba la hora del descanso y ya soñaba con un buen chute de café cuando James salió de la oficina. No llevaba la chaqueta, pero continuaba sin abrocharse el último botón. Estaba tan distraída observándolo que tardé unos segundos de más en percatarme de que caminaba directo hacia mí. Segundos suficientes para que él sí se diese cuenta de que no dejaba de mirarlo.

«Oh, mierda.»

Sin embargo, no hizo ningún comentario al respecto. En su lugar, se paró frente a mí con el rostro muy serio y soltó:

—Kenzie, necesito tu ayuda.

Indecisa y bajo la atenta mirada de Mara, me levanté y seguí a James a su despacho. Cerré la puerta cuando él comenzó a dar vueltas de un lado a otro como un histérico. Algo me decía que realmente necesitaba mi ayuda.

—La reunión es en quince minutos, no consigo memorizarme los nombres de todas las sucursales de la compañía y encima creo que les caigo mal.

—James, no creo que les…

—En la última reunión que tuvimos se fueron sin despedirse de mí, pero dijeron adiós a todos los demás. ¿Cómo lo llamas a eso?

—¿Mala educación? —probé.

No conseguí que se relajara, pero sí que dejara de dar vueltas de un lado a otro de la sala de reuniones y se volviera hacia mí con una sonrisa. Pocas veces había visto a James así de nervioso, ni siquiera cuando esperaba las cartas de admisión de la universidad.

Me acerqué a él y puse una mano sobre su hombro. No se apartó, y entonces vi mi oportunidad.

—Mira, lo de los nombres no es complicado. Esta mañana he estado pasándolos a limpio. Podría hacerte unas tarjetas o un PowerPoint. Se me da bastante bien. Puedo camuflarlos de forma que…

—La reunión es en quince minutos —me interrumpió, recalcando una información que ya sabía—. Sé que eres fabulosa, pero es imposible que consigas un PowerPoint presentable.

Aquella mañana no solo se había dormido y había llegado tarde al trabajo, tampoco había repasado la presentación de la reunión que mantendría con la cadena de boleras más importante del condado. Estaban estudiando la posibilidad de incluir máquinas recreativas para que los usuarios se entretuviesen mientras esperaban su turno de lanzar la bola. Por lo visto, el índice de peleas a causa de los borrachos que decidían atiborrarse a cerveza en ese tiempo intermedio había aumentado considerablemente en los últimos años y el mobiliario pagaba las consecuencias.

—Entra conmigo en la reunión —me pidió de pronto—. Podrías ayudarme si me quedo en blanco.

Vale. Eso era una auténtica locura.

—Yo no… —comencé a protestar.

—Jack estará de acuerdo. Te presentaré como mi ayudante y nadie protestará.

—James, yo no…

No me veía preparada para enfrentarme a una reunión trajeada. No había podido tomar mi segundo café de la mañana, estaba usando ropa de hacía varias temporadas y… ¡Y pantalones vaqueros! Aquello era más que una auténtica locura. Era un imposible.

—Tienes un cerebro asombroso y eres la persona más organizada que conozco —continuó, mirándome con ojos brillantes. Solo le faltaba ponerse de rodillas y alzar las manos hacia mí—. Podrás llevar todos los papeles que quieras.

—Pero…

Su mano tomó la mía y la acercó a su pecho. Cuando habló supe que estaba perdida.

—Eres la única persona de este departamento en quien confío para que me ayude, Mackenzie.

—Te debo una muy gorda.

Sonreí de oreja a oreja. La reunión había salido bastante bien, o al menos eso intuía cuando Jack y la mujer con un traje que parecía costar más que mi sueldo de dos meses se estrecharon la mano con fuerza y una sonrisa amigable.

—Déjame invitarte a cenar —me pidió James, abriendo la puerta de la sala para que pasara.

Éramos los últimos en salir de una reunión de ocho personas, nueve si me contábamos. Además, fui bastante importante. James olvidaba los nombres de los locales y ciudades donde se encontraban con bastante frecuencia y yo supe intervenir en los momentos precisos. Gracias a que lo conocía desde hacía tiempo sabía exactamente cuándo se quedaba sin palabras, aunque su labia era inigualable y continuaba hablando sin que se notase que divagaba.

—Ya me invitaste a cenar el viernes —le recordé chasqueando los dedos—. Y no salió muy bien.

Se rio, soltó la puerta y corrió hasta alcanzarme a través del pasillo de oficinas.

—Pero eso fue todo culpa tuya. —No podía negarlo—. Entonces, déjame invitarte al cine, o... ¡O a una aventura!

Consiguió intrigarme.

—¿Una aventura?

Avanzamos entre los trabajadores sumergidos en las pantallas de sus ordenadores hasta el ascensor. No sabía qué haría James, pero yo me había saltado mi hora de descanso y necesitaba ese café ya.

—Aunque lleves un mes viviendo aquí, continúas siendo una extranjera en Nueva York, ¡ni siquiera habías visitado Chinatown!

Pulsé el botón del ascensor y alcé las cejas hacia él.

—¿Qué propones?

Se apoyó contra la pared con aspecto misterioso. Intenté imitarlo y me apoyé contra el ascensor.

—Solo di que sí y déjame sorprenderte.

Sus ojos brillaban, pero ya no era de histeria. Tenían ese brillo travieso característico que siempre me había atraído. Ese que gritaba «aléjate», pero al que yo solo quería acercarme más y más.

—¿Qué tienes en mente, James Smith?

Entonces las puertas del ascensor se abrieron con un pitido sordo y yo caí dentro. «Gracias, torpeza. Tú siempre tan puntual.»

Una señora mayor se apartó a tiempo para no ser derribada por mi cuerpo. Salió del ascensor lanzándome miradas asesinas y murmurando algo sobre los jóvenes de hoy en día. James me tendió una mano.

—¿Estás bien?

No. Me dolía el codo. Y mi dignidad mucho más.

—He estado mejor, gracias.

De un impulso me levanté, agarrándome con fuerza a su mano para no perder el equilibrio. Entramos, James pulsó el botón cero del ascensor y las puertas se cerraron dejándonos solos. Entonces me di cuenta de que por primera vez desde nuestro reencuentro ya no me sentía incómoda a su lado.

—Voy a invitarte a un café en una cafetería de verdad, y no la que hay aquí —me explicó—. Es lo mínimo que puedo hacer después de que me hayas salvado el culo.

—Un café suena bien —asentí.

Mi favorito era con canela y leche de soja. De hecho, mi bebida favorita era el té *chai* del Starbucks, pero James no tenía por qué saber nada de mi amor por la franquicia. Bastante conocía ya mi amor al vino.

—Entonces, esa aventura…, ¿qué te parece este sábado? —preguntó—. Te paso a buscar por casa, ¿digamos a las seis?

Pensé en Mara y en el hecho de que todavía no me había atrevido a contarle la verdad de mi pasado con James. Ni siquiera sabía si quería decírselo. Ni siquiera sabía si valía la pena.

Los ojos verdes de James me observaban desde el otro lado del ascensor en movimiento. Estaba apoyado contra el espejo, con la camisa arrugada, el pelo alborotado y la frente brillando por la tensión acumulada durante la reunión.

Observé a James y maldije lo bien que me hacía sentir una vez que la incomodidad había desaparecido, lo familiar que era y la facilidad con la que me hacía sonreír, como ahora.

«Aunque sea como amigos.»

Quizá no fuese tan mala idea.

—Me parece una hora genial —asentí.

Ya tendría tiempo de inventarme una excusa para Mara; al fin y al cabo, había conseguido salvar una reunión en mi nuevo trabajo, ¡no había nada que no pudiera hacer! Así se lo confesé:

—No pensé que pudiera servir de ayuda, la verdad.

La puerta del ascensor se abrió.

—Curioso —dijo James—, porque yo sabía que lo harías bien.

capítulo doce

JAMES: Estoy llegando.

Bloqueé el teléfono, lo guardé en mi bolso y salí de la habitación. Seo y Mara me observaron curiosas cuando pasé corriendo a su lado, especialmente cuando tropecé con Boo. El gato maulló y me bufó, molesto, y yo casi caigo de bruces contra el suelo.

—¿Y esas prisas? —preguntó Mara, llevándose a la boca una copa de vino.

Las dos estaban en pijama viendo una película con palomitas y vino. Me habían invitado a unirme, pero, aunque me negué, todavía no les había dado ninguna excusa. Sencillamente porque no se me ocurría. Lo más sencillo para mí era bajar corriendo al portal, que James no subiese y así no tener que inventar nada.

—Tienes una carrera en la media —comentó Seo.

Maldiciendo, conseguí recuperar el equilibrio y observar las medias. Tenía un roto bastante feo a la altura de la rodilla derecha. ¿Cómo no lo había visto? ¡Seguro que me lo había hecho al tropezar con el gato de las narices!

Regresé lo más rápido que pude a mi habitación sin ni siquiera cerrar la puerta. No tenía medias de recambio y el tiempo apremiaba. Con lo que me costaba elegir ropa que combinase, aquello iba a ser imposible.

—¿Por qué te pones tan histérica, Mackenzie? —me dije a mí misma, y abrí el armario de par en par—. Ni siquiera es una cita de verdad. Ni siquiera quieres impresionarlo.

—¿Tienes una cita? —dijo una voz a mi espalda—. ¿Con quién?

Cuando miré hacia la puerta, Mara y Seo estaban observándome con curiosidad. Maldición. Metí la cabeza en el armario y saqué el primer pantalón que encontré.

—No lo conocéis —mentí. Aunque era una mentira a medias: Seo era la única que no lo conocía.

Entre todas mis blusas conseguí encontrar una juvenil y decente que hacía juego con el pantalón. Lo mejor de todo era que no recordaba haber llevado ese conjunto a trabajar durante la semana.

«De nuevo, Kenzie: ¿por qué te preocupas tanto?»

Lancé la ropa a la cama y encaré a mis compañeras de piso.

—Necesito cambiarme —pedí, indicándoles con la mano que se fueran.

Sin embargo, Mara no iba a darse por vencida tan pronto.

—¿Es de fiar? ¿Debería tener su teléfono por si pasa algo?

A veces era peor que una madre. Ni siquiera mi madre se preocupaba tanto por mí, aunque la verdad es que siempre había sido un poco despistada, especialmente después del divorcio.

—Sí, es un buen chico y no hay nada de qué preocuparse —respondí apresuradamente. Al menos eso no era una mentira.

Caminé hacia la puerta y las eché a toda prisa. James estaba a punto de llegar y, si no bajaba a la calle antes de que consiguiese aparcar, tendría un problema gordo y muchas explicaciones que dar.

—¿Quieres que te esperemos despiertas?

Como siempre, la vocecita de Seo era tan dulce y tenía un acento tan encantador que consiguió apaciguarme. A diferencia de Mara, con quien trabajaba, con ella apenas había coincidido. Un día hicimos juntas la compra y la cena y en otra ocasión conversamos sobre nuestros libros favoritos, pero todavía no habíamos congeniado como amigas. Sin embargo, sabía por experiencia que ese día llegaría. Si vives con una persona y eres medianamente sociable, acabas confiando en ella.

Además, Seo parecía sensata y agradable.

—Gracias, pero no hace falta —respondí, e hice uso de mi simpatía para sonreír—. Además, no creo que llegue muy tarde…

Cuando conseguí salir de casa habían pasado cinco minutos. ¡Una eternidad! Además, la camisa no combinaba con el sujetador, pero me había dado cuenta de ello cuando bajaba corriendo la escalera, tratando de abotonar la chaqueta. Genial, se transparentaría.

James estaba esperando en el portal cuando llegué. Sus ojos se iluminaron al compás de su sonrisa al verme.

—No sabía qué timbre era —explicó, y señaló con el dedo el interfono—. Pequeño fallo en el plan.

Se acercó a mí y me dio un beso en la mejilla. La piel me picó bajo su contacto.

—¿De verdad querías subir? —pregunté mientras salíamos del portal—. Tendrías que explicarle a Mara por qué has quedado conmigo.

Por fortuna, nuestro piso daba a una calle diferente a la del portal, así que no podrían vernos.

—No me preocupa —contestó, y se encogió de hombros—. ¿A ti sí?

No contesté y se tomó mi silencio de la peor forma posible: como la verdad. Eso me hizo sentir bastante mal, porque ¿qué había de malo en que James y yo quedásemos? Solo éramos amigos. De acuerdo, amigos que salieron juntos, se besaron y se vieron desnudos. Pero el pasado, pasado está. Además, Mara sabía que nos conocíamos de antes.

El problema de tener que contar mi vida a los demás era que nunca me había gustado hacerlo.

Y el problema de tener que contar partes de mi pasado era que me hacían recordar momentos tristes. Eso me gustaba todavía menos.

Llegamos al callejón en el que había aparcado el coche. No sabía cómo se había atrevido a dejarlo allí, donde cualquiera podría rayárselo e intentar robarlo. Siempre fue un fanático de sus coches. ¡Incluso le había puesto nombre al que conducía en el instituto! Y este era bastante mejor o, siendo escrupulosamente sinceros, más caro. Debía de costar más que mi sueldo de un año. Seguro.

Quizás había cambiado más de lo que pensaba…

—¿Adónde vamos? —pregunté mientras él desbloqueaba el coche—. ¿O sigue siendo secreto?

—¿Alguna vez has visto anochecer en el Top of the Rock?

Abrió la puerta del conductor, pero se quedó quieto mirándome por encima del capó.

—Nunca he estado allí —confesé—. Eso es en el Rockefeller, ¿no?

Asintió con una sonrisa de suficiencia y se metió en el coche. Yo me acomodé en el asiento del copiloto. Se suponía que había viajado en el coche la semana anterior, pero no recordaba nada, ni siquiera los asientos de cuero o el color oscuro. Culpa del vino.

Me fijé en que tenía palanca de cambios. Eso era extraño, porque la mayoría de los coches eran automáticos.

—Me gusta poder cambiar las marchas, así es más divertido conducir —comentó mientras salíamos del callejón—. Con un automático me aburro.

Había conducido un coche con marchas una vez. La peor experiencia, después de enfrentarme a un perro rabioso en el instituto, pero me dije que cada cual tenía sus gustos.

Del callejón fuimos directos a un *parking* subterráneo. Por el camino no despegué los ojos de la carretera, era el encanto que tenía Nueva York. Sentía que podía vivir allí cien años y la ciudad seguiría sorprendiéndome. Cada calle continuaba siendo nueva, cada persona, un misterio, y vivir allí, la mejor de las historias.

Conversamos sobre los planes de boda de Mel y Jack. Había sido de mutuo acuerdo, sin pedida de mano o anillo. Por lo visto, mientras cenaban, surgió el tema y decidieron que quizás era hora de casarse. Especialmente porque querían tener hijos en unos años.

Así eran las cosas: yo, con casi veintiún años, tenía un trabajo temporal, un piso temporal compartido y ni la menor idea de lo que haría en el futuro. Mel, con la misma edad, estaba comprometida y pensaba en tener hijos. Un poco pronto para mí, pero aun así envidiaba bastante su estabilidad.

—Nunca me casaré —confesé durante la conversación.

Ya habíamos salido del coche y estábamos caminando por las abarrotadas calles de la Sexta Avenida. No importaba la hora del día, Nueva York parecía estar siempre repleta de vida. Y con cada minuto que pasaba allí, más ganas tenía de quedarme para siempre.

—Ya, lo sé... —replicó James, tomándome del brazo para que una señora trajeada no me llevase por delante con las bolsas—. Te parece innecesario.

Asentí y seguimos caminando. James formaba parte de mi pasado, pero no de cualquier pasado. De uno cercano, o al menos lo suficiente como para hablar de mi opinión acerca del matrimonio.

—No sé, a mí me parece bonito. —Giramos a la derecha por la calle y continuamos recto—. Mira, aquí es.

Alcé la vista al frente. Un edificio alto e imponente se alzaba ante nosotros. El viento bailaba a su alrededor.

—Me dijiste que subiste al Empire State Building... Bien, esto es mejor y hay menos colas. O al menos esa es mi opinión.

No recordaba haberle dicho nada a James sobre el Empire State Building, aunque era cierto. Mel y Jack me llevaron durante mi primer día en Nueva York. Quizá se lo hubiese dicho el viernes pasado bajo los efectos del alcohol. De hecho, ¡quién sabe lo que le había dicho ese día!

Llegamos al imponente edificio y nos pusimos a la cola. James se había tomado la molestia de sacar las entradas por internet, lo cual era un detalle. Además, tenía razón, allí había menos tiempo de espera.

Cuando llegó nuestro turno nos metimos en un ascensor repleto de gente. Me fui hacia una esquina y él se situó a mi lado. El viaje fue muy corto, pero la gente se empujaba entre sí y de alguna forma se las ingeniaron para arrojar a James contra mí.

—Perdón —susurró al posar la mano contra la pared, a un lado de mi cara.

Mantuvo el cuerpo sin tocar el mío, respetando nuestro espacio personal. Sin embargo, su rostro se mantuvo cerca, especialmente cuando llegamos arriba y el ascensor se detuvo.

Al salir del diminuto espacio plagado de gente pude tragar saliva. Lo que me esperaba fuera mereció la pena.

—¿Es o no es mejor que el Empire State Building?

No pude contestarle. Simplemente me limité a caminar a través del mar de gente hasta un hueco libre junto a los cristales que evitaban una caída de cientos de metros contra el suelo. Frente a nosotros se hallaba Central Park, alargado, poderoso y lleno de vida. Un espacio libre y vigoroso entre tanta edificación gris.

Mierda. Me encantaba Nueva York.

—Es genial —susurré con la mano contra el cristal.

El sol comenzaba a ponerse y el cielo se mostraba de ese tono anaranjado que regalaban los días de verano. Las pocas nubes que brillaban en el cielo solo lo hacían más bonito, más maravilloso, más especial. Pensar que todos nosotros estábamos compartiendo aquel momento entre todos los humanos que convivíamos en el mundo lo hacía todavía más único.

—Te lo dije —oí que decía una voz cerca de mí.

Alcé el rostro hacia él. James sonría con una pizca de soberbia, esa que todavía no conseguía librarse de su insolencia natural. No pude evitar devolverle la sonrisa.

—Es genial —corroboré.

Estuvimos observando las vistas unos minutos más, hasta que me propuso subir más arriba. Tomamos unas escaleras mecánicas que definitivamente nos llevaron al Top of the Rock. Allí había mucha más gente esperando para ver la puesta de sol, pero entre codazos y con paciencia conseguimos hacernos hueco.

—¿Quieres una foto anocheciendo? —preguntó James.

Con aquella luz, su pelo brillaba como el fuego naciente y sus ojos centelleaban, oscuros e infinitos. No era la primera vez que lo veía así y, sin embargo, no pude evitar sentirme embriagada por su rostro. El recuerdo de besarlo bajo la luz de una puesta de sol, de enterrar mis dedos bajo su cabello o la sensación de unos fuegos artificiales estallando sobre nuestras cabezas mientras compartíamos nuestro amor tampoco ayudaron.

—Claro —contesté tras lo que parecieron segundos estancados en el tiempo.

James sacó su teléfono móvil y me capturó sonriente en unas cuantas fotos. Después se puso junto a mí con la cámara en modo *selfie*. Al principio intentamos ser maduros, comportarnos como la sociedad espera de nosotros, pero con James eso siempre fue imposible.

¿A quién quiero mentir? En realidad, con él siempre fue más divertido.

Hicimos caras. Me puso orejitas de conejo con las manos, pusimos morritos, expresiones tristes e incluso me dio un beso en la mejilla, con el fondo de edificios altos y luces encendidas tras nosotros. Esa última foto y mi cara de sorpresa me delataban, pero al mismo tiempo tenía su encanto.

Con una sonrisa relajada y sincera me apoyé de nuevo contra el cristal. Estaba frío por la noche.

—¿Ha merecido la pena? —preguntó James.

Se había hecho un hueco a mi lado. Ahora que el anochecer había pasado, la gente comenzaba a irse.

—Es increíble —asentí—, gracias por traerme.

El hombro de James chocó contra el mío en un golpe amigable.

—Gracias por venir.

Capítulo trece

Después de las vistas del Top of the Rock dimos un paseo corto hasta Times Square, donde tomamos un perrito caliente y un helado. Las largas colas para conseguir la comida de los *food trucks* nos sirvieron para continuar hablando. En esta ocasión no necesité vino de por medio. La primera vez que quedamos estaba tan nerviosa que no pude disfrutar del reencuentro.

Con James siempre me divertía, cualquier momento juntos me sacaba una sonrisa. Eso pensaba mientras trataba de comerme mi helado de chocolate alejándolo de él y sus intentos de arrebatármelo. Me reía. Me reía mucho.

¿Por qué los ex no pueden ser amigos?

¿Por qué tenía que ver nuestro reencuentro como una situación tensa en lugar de disfrutar de la compañía?

—¡Está bien, me rindo! —grité después de chocar contra un adolescente en medio de las luces de Times Square—. Te doy mi helado.

Con una sonrisa victoriosa, James tomó el cono de galleta que le ofrecía y clavó un mordisco en el chocolate. Me dio dentera solo de mirarlo.

Daba igual la hora a la que visitase esa plaza, siempre estaba llena de gente, pero nunca había ido de noche. Las luces lo iluminaban todo, como si fuese de día. Carteles luminosos de anuncios, de espectáculos que te llamaban para ir a verlos.

—¿Quieres tomar un café? —preguntó James cuando terminó de devorar el último trozo de la galleta—. Hay una cafetería ahí mismo.

—Pero tú invitas, así me compensas por haberte terminado mi helado —asentí, haciendo hincapié en el posesivo «mi».

Sonrió y no pude más que imitarlo. Nos pusimos en marcha intentando no chocar contra las personas hasta la cafetería, situada a unos metros de nosotros. Pertenecía a una gran cadena y estaba abarrotada de gente. A decir verdad, todo a nuestro alrededor estaba lleno de gente. Gente y luces.

Hicimos una cola eterna hasta conseguir un descafeinado para mí y otro normal con leche fría para James.

—No vas a dormir en toda la noche —bromeé mientras soplaba a través del hueco que dejaba la tapa de mi vaso de papel.

Encontrar un lugar donde sentarse era misión imposible, por lo que decidimos continuar con el paseo y los pedimos para llevar.

—La cafeína no me hace efecto, nena.

Ahí estaba. Había vuelto a llamarme nena. El mote que siempre usaba James para sacarme de quicio.

Me mordí el labio, pero no dije nada, principalmente porque él siguió caminando tan tranquilo, como si no se hubiese dado cuenta de cómo me había llamado. Cierta parte de mí tampoco se mostraba enfadada. Quizás era muy pronto para tomarse esas confianzas, pero estar a su lado era tan… fácil. Tan cercano. Tan como antes. Caminar por la calle con James, bromeando sobre la cafeína y sus efectos, como si el tiempo no hubiese pasado… Quizás era lo más cercano a estar en casa que había sentido en mucho tiempo.

—¿Puedo preguntarte una cosa? —dijo de pronto.

Nos habíamos alejado lo suficiente de Times Square como para poder caminar sin miedo a que alguien nos arrollara y nos tirara el café encima. Sin embargo, mis dedos abrazaron el vaso como si mi vida dependiera de ello.

—El otro día, cuando hablamos de Henry, parecías bastante afectada y… Me preguntaba si estás bien.

No pude evitar pensar en lo irónico de que mi primer exnovio estuviese preguntándome por mi último exnovio. Hacía años, cuando James y yo lo dejamos, lo único que quería era volver con él. Sentía que nadie podría consolarme, que lo único que necesitaba eran sus palabras para poder estar mejor. Pero al final lo superé sola, sin él, porque en esta vida todo se supera si pones empeño.

Pero ahora estaba aquí, caminando a mi lado, preguntándome cómo me encontraba. Cuatro años más tarde. Cuatro años tarde.

—Estoy bien —respondí secamente, con los ojos clavados en el café. Había restos de pintalabios borroso en la tapa—. Al menos, estoy bastante mejor de lo que esperaba. Me vino bien cambiar de aires.

Era cierto. Cuando Henry me dejó lloré a mares durante los primeros días. No quería ni comer ni salir de casa.

Después de que Mel me llamara, todo fue mejorando poco a poco. El paso del tiempo y estar ocupada hicieron que el recuerdo y el dolor por Henry se fuesen diluyendo día tras día.

Me arriesgué a lanzarle una pequeña mirada. No se fijaba en mí, sino que tenía la vista al frente. Algo que yo también debí haber hecho, porque de pronto sentí algo duro estamparse de lleno contra mi cara. El café se aplastó en mis manos y cayó, manchándome la camisa. Además, seguía quemando. Acto seguido, fui yo quien cayó al suelo.

—Ay… —me lamenté.

El dolor que me atravesó fue tal que apenas conseguí soltar más que un pequeño gemido. La vista se me había nublado y ante mí solo había pequeños puntitos difusos. El vaso de plástico había desaparecido por el suelo, pues mis manos estaban demasiado ocupadas intentando sostenerme.

—Oh, joder… —oí que decía James a mi lado—. Kenzie, ¿estás bien?

Puso las manos bajo mis hombros y me ayudó a incorporarme. No fue muy buena idea, porque los puntos aumentaron y perdí el equilibrio. Fui levemente consciente de cómo apoyaba mi cuerpo contra el de James para no caerme, o más bien cómo él me sujetaba.

Tardé unos cuantos segundos en estabilizarme. Mis brazos estaban alrededor de James y los suyos, alrededor de mi cuerpo. Cuando pude enfocar la vista, sus ojos verdes, cerca de los míos, mostraban preocupación.

—¿Estás bien? —volvió a preguntar.

Me soltó un poco para poder apartar un mechón de cabello que me tapaba la cara. Las piernas me flaquearon un poco, pero no me caí.

—¿Qué ha pasado? —conseguí decir.

—Te has estampado contra una farola.

Estábamos cerca de un hotel. James me guio hasta la escalera de entrada y me ayudó a sentarme en ella. No lo solté ni por un segundo. Parecía que todo iba a dar vueltas a mi alrededor de un momento a otro.

Una vez que estuve asegurada en el suelo, James tomó mi rostro entre las manos y me observó de cerca. Sus ojos estaban demasiado fijos en mi frente.

—Dime que no hay sangre —gemí.

—Mucho peor —confesó, y mi estómago se retorció—. Te va a salir un chichón del tamaño de un elefante en medio de la frente.

Oh, mierda...

Alejó las manos de mi rostro con delicadeza y movió el dedo índice frente a mí. Lo seguí con los ojos, pero me costaba por el fuerte dolor de cabeza. Cada vez parecía arder más. ¿Me habría roto el cerebro?

—Vale, voy a llevarte al médico ahora mismo —sentenció.

Lo siguiente que supe fue que James pidió un taxi para ir hasta el *parking* donde había estacionado su coche, y de ahí al hospital. Me dejé guiar por él, e incluso permití que entrara conmigo en la consulta. Tuvimos que aguardar media hora en una sala de espera que olía a cloro. En ningún momento soltó mi mano, la cual había tomado para ayudarme a salir del coche.

Aunque estaba bastante mejor y no me mareaba, el dolor de cabeza era tan horrible que sentía que podría estallar en cualquier momento. Era peor que aquella vez en el instituto en la que me estampé contra la puerta de mi taquilla y me hice una brecha en la frente. Exactamente en el mismo lugar en que comenzaba a crecer el chichón del tamaño de un elefante.

La doctora que me atendió fue muy agradable. Se llamaba Eleanor y tenía un *piercing* en el labio que no podía dejar de mirar mientras hablaba. Probablemente por la conmoción. Me hizo sentarme sobre una camilla y pasó una linterna con luz suave frente a mis ojos, obligándome a seguirla como había hecho James con el dedo.

—Tienes las pupilas dilatadas.

También me hicieron una radiografía para poder descartar posibles fisuras, fracturas o hemorragias. Aunque no encontraron nada, después de unas cuantas pruebas más en las que incluso midió mi estabilidad (y James tuvo que aclarar que mi falta de equilibrio no era debida al golpe, sino de nacimiento), dejó caer unas duras palabras:

—Puede que no sea nada, pero te recomendaría quedarte en observación esta noche.

¿Todo por un maldito golpe en la cabeza? Quería irme a casa…

Eleanor me dio unas pastillas y extendió una crema sobre el chichón, que a cada segundo que pasaba parecía cobrar más vida y expandirse. A este paso sería Kenzie *Dos Cabezas*. ¿Por qué tenían que pasarme esas cosas?

—Tengo que ir a casa —le dije a James cuando la doctora nos dejó solos—. Mara y Seo van a preocuparse, les dije que no llegaría muy tarde.

Se apoyó contra la pared y cruzó los brazos, lanzándome una mirada molesta.

—¿Y si el golpe es peor de lo que parece? Me has dado un susto tremendo ahí fuera.

Hice un mohín con la boca. Si él no estaba de mi lado y la doctora tampoco, no sabía cuántas fuerzas tendría para pelear e irme a casa, aunque de todos modos la decisión estaba en mis manos.

—Solo ha sido una farola, ¿cuánto daño puede hacer?

—Más que una taquilla seguro —contestó, y descruzó los brazos—. Vibró y todo cuando te estrellaste.

También se acordaba de cuando me hice la brecha. Él estaba delante. Fue poco después de que empapelaran el instituto con mi lista y comenzara a hablar más con James.

Se acercó a mí, pero no me tocó. Sentí un poco de decepción, esperaba que volviera a tomar mi mano. Me fijé en que su camisa también estaba manchada de café. Probablemente de cuando me agarré a él para no caer al suelo.

—Quiero cambiarme de ropa y descansar —insistí, y estiré la blusa sucia y húmeda lejos de mi cuerpo—. Tú también deberías cambiarte.

Cuando me hice la brecha lo había manchado de sangre.

—Ya no me duele tanto la cabeza —mentí, aunque parecía que las pastillas estaban comenzando a hacer efecto—. Te prometo que si me encuentro mal, volveré corriendo al hospital.

Gruñó, pero era un gruñido que significaba que había ganado.

—Corriendo no, en coche vale —cedió.

James salió a buscar a la doctora mientras yo le enviaba un mensaje a Mason contándole brevemente lo sucedido. Seguro que él se reía de la situación.

Después de unas breves advertencias hacia James sobre no quitarme los ojos encima y estar pendiente de mí, me dieron el alta voluntaria. A juzgar por cómo le hablaba, estaba segura de que nos habían confundido con una pareja. De camino a mi casa paramos en una farmacia y James bajó a comprarme las pastillas y la pomada que me había recetado la doctora.

Cuando en lugar de parar el coche en doble fila aparcó cerca de mi portal, supe que no iba a separarse de mí en ese momento.

—Bueno, gracias por traerme —murmuré apresuradamente, y agarré la manilla de la puerta—. Y por llevarme al médico.

Me dispuse a salir antes de que James insinuara que me acompañaría a casa. No me había dado tiempo a cerrar la puerta del copiloto y él ya había salido también del coche.

—Kenzie, ¿adónde vas?

—A casa, claro.

Aceleré cruzando de la acera. Oí cómo bloqueaba el coche y me seguía.

—Kenz, espera... La doctora me ha dicho que te vigilara.

Consiguió alcanzarme bastante antes de que llegase al portal. Mi plan de huir, tal como había sospechado, salió desastroso. Suspiré y me encaré a él.

—No pasa nada, James, estoy bien —le aseguré—. Además, Mara y Seo pueden vigilarme por ti.

Y teniendo en cuenta su actitud de hermana mayor protectora (a pesar de que no era más que un par de años mayor que yo), sospechaba que a Mara no le importaría.

—Déjame acompañarte hasta casa.

Me fijé en que llevaba la bolsa de la farmacia en la mano. Casi se me olvida en el coche. Corrección: de hecho, se me había olvidado en el coche.

—No hace falta… —protesté.

Pero James sabía la verdadera razón.

—¿Por qué te importa tanto que Mara sepa que has salido conmigo?

No quería tener que dar explicaciones sobre por qué había salido con James. Noté en su mirada que estaba muy preocupado por mí y que le dolía mi forma de actuar. Francamente, era una tontería. Apenas conocía a Mara, no sabía nada de mi pasado. ¿Qué problema había en ocultárselo?

Ah, sí. Sus constantes insinuaciones sobre lo guapo que era James y cómo se moría por salir con él.

—Está bien —cedí.

Al fin y al cabo, tarde o temprano acabaría enterándose de todo. Además, no tenía nada que ocultar, ¿verdad? Completamos el camino hasta el portal juntos. Ya en el ascensor, notaba que me sudaban las manos. Si realmente no tenía nada que ocultar, ¿por qué no le había dicho nada a Mara desde el principio?

Tanteé en mi bolso buscando las llaves. Al abrir la puerta, un maullido sonoro se estrelló contra nosotros y la bola de pelo de la que provenía se escapó corriendo del piso, pasando a través de nuestras piernas directo a las escaleras.

—¡No! ¡Boo! ¡Vuelve!

Seo, que estaba viendo la televisión en la sala, se levantó y salió corriendo, esquivándonos sin tener demasiado cuidado.

—¡Perdón! —grité en su dirección—. No me acordaba de Boo.

Durante el último par de días, el gato había desarrollado la manía de escaparse cada vez que abríamos una puerta o una ventana. Pensé que sería por el celo, pero Seo me dijo que estaba castrado. Teníamos que ir con mucho cuidado, porque, si no, sucedía lo que acaba de pasar: gato a la fuga.

Desde el interior del piso llegó otra voz. La de Mara.

—¡Vaya, Kenzie! Me dijiste que llegarías pronto, pero no tan temprano. No son ni las once y ya estás en casa.

Tomé aire y entré, seguida muy de cerca por James. Desde el portal continuaban llegando los gritos de Seo llamando a Boo. Me quité los zapatos y le pedí a James que hiciera lo mismo. Llevaba un calcetín de cada color, y eso me sacó una pequeña sonrisa. En el fondo él también continuaba siendo un desastre.

Mi sonrisa desapareció cuando llegamos frente al sofá. Mara, que estaba en pijama con una botella de vino y dos copas vacías frente a ella, se puso de pie inmediatamente.

—¿James? ¿Qué haces aquí?

—Hola, Mara —saludó él.

Descalza, se acercó a nosotros. Sus ojos se alejaron de James en busca de explicaciones en los míos.

—¿No me digas que tu cita de hoy era con…? Joder, Kenzie. ¿Qué coño te ha pasado?

Cuando vio el chichón del tamaño de un elefante en mi frente, que nuestro jefe estuviese en nuestra sala de estar, descalzo y con un calcetín de cada color, dejó de tener importancia.

—Me he estampado contra una farola —expliqué. No había forma de contarlo sin que sonara tan patético como había sido—. Y me he tirado el café encima.

James dejó la bolsa de la farmacia sobre la mesita, junto al vino y las copas vacías.

—Tiene que tomarse una pastilla cada seis horas y alguien debe vigilarla para asegurarse de que está bien. Es muy cabezota y no ha querido quedarse en observación.

Al decir eso posó una mano sobre mi cabeza y me revolvió el pelo. Mara nos observó con las cejas arqueadas, pero no dijo nada. En su lugar, tomó la bolsa y sacó el bote con las pastillas. Después miró a James de nuevo.

—Yo me encargo de ella, gracias por traerla —aseguró.

Solté el aire que había estado conteniendo sin darme cuenta. Mara habló un poco más con James, le dio las gracias por acercarme a casa y se despidieron con un «hasta el lunes». Antes de que cerrara la puerta, Seo regresó a casa con la cara roja y Boo revolviéndose entre sus brazos.

—Este gato es un revoltoso —se quejó, pero lo abrazaba con cariño. Después se fijó en mí—. Ostras, Kenzie. ¿Qué te ha pasado?

Mara me tomó del brazo y clavó sus ojos perspicaces en mí.

—Ahora necesita ir a descansar, pero estoy segura de que mañana tendrá muchas cosas que contarnos.

Sip, estaba claro. No iba a librarme con facilidad de dar explicaciones.

Capítulo catorce

Los demás se preocupaban demasiado. James me llevó hasta la puerta de casa, Seo me preparó la comida el sábado y varias infusiones y Mara no dejaba de entrar en la habitación para ver cómo me encontraba. Incluso me despertó varias veces durante la noche para comprobar que estaba consciente. Agradecía su preocupación, pero, cuando te despiertan en mitad de la noche y te sacan de un sueño genial en el que viajas por el mundo, tus ánimos no son precisamente los mejores.

Incluso Mason se preocupó más de la cuenta. Supongo que, al ser enfermero, se puso en lo peor.

—Razona, James hizo lo correcto al acompañarte hasta casa. ¿Y si te hubieses mareado por el camino?

Refunfuñé y apreté las sábanas entre los dedos. Estaba sentada en la cama, con el portátil abierto ante mí y Mason al otro lado de la pantalla. En Nueva York era domingo por la tarde y seguía en pijama. Él acababa de levantarse.

—Además, ese golpe tiene muy mala pinta, ¿te estás poniendo la pomada que te mandaron? Viene muy bien para bajar la inflamación.

Llevábamos hablando media hora, y no exagero si digo que veinticinco de esos minutos los había pasado riñéndome por irme del hospital y sermoneándome como si fuese mi madre. Empezaba a fastidiar tanto que se me habían pasado las ganas de llamar a mi propia madre para contarle lo que había ocurrido. Además, no me apetecía molestarla durante su luna de miel.

—Sí, me la estoy poniendo —respondí sin ocultar el tono de cansancio.

Por otra parte, el chichón al final no era para tanto. James había sido un exagerado al decir que sería del tamaño de un elefante. Al principio parecía horrible, pero había bajado bastante. Básicamente era del tamaño de una galleta Oreo en medio de la frente. Podría taparlo con flequillo, pero ya había cometido esa atrocidad años atrás y aprendido que me quedaba fatal.

Mason, que también estaba en pijama y sin peinar, se estiró con un largo bostezo y decidió que ya era hora de cambiar de tema. Alzó las cejas sugestivamente en mi dirección y preguntó:

—Aparte de eso, ¿qué tal fue la cita con James?

—No fue una cita —protesté. Cuando Mason volvió a mover las cejas, provocativo, le enseñé mi dedo medio—. Fue bien, hasta que me preguntó por Henry.

Sus cejas dejaron de elevarse para juntarse en una sola línea que le llenó la frente de arrugas.

—Oh, vaya.

—Sí, vaya.

Unos golpes en la puerta me distrajeron. Después entró Mara con un vaso de agua en la mano.

—Es hora de tomar la pastilla —dijo, golpeando la puerta con la cadera y abriéndose paso hasta la cama.

Miré la hora en el lateral de la pantalla del portátil. ¿Cómo podía ser tan puntual? Me moví a un lado de la cama para dejarle sitio.

—Hablamos luego, ¿vale, Mason?

—Claro —se despidió mi amigo con un nuevo bostezo—. Hasta la próxima, Mara. Cuida de mi amiga.

No era la primera vez que Mara entraba en mi habitación mientras hablaba con Mason, por lo que ya se conocían, aunque fuese a través de la pantalla de un ordenador. Cuando la conexión terminó, se volvió hacia mí con el vaso de agua y la pastilla.

—Toma, drógate.

Tomé la pastilla blanca de su mano y me la metí en la boca de golpe. Después, agarré el vaso de agua, pero justo mientras lo tomaba Boo entró maullando en la habitación, directo hacia nosotras. De un salto se estampó contra el ordenador y lo cerró de golpe. Un poco de agua cayó a la camiseta del pijama.

—Gato tonto —murmuré mientras me secaba inútilmente con la mano.

Me estiré para dejar el vaso en la mesita y Mara tomó a Boo en brazos. Inmediatamente se hizo un ovillo y comenzó a ronronear, ajeno a lo que acababa de hacer. ¿Por qué la vida no podía ser igual de simple que la de un gato? Come, mea y duerme. De vez en cuando juega, y si la lía, no pasa nada porque ronronea y a todo el mundo se le olvida al momento.

Ojalá yo supiera ronronear así.

Cuando me volví hacia Mara, estaba mirándome fijamente.

—Bueno, Kenzie —dijo—. Me parece que tienes algo que contarme.

Hasta entonces me había traído pastillas y pomada, preguntado cómo me encontraba y dado abrazos, pero no me había pedido explicaciones. Eso estaba a punto de cambiar.

—¿Estás saliendo con James? —preguntó después de un rato en el que no dije nada.

—No estamos saliendo, solo quedamos para que me enseñara la ciudad. Me lo debía por haberlo ayudado con la reunión de esta semana.

Ahora que lo decía en voz alta, sonaba como una excusa patética para ocultar una cita real. Pero James y yo sabíamos la verdad. Solo éramos amigos, o al menos intentábamos serlo.

—¿Es porque os conocéis de antes?

Por dónde empezar...

—¿Recuerdas que te dije que éramos vecinos en el instituto? —pregunté, y cuando Mara asintió decidí lanzarme de cabeza a la piscina—. Bien, también fuimos novios.

—¡No me jodas!

Después de eso me vi relatándole a Mara la patética historia en la que me vi envuelta años atrás. Cómo mi adicción a escribir listas terminó con la pérdida de la peor de todas, esa en la que había nombrado a los cuatro chicos que más me gustaban, desde mi plan A a mi plan D, y cómo la lista había terminado empapelando las paredes del instituto.

—A ver si me aclaro —dijo Mara después de un rato—. ¿Mason, tu amigo, el chico guapo con el que hablas por *webcam*, también estaba en tu lista?

Mason y James, el plan B y el plan D. Ahora que han pasado los años me doy cuenta de lo ridículo que fue hacer aquella lista, además de denigrante para ellos. Nunca quise causar ningún mal. Era solo para mí, y perderla fue un gran error. Al menos de los planes A, B y C hablaba bien, pero del D...

A James básicamente lo nombré como mi «nunca en la vida». Es decir, jamás saldría con él, aunque si estaba en esa lista era porque me parecía atractivo, pero tan idiota que necesitaba recordarme a mí misma que lo mejor era mantener las distancias. Siempre fue el payaso de la clase, el idiota de mi vecino, que se creía guay por pegar preservativos en la espalda de las personas. Pero ser mi plan D le sentó mal. Empezó a relacionarse conmigo más y mejor, y de alguna forma nuestra relación evolucionó hasta que terminé enamorándome de él. Descubrí que tras esa personalidad despreocupada se escondía un chico mucho más maduro y honrado de lo que demostraba. Podía ser el payaso de la clase y al mismo tiempo el chico bueno, porque las cosas nunca son blancas o negras.

Luego todo se torció cuando empezamos la universidad. Cada uno se fue a un estado diferente y la distancia lo fastidió hasta el punto en el que terminamos rompiendo.

—Lo que me pregunto es cómo, tras pasar semejante vergüenza, continúas escribiendo listas —murmuró Mara después de que terminara de contar mi historia.

Abrí la boca con horror.

—¿Cómo sabes que sigo haciéndolo?

Se echó a reír y Boo, que se había dormido en sus brazos, se asustó y salió corriendo lejos.

—Por favor, Kenzie, las dejas por todos lados. El otro día encontré en la cocina una con todo lo que tenías que hacer en el trabajo durante esta semana. Por un segundo pensé que sería la lista de la compra, pero al leer «intentar entablar conversación con Elliot» supuse que no era así. Eso, o las compañías de *marketing* están poniendo nombres muy raros a sus nuevos productos.

—Ya no lo hago tanto —me defendí—. Tendrías que haber visto mi agenda en la universidad, organizaba las asignaturas por horas y el tiempo que dedicaría a cada una de ellas cada tarde.

Al menos ya no hacía listas sobre qué ropa ponerme cada día de la semana, y eso se reflejaba perfectamente en mi penoso estilo de vestir. Aunque la falta de ropa apropiada también ayudaba.

En ningún momento me echó en cara no habérselo dicho desde el principio. Supongo que saqué conclusiones precipitadas sobre su interés por James. Que pensara que el chico era guapo y lo dijera en alto no significaba que quisiera una relación con él, igual que tampoco significaba nada que él y yo quedásemos para dar una vuelta por la ciudad. Los amigos podían hacer esas cosas.

James llamó esa noche, cuando estaba viendo una película con Seo y Mara en el salón. Fui a mi cuarto a hablar y el pesado de Boo me siguió. Seo me decía que lo único que tenía que hacer era darle cariño. Me perseguía para que lo acariciara, pero a mí los animales nunca se me han dado bien. ¿Y si me arañaba? No entendía cómo ella podía dormir con el gato.

Cerré la puerta de la habitación y contesté al teléfono.

—¿Qué tal estás?

—Viva.

Oí a James reírse al otro lado de la línea. Me alegraba saber que el golpe no me había quitado el sentido del humor.

—¿El chichón mejor? —preguntó.

Me llevé una mano a la frente, hasta rozar con los dedos el pequeño bulto que sobresalía bajo mi piel. Al notar la presión escoció un poco, pero me las arreglé para no quejarme.

—La inflamación ha bajado y ya no duele tanto —le informé, y aparté los dedos de la frente—. Gracias por llevarme al hospital y a casa ayer.

—Era lo mínimo que podía hacer.

Sonaba sincero. Me acerqué a la ventana. Fuera, el sol se había puesto dejándolo todo a oscuras, pero las luces continuaban dando vida a la calle, a la ciudad que nunca duerme. Las personas caminaban con paso acelerado y los coches atravesaban las carreteras tan rápido como estrellas fugaces, dejando tras de sí un manto de neón.

James se aclaró la garganta.

—¿Sabes? Ayer quería preguntarte algo, pero con todo lo que pasó no pude...

Me puse alerta inmediatamente. No iba a preguntarme de nuevo qué tal estaba por mi ruptura con Henry, ¿verdad? Por fortuna, los tiros no iban por ahí.

—Después de cómo me salvaste el culo en la reunión el otro día, hablé con Jack y... Bueno, sé que llevas poco tiempo en la empresa, pero... ¿qué te parecería un aumento?

—¿Un aumento de sueldo? —dije rápidamente.

Me mordí la lengua cuando James se echó a reír. En la calle, un perro comenzó a ladrar a un grupo de palomas mientras su dueño tiraba con fuerza de la correa.

—Eso también, pero yo me refería a subir de puesto —agregó tras lo que parecieron largos minutos de risas—. Me gustaría ofrecerte el puesto de secretaria.

Oh.

El grupo de palomas salió volando lejos del perro y el dueño pudo apartarlo de allí.

—Tu trabajo sería parecido al que haces ahora, pero tendrías que ayudarme a preparar las reuniones, acompañarme a ellas, conocer a nuestros aliados y, básicamente, organizar mi agenda.

—Es decir, tendría que trabajar exclusivamente para ti —atajé, no demasiado segura de su oferta.

—Y para la empresa, Kenzie. Todos somos un equipo.

Parecía muy interesado en que aceptase el puesto. Sin embargo, apenas llevaba unas semanas en la compañía, no sabía lo que podrían pensar los demás, ¡o si lo haría bien!

—¿Y qué gano yo con eso?

—¿Qué tal ese aumento de sueldo por el que has preguntado antes?

A la mierda lo que piensen los demás, se pierden demasiadas oportunidades por culpa del «qué dirán». O, al menos, eso es lo que debería creer. De todos modos, no era ningún secreto que necesitaba el dinero, para más cosas además de la ropa. Vivir en Nueva York era demasiado caro.

—No puedo decidirlo ahora, ¿qué te parece si el lunes me das los detalles y lo decido?

—¿Vas a venir a trabajar el lunes? —preguntó con voz ahogada—. ¿En tu estado?

—¿Qué quieres decir con «en tu estado»? Por favor, solo me di un golpe contra una farola, no es para tanto, ni que la hubiese derribado o me hubiese abierto la cabeza con ella…

Volví a tocar el chichón. No me hacía especial ilusión salir de casa con aquella pinta, pero tampoco podía parar mi vida cada vez que me cayera. De ser así, estaría encerrada en mi habitación para siempre.

—Yo…

—Nos vemos el lunes, James —lo interrumpí, con una pequeña sonrisa en los labios.

Tras unos segundos, él también se despidió.

—Nos vemos el lunes, nena.

Capítulo quince

Mi lunes no estaba yendo tan bien como podría. No solo el chichón decidió que era hora de pegar un nuevo estirón y hacerse ver más de lo normal, también se me había olvidado hacer la colada y llevaba puesta una camiseta de Seo y unos pantalones de Mara. Lo intenté con las camisas de esta, pero tenía mucho más pecho que yo y el escote me quedaba ridículo en todas.

—Pero ¿estás saliendo con James o no?

Ah, sí. Mi compañera de piso, y para mi desgracia también de trabajo, tampoco ayudaba a que esa mañana mejorase.

—No —siseé por encima del separador de espacios que diferenciaba nuestros escritorios—, ¡ya te lo he dicho!

Para colmo de todos los males, Frankie había decidido dejar la pantalla congelada en mitad del documento que llevaba más de una hora redactando y que no había guardado desde hacía más de veinte minutos. No podía jugar a apagar y encender el ordenador y arriesgarme a perder todo el trabajo.

—Entonces, ¿por qué no me dejas hacerte un usuario? Si es por la foto de perfil, estoy segura de que tienes alguna bonita de antes del chichón.

Suspiré resignada y dejé caer la cabeza contra el escritorio. Después de nuestra conversación del sábado sobre mi pasado con James, y de descubrir que a Elliot en realidad le gustaba más nuestro compañero de sección Archie, Mara se había pasado toda la mañana intentando convencerme de que me hiciera un perfil en una aplicación de citas.

—Mira, yo tengo uno y me va genial. He conocido a muchísima gente simpática, lo único que tienes que hacer es saber escoger.

—Que no, me da mucha vergüenza.

Di un golpecito al monitor y no pasó nada. Cualquier día Frankie se apagaría para no volver a encenderse, y entonces podría tener un ordenador nuevo y decente. Me conformaba con que fuese decente.

—¿Y la vergüenza para qué sirve? —replicó Mara, alzando la voz—. Para evitar que te diviertas y poco más. Mientras quedes siempre en lugares públicos... Una vez quedé con una chica en su piso y la cosa no fue muy bien. La historia se resume en que hui de allí por la ventana y con el bajo de mi falda favorita chamuscado.

—Genial por ti, pero no me haré ningún perfil.

Empezaba a perder la paciencia. Que estuviera soltera no significaba que quisiera desesperadamente encontrar un novio, o un ligue, o alguien con quien pasar un rato divertido. Por favor, ¡apenas había pasado un mes desde que Henry se fue!

Henry. Cada día lo echaba menos de menos. La falta de comunicación que habíamos mantenido desde su partida y que al principio me molestaba tanto a la larga había servido para que mis sentimientos se desinflaran y empezaran a desaparecer. Al final sería verdad que el tiempo todo lo cura, porque, de no ser por los recuerdos felices que habíamos formado juntos, en mi vida ya no quedarían restos de él.

—Oye, Kenzie…

Mara comenzó a hablar de nuevo, pero la interrumpí con frustración acumulada. Volví mi rostro enfadado hacia ella y la miré con seriedad.

—Ya está bien, Mara. No me apetece hacerme un perfil en una página de ligues.

Me observó delicadamente, apretó los labios metiéndolos debajo de los dientes y señaló con el dedo índice hacia el otro lado, detrás de mí.

—De acuerdo, solo quería decirte que James está aquí.

Por lo más sagrado, ¿por qué siempre tenía que pasarme lo mismo? Cerré los ojos, tomé aire y me giré en la dirección a la que Mara continuaba apuntando. Efectivamente, allí estaba James, con su traje impoluto y su apariencia despreocupada, vistiendo aquella maldita sonrisa divertida que llevaba consigo a todos lados.

Algunas cosas nunca cambiarían.

—Hola —saludé, porque me pareció lo más razonable.

Cualquiera sabría por dónde saltaría James si le dejabas hacer alguna broma acerca de la frase que acababa de escuchar. Conociéndolo, no sería nada bueno.

—Así que trabajando en un nuevo perfil social, ¿eh?

Algo como eso, por ejemplo.

Se rascó bajo la barbilla, donde los pequeños pelos rojos y puntiagudos comenzaban a salir. Después se inclinó más sobre mi escritorio, lo suficiente como para oler su perfume, denso y afrutado. Bajó la voz y dijo:

—¿Has pensado en la oferta que te propuse?

No entendía muy bien si estaba tratando de hacerse el interesante o si de verdad quería evitar que los demás pudieran oír nuestra conversación. De ser lo segundo, estaba fracasando estrepitosamente, porque apostaba mi colección de libros a que Mara disfrutaba de cada una de las palabras desde la cómoda seguridad de su silla de oficina, a mi otro lado.

—Más o menos.

—¿Eso es que vas a aceptar?

Con el rabillo del ojo noté cómo Mara acercaba el oído hacia nosotros.

—No lo sé —respondí, y me aclaré la garganta para sonar más profesional—. Es mucho trabajo.

De acuerdo, eso quizá no me hizo parecer del todo profesional.

James se inclinó más, con los brazos flexionados y el rostro a un palmo de distancia. Su camisa se estiró y los botones quedaron tirantes, mostrando tras ellos un espacio de piel lisa.

«Mierda, Kenzie, deja de mirar.»

Tragué saliva y alcé los ojos hacia los de James. Un calambre recorrió todo mi cuerpo.

—No más del que puedas manejar, estoy seguro. Eres la persona idónea para el puesto.

Su confianza en mí provocó una sensación dulce y cálida en mi interior, que se arraigó en mi estómago y se esparció por el resto de mi cuerpo. Creó la suficiente confianza como para que me atreviera a preguntar:

—¿Y si estás equivocado y meto la pata?

Tenía tan mala suerte en todo y estropeaba tantas cosas que no me sorprendería si aquello también resultaba ser un error. Aceptar ese trabajo e irme a vivir a Nueva York ya me habían obligado suficiente a salir de mi zona de confort. ¿No podía el mundo dejar de agitarse por un segundo?

La sonrisa de James cambió. Apenas fue un leve movimiento, un brillo en sus ojos, pero dejó a un lado la diversión para tomar pequeños tintes de dulzura.

—No lo sabrás si no te arriesgas, ¿no crees?

A pesar de su tono despreocupado, supe que lo decía muy en serio. Después me guiñó un ojo, lo que hizo que mi corazón diera un salto, y se alejó a su despacho, todavía esperando mi respuesta.

Habíamos quedado en que el tiempo todo lo cura. Entonces, si he podido olvidarme tan rápido de Henry, ¿por qué con James tardé un año entero?

Porque quizá no fuese el tiempo, sino la profundidad de los sentimientos lo que más importaba. Cuanto más arraigados y más verdaderos fueran, más costaba hacerlos desaparecer. Por eso, cuando esa persona especial regresaba podías notar cómo los sentimientos rascaban la superficie de su tumba y amenazaban con volver a la vida. Por eso, ahora que volvía a estar cerca de James, empezaba a notarlos de nuevo.

Mara se acercó a mi escritorio.

—¿Qué oferta indecente te ha hecho James? —preguntó en cuanto este se metió en su despacho—. ¿Te va a enseñar su habitación secreta?

—¡Mara, por favor!

Sobresaltada, volví a mirar el ordenador. Frankie había vuelto a funcionar y todos en la oficina parecían estar inmersos en su trabajo. Mi cabeza, por otro lado, se negaba a cooperar.

Una bolita de papel me llegó desde el escritorio de al lado.

—¿Entonces? —insistió.

—Quiere que sea su secretaria —respondí, porque era mejor que supiera la verdad a que continuase imaginando situaciones para más de dieciocho años.

Mierda. Ahora era yo quien estaba imaginando esas situaciones.

Sacudí la cabeza y comencé a teclear el informe en el que estaba trabajando. Mara no iba a dejarme ir tan fácilmente. Soltó una exhalación de admiración y dijo:

—Eso es genial, ¿vas a aceptarlo?

Sin poder evitarlo, alejé los ojos de la pantalla y los dirigí hacia atrás, hacia las cristaleras tapadas por cortinas opacas, donde estaba James. «Si no me arriesgo…»

Una de las cortinas se movió, y volví la cabeza al frente con rapidez, no sin percatarme primero de la sombra pelirroja que apareció tras ella.

—Creo que sí.

Capítulo dieciséis

¿En qué momento dije que sí? ¿En qué disparatado lugar de mi cerebro se me ocurrió que sería buena idea ser la secretaria de James? ¿Cuándo decidí que aceptar nuevos retos estaría bien? Todas esas preguntas y muchas más me venían a la cabeza esa tarde, sentada ante una improvisada mesa en la terraza llena de papeles por todos lados.

—Voy a matar a James —farfullé entre dientes—. Voy a matarlo y a enterrar sus huesos en un lugar frío y asqueroso.

Me había convencido de que podría con el trabajo, que solo tendría que organizar su agenda y ayudarlo con las presentaciones. Se le olvidó mencionar que era un completo desastre. Pero desastre con mayúsculas. Su anterior secretario había renunciado hacía semanas por un trabajo mucho mejor, y no lo culpaba. Ante mí tenía una larga lista de reuniones atrasadas, citas con clientes que no podían postergarse más y un sinfín de documentos sin archivar que me llevaría horas de trabajo en la nube.

Por eso estaba pasando mi noche del miércoles intentando avanzar trabajo.

—Esto no está pagado —murmuré cuando mi ordenador parpadeó para avisarme de que quedaba poca batería.

Me dejé caer en la silla con resignación. Aunque el aumento de sueldo era un aspecto positivo, con cada minuto que pasaba dudaba que mereciera la pena. En los dos días que llevaba como secretaria había vaciado un blíster de las pastillas para el dolor de cabeza que me había recetado la doctora, aunque ya no era por el chichón. Milagrosamente, se había desinflado y ahora era del tamaño de una galletita salada.

Tomé la copa de vino que descansaba sobre unos cuantos papeles. En el trabajo no se me permitía beber alcohol, pero, si iba a llevármelo a casa, nada me impedía hacerlo.

Intenté relajarme con el sonido de la calle apagándose. Las farolas comenzaban a iluminar lo que el sol escondido ya no podía y las personas caminaban cada vez más rápido. Salir a aquella terraza lograba tranquilizarme.

Hasta que mi compañera de piso irrumpió abriendo la puerta de par en par:

—¡No te vas a creer a quién me he encontrado en la *app* de ligar de la que te hablé!

Me sobresalté y tambaleé en la silla. Conseguí sostener los pies en el suelo, pero parte del vino cayó sobre los papeles.

—¡Mara! —la reñí mientras dejaba la copa sobre la mesa—. Me has asustado.

Me levanté e intenté limpiar el desastre con la manga de la chaqueta, pero el daño ya estaba hecho. En fin, tendría que volver a organizarlo, pero eso sería otro día.

—Perdón, perdón —se disculpó repetidas veces—, pero tenía que enseñarte esto.

Se acercó a mí. Llevaba el teléfono móvil encendido en la mano y lo extendió con la pantalla brillando en mi dirección. Tardé unos segundos en acostumbrarme a la claridad, y cuando lo hice distinguí una imagen.

—¿Por qué tienes una foto de James en el móvil? —pregunté.

Lo alejó unos segundos con un gesto brusco y volvió a acercarlo, esta vez señalando con el dedo índice una parte específica de la pantalla.

—¿No has oído lo que te he dicho? Es la página de ligues, mira. ¡James tiene un perfil!

Junto a su dedo pude leer el nombre de la aplicación con la que Mara me había estado molestando los últimos días. Bajo la foto de James, una descripción bastante reciente de quién era, su nombre y su puesto de trabajo.

—Estaba mirando las sugerencias de personas que podrían interesarme y de pronto... ¡zasca! ¡Ha aparecido él!

Observé la pantalla sin decir nada. No sabía por qué me sorprendía que James tuviese un perfil, al fin y al cabo, aquella aplicación era muy popular, y él, un chico joven y soltero. Tampoco entendía por qué a una parte de mí le había sentado mal. No tenía ninguna relación especial con James. Era mi jefe y, quizá, también un poco mi amigo. Si Mason se hiciera un perfil me reiría de él, pero no me enfadaría. No me entristecería. ¿Qué me pasaba?

Mara continuó hablando.

—Obviamente, voy a rechazarlo, no sería ético siendo mi jefe y tu exnovio... Pero, joder, el chico está como un tren...

Una sombra blanca saltó sobre la mesa y cruzó la terraza con otro salto, desapareciendo en dirección a la calle.

—¡Boo! —gritamos Mara y yo al mismo tiempo.

Nos lanzamos contra la barandilla, justo para ver al gato colarse en la terraza de un vecino y entrar en su casa por la ventana. Detrás de nosotras, la puerta abierta nos delataba. Seo iba a matarnos.

En la oficina las cosas no iban mucho mejor. De hecho, al no haber vino, iban mucho peor. Cuando por fin pensaba que había avanzado, abría un nuevo documento en la nube y me daba cuenta de que no era así. La verdad, cada vez dudaba más de la capacidad de James. Estaba segura de que se había esforzado para llegar tan lejos, pero era obvio que si su hermano no fuese el jefe, no habría durado allí ni una semana.

—¿Por qué no te tomas un descanso, Kenz?

Mara se había levantado y puesto la chaqueta. Era la hora del almuerzo, pero la montaña de tareas pendientes no conocía la palabra descanso.

—Tengo mucho que hacer —indiqué, señalando a Frankie con el dedo.

Porque ser la secretaria de James no bastaba para conseguir un ordenador nuevo, solo me daba más trabajo.

—¿Necesitas que te eche una mano? —preguntó, inclinándose sobre mí y posando una mano en mi hombro.

Valoraba a Mara, o al menos la valoraba mucho más que el día en que nos conocimos, cuando me dio la impresión de ser una persona superficial y entrometida. La juzgué mal: se desvivía por ayudar a los demás y como compañera de piso era bastante tolerable, salvo cuando no dejaba de lanzarme indirectas sobre James y de comentar lo guapo que era. Esa parte preferiría eliminarla.

—Tengo que hacer esto sola.

Necesitaba probarme a mí misma que podía con ello, por eso aún no había presentado mi carta de renuncia al puesto. Por eso, y porque no llevaba ni una semana.

Elliot Bell se acercó a nosotras. Llevaba la chaqueta colgada al hombro y tenía unas ojeras profundas; también había estado muy ajetreado durante la semana.

—¿Listas para tomar un descanso? —preguntó, y con un movimiento dejó caer la chaqueta en sus brazos—. He pensado que podríamos pasar del comedor y salir a por algo de *sushi*.

Que nombrase comida asiática me recordó a mi primera salida con James en Nueva York, y no pude evitar mirar de reojo su despacho. Hacía tiempo que se había encerrado a trabajar y tampoco había salido a tomarse un descanso. Aunque fuese un desastre, no podía negar que se esforzaba mucho. A veces solo es necesario un poco de orden para que todo resulte más sencillo.

—¡Suena muy bien, yo me apunto! —bramó Mara, y me apretó con fuerza el hombro—. ¿Me ayudas a convencer a Kenzie de que nos acompañe?

—¿Me ayudas tú a convencer a Archie? —contraatacó, lanzando una mirada por encima de su hombro—. Dice que el *sushi* le da asco.

La mano de Mara me soltó.

—¡Eso es que no lo ha probado! ¿Qué dices, Kenz? ¿Te unes?

Elliot estiró un brazo hacia mí, tendiéndome la mano amistosamente. Tenía una sonrisa amigable, de esas que transmiten confianza.

—Vamos, me da la sensación de que un descanso y despejar la cabeza es justo lo que necesitas. A veces trabajar tan duro todo el tiempo no sirve para nada.

Como si fuera una señal, Frankie comenzó a emitir un sonido ronco y molesto. Suspiré, tomé mi chaqueta y, por unas horas, mandé el trabajo a la mierda. Necesitaba un respiro.

Capítulo diecisiete

Aquel era el primer sábado que me quedaba en casa desde mi llegada a Nueva York. Sola en la mesa del comedor, frente a una montaña de papeles, con los ojos cansados y un humor francamente ridículo. Y con ridículo me refiero a malo.

La montaña de papeles parecía crecer a cada minuto que pasaba sin mirarla. Intenté hablar con Mason por videollamada para pedirle consuelo, pero estaba estudiando en la biblioteca y lo suyo tal vez fuera mucho peor que lo mío. Además, mis compañeras de piso no estaban. Mara tenía una cita con alguien que había conocido por esa aplicación de ligues y Seo, una sesión fotográfica de noche, lo cual me dejaba sola en casa.

Bueno, sola no. Estaba Boo. Habíamos conseguido rescatarlo del piso del vecino antes de que rompiese nada, así que ahora lo que estaba a punto de romper eran mis nervios. No dejaba de restregarse contra mí, frotándose entre las piernas y haciéndome cosquillas con los bigotes o posándose sobre el teclado del ordenador portátil y revolviendo los papeles que había esparcido sobre la mesa. Esta vez, al menos, no había vino: había aprendido la lección.

En aquel preciso momento, Boo rozaba su morro húmedo contra mi mano y me impedía concentrarme.

—Para ya —lo reñí, bajando la cabeza a la altura de la suya—. Tengo que trabajar.

Siempre había oído que no era recomendable poner la cara cerca de la zona de control de un gato, por si lanzaba un zarpazo o un mordisco. Sin embargo, llevaba un mes conviviendo con Boo y estaba tan cansada que no me importaba lo más mínimo.

Como si no entendiera mi mensaje, cosa que probablemente sucedía, Boo dejó de sobarse contra mi mano para rozar mi cara. Sus bigotes me hicieron cosquillas en las mejillas y, para mi sorpresa, consiguieron sacarme una sonrisa.

—Gato tonto —murmuré.

Empezaba a acostumbrarme a encontrar pelos de animal por todos lados, sobre todo en la ropa oscura. Por no hablar del olor de su caca, pero de esa tarea se encargaba Seo. Nunca había dicho que el gato fuese suyo, pero era la que más lo cuidaba.

De pronto, mi teléfono móvil comenzó a sonar con una llamada entrante. Boo se asustó y salió corriendo, con la cola tensa y las orejas en punta. Sí que era un gato tonto. No pude evitar sorprenderme al ver quién me llamaba. Mi hermana.

Si no me equivocaba, eran más de las diez de la noche y, además, sábado. Me parecía extraño que mi hermana pequeña se acordase de mí durante las vacaciones de verano. Aunque quizá nuestro padre la había castigado después de escaparse a una fiesta, hacía ya dos fines de semana. Una fiesta que se descontroló y acabó con ella en el calabozo. ¡Con dieciséis años!

—¿Les? ¿A qué debo el honor de esta llamada?

Seo apareció en casa cerca de las once. Por fortuna, para entonces ya había resuelto la crisis de ansiedad de Leslie. Había besado a un chico y se había vuelto loca. Una cosa que pocas personas saben sobre mi hermana es que parece una mujer loca y aventurera, pero en el fondo no es más que una niña pequeña.

—¿Qué tal ha ido la sesión de fotos?

Antes de contestarme dejó la cámara sobre una balda en la entrada y tomó a Boo en brazos. El gato se había acercado corriendo a recibirla con un montón de maullidos y no callaría hasta que su saludo fuese correspondido. Siempre hacía lo mismo con todas nosotras.

—Feliz de haberla acabado, los modelos no eran muy colaboradores.

Aparté unos cuantos papeles para dejarle espacio en la mesa. Entre la charla con mi hermana y lo tarde que era, podía dejarlo por hoy. Además, durante la semana había conseguido avanzar lo suficiente como para darme por satisfecha. Con un poco más de esfuerzo, en unos pocos días y con un par de reuniones todo estaría en orden. Tampoco ayudaba el clima. Acababa de comenzar agosto y el calor húmedo era horrible.

—Sin embargo, estoy segura de que han quedado unas fotos geniales, el cliente va a estar muy satisfecho.

Dejó a Boo sobre una silla y fue a la cocina. El gato no tardó en seguirla. Oí ruido de tazas y cubiertos y al cabo de unos minutos regresó con un vaso de café bien cargado en la mano. Se sentó en la silla donde había dejado a Boo y alcé las cejas.

—¿Café a estas horas? ¡No podrás dormir!

Además, era negro, no estaba rebajado ni con leche ni con agua. Con lo diminuta que era Seo, no entendía cómo podía absorber tanta cafeína sin colapsarse.

—Eso espero, necesito editar las fotos para el lunes y pensaba empezar esta misma noche. Lo que me recuerda... ¿Podrías hacerme un favor?

No me gustó nada cómo sonó aquella pregunta. Además, sabía que sería incapaz de negarme, incluso antes de que me dijera cuál era el favor. Seo comenzó a remover el café evitando mirarme a los ojos.

—Esta semana me tocaba limpiar el baño y con el ajetreo que he tenido no me ha dado tiempo. Si Mara se entera, me mata, ya sabes cómo es con la limpieza. ¿Tú podrías...?

Dejó la pregunta en el aire, aunque las dos sabíamos cómo terminaría. Se había ruborizado. A ella tampoco le gustaba tener que pedírmelo. Las dos habíamos pasado semanas horribles. Yo había estado todo el tiempo rodeada de papeles y Seo, retocando fotos y editando vídeos, madrugando para ir a sesiones que estaban muy lejos y volviendo a casa a horas intempestivas.

—Pues... —comencé a decir.

Fui interrumpida cuando la puerta de casa se abrió de golpe y Mara entró como un huracán, atravesando la entrada y caminando directa hacia nosotras. Ni siquiera se preocupó de quitarse los zapatos. De hecho, no frenó hasta llegar a la mesa, llevándose por delante unos cuantos papeles.

Se dejó caer sobre mí y tuve que mover la silla unos centímetros hacia atrás para que pudiera sentarse sobre mis rodillas.

—A que no adivináis con quién acabo de estar.

—¿Con la supercita que tenías esta noche? —murmuró Seo.

Soplé para quitarme su pelo de la cara. Olía a rosas, como su champú, pero eso no era lo que me preocupaba en aquellos momentos. Boo acababa de llegar maullando e intentaba subirse a la mesa para ponerse a la altura de Mara y recibir su saludo.

—No, con James Smith, nuestro jefe.

Incluso Seo, que apenas había tenido contacto con él, abrió la boca, sorprendida. Ajena a nuestras expresiones, Mara estiró el brazo y toqueteó la cabeza de Boo con torpeza hasta que el animal se dio por satisfecho. Después se volvió hacia mí, metiéndome de nuevo el pelo en la boca.

—Te lo tenías muy callado, Kenzie. ¡No nos dijiste que la noche que no volviste a dormir te habías quedado en su piso! ¿Hicisteis muchas guarrerías?

—¡Mara! —la regañó Seo.

—¿Estás borracha? —pregunté cuando pude escupir los mechones con olor a rosas.

Se rio y negó, pero entonces puso uno de los zapatos de tacón sobre la mesa y se dejó caer sobre mí.

—Solo un poco —confesó—, me han invitado a unas copas.

Fruncí el ceño e intenté quitármela de encima, pero solo conseguí que se apoyase más sobre mí. Comenzaba a no sentir los dedos de los pies.

—¿James te ha emborrachado? —pregunté.

—No, yo me he emborrachado, con mi cita de esta noche. Pero entonces he visto a James. Me ha invitado a un refresco, hemos charlado un rato y me ha traído a casa.

—¿Y tu cita?

—Se largó cuando empecé a hablar con James. Que se joda, solo quería *folleteo* y a mí hoy no me apetecía.

Hizo un chasquido con la boca, como quitándole importancia. Seo terminó su café de un trago y se levantó de la silla.

—En fin, voy a encender un poco de incienso... ¡Y tú quítate esos zapatos llenos de suciedad de la calle!

—Sí, mamá...

Con un salto bastante descoordinado, Mara se levantó y mis piernas volvieron a la vida. Tuve que sujetarla por la cintura para que no perdiera el equilibrio y se estrellara contra la mesa. Después se alejó dando tumbos hacia la entrada para dejar los zapatos. Boo la persiguió todo el camino, manteniéndose a una distancia prudencial.

Al regresar, tomó el sitio que Seo había dejado libre, posó los codos sobre la mesa y me miró con ojos brillantes.

—¿Entonces, qué?

—¿Qué de qué? —repetí.

Seo regresaba de su habitación con un encendedor y una barrita de incienso nueva. En cuestión de minutos no habría quien respirara en casa.

—¿Te lo montaste con James esa noche o no?

Mierda. Sí que estaba borracha. Sin embargo, una sensación de calor me invadió desde el interior e incendió mis mejillas. Como era de esperar, Mara lo interpretó de forma errónea. Me dio un pequeño golpe en la mano y me lanzó una mirada traviesa.

—¡No pasó nada! —aseguré, aunque dudaba que fuera a creerme—. Bebí mucho y me llevó a su casa a descansar porque no sabía mi dirección.

—Claro, claro… —murmuró sin dejar de sonreír—. De todos modos, hoy le he echado la bronca por ti.

—¿Por mí?

Hasta donde yo sabía, no había nada por lo que reñir a James. Era nuestro jefe y jamás nos había tratado mal. A menos que…

—Sí, por haberte mandado tanto trabajo que tienes que quedarte encerrada un sábado por la noche. ¡Si llevas toda la semana con la cara pegada al ordenador! Entre tú y Seo parece que vivo con fantasmas.

A continuación, se levantó y avanzó a zancadas directa al baño. Me quedé allí, con el ordenador apagado y los papeles desordenados, pensando en las cosas sobre las que Mara y James tal vez hubieran hablado durante la noche.

Pensando en cómo era posible volver a sentir algo por James después de tantos años.

Capítulo dieciocho

Nunca me ha gustado el olor a desinfectante, y mucho menos tener que ponerme guantes para usarlo. Sé que protegen mis manos, pero siempre me quedan grandes y los que estaba utilizando en aquellos momentos me dejaban la piel acartonada.

—Gracias por ayudarme, Kenzie —dijo Seo mientras terminaba de aclarar la bañera.

—No hay de qué.

Al final, decidimos limpiar el cuarto de baño entre las dos durante la mañana del domingo. Mara estaba durmiendo la mona en su habitación, por lo que tratamos de no hacer mucho ruido. También cruzaba los dedos para que no se despertara con náuseas, porque se encontraría el inodoro lleno de desinfectante azul.

Casi habíamos terminado de dejar el baño más limpio de lo que nunca había estado cuando oí un sonido a lo lejos que por un momento no supe distinguir. No tardé en reconocerlo como una llamada entrante en mi teléfono, que había dejado cargando en el cuarto.

Temiendo que Mara se despertara, me quité los guantes y salí corriendo hacia mi habitación. Respondí sin mirar quién llamaba.

—¿Sí?

—Buenos días, nena. ¿Tienes planes para hoy?

Era imposible no reconocer aquella voz y aquel «nena». Me senté sobre la cama y quité el cable de alimentación del teléfono. Me picaban las manos por los guantes.

—James, sabes que no me gusta que me llames nena.

Su risa sonó floja desde el otro lado de la línea. En el piso, Mara salió de su habitación frotándose los ojos. Todavía llevaba puesta la ropa que había usado la noche anterior.

—Lo siento, es verdad —se disculpó, aunque en realidad no parecía sentirlo—. Entonces, ¿tienes planes para hoy?

—Más o menos. —Froté las manos contra la tela de mi pantalón de chándal descolorido.

—¿Planes como trabajar hasta tarde? —adivinó—. Ayer tuve una conversación muy interesante con Mara.

Lancé una mirada hacia el salón. La susodicha se estaba arrastrando como alma en pena en busca de un poco de agua. Podía imaginarme cómo de grande era su resaca.

—Sé que te estás esforzando mucho, Kenzie —continuó James al otro lado de la línea—, pero también necesitas descansar. En una semana has hecho mucho más que mi último secretario en los cinco meses que estuvo trabajando para mí.

Vaya, cinco meses… Ese chico aguantó demasiado. Desde el primer día tuve serias dudas de poder superar la primera semana, pero odiaba darme por vencida e intenté con todas mis fuerzas dar lo mejor de mí. Sin embargo, tenía esa horrible y constante sensación de estar fracasando. Era un sentimiento desagradable que siempre me había perseguido, ya fuese en otros trabajos o en el instituto. Me daba la impresión de que, por mucho que me esforzara, lo hacía todo mal, o al menos peor que los demás, pero nunca me había atrevido a preguntar si era verdad.

De todos modos, lo que había dicho James me había intrigado.

—¿Cuánto tiempo llevas trabajando para tu hermano?

—Desde que decidí hacer prácticas en su empresa —bromeó, pero enseguida regresó al tema inicial—. Entonces, ¿qué dices? ¿Te apetece salir a comer conmigo?

No iba a darse por vencido con facilidad. Me mordí el labio inferior. Estaba pelado por los nervios, y pequeños trozos de piel seca se separaron para entrar en mi boca. Sabía que era algo asqueroso, pero no podía evitarlo.

Entonces James dijo las palabras mágicas.

—Me gustaría enseñarte un lugar en Nueva York...

Quizá sabía cuánto me fascinaba esta ciudad, o simplemente estaba interesado en pasar tiempo conmigo. Lo cierto era que me encantaba conocer nuevos rincones de Nueva York. Cada día allí era una nueva aventura, y hacer turismo sola no era tan divertido.

Quizás una parte de mí simplemente quería pasar más tiempo con él.

—Dame cinco minutos.

Un grito de alegría sonó desde el otro lado de la línea.

—Menos mal que has dicho que sí, porque estoy aparcado frente a tu portal y me daría mucha pereza tener que volver a casa...

No podía ser cierto.

Salté de la cama y fui corriendo a la ventana. Entonces recordé que daba a un lado de la calle diferente al portal y no podía ver el coche de James. Maldición… De todos modos, ¿por qué quería verlo? Él ya me había dicho que estaba abajo y le creía.

«Porque me hace ilusión.»

Mierda.

—¿Kenzie? ¿Sigues ahí?

Había estado en silencio durante demasiado tiempo. Por un segundo pensé en decirle que subiera para que no tuviese que esperar en el coche, pero luego recordé a Seo limpiando el baño y a Mara arrastrándose por el suelo mientras rogaba por su vida al dios de la resaca y decidí que lo mejor sería que yo me diese prisa.

—Cinco minutos y estoy abajo.

—Empiezo a contar. Cinco, cuatro cincuenta y nueve, cuatro cincuenta y ocho… Vamos, nena, que el tiempo corre.

Colgué sin molestarme en replicarle por llamarme «nena» de nuevo. El tiempo apremiaba, y por alguna razón desconocida seguía sonriendo.

Después de informar a Seo y Mara de que tenía planes y someterme a un rápido interrogatorio mientras sacaba ropa limpia del armario, agarré las llaves, los zapatos y el bolso y salí de casa, trotando por la escalera del edificio, porque esperar el ascensor era perder mucho tiempo.

Un sonriente James, apoyado contra su coche, con el sol del mediodía encendiendo su pelo rojo, me esperaba a pocos metros del portal. Cuando llegué a él me saludó con un beso breve en la mejilla, como empezaba a ser costumbre.

—¿Lista para una nueva aventura? —preguntó.

Más que lista.

Desbloqueó el vehículo y se dispuso a abrir la puerta del conductor para entrar. Una idea pasó fugaz por mi cabeza.

—Oye… ¿Me dejarías llevar el coche?

James se quedó congelado mientras abría la puerta, con la mano en la manilla del coche y el torso girado. Se volvió hacia mí con expresión de sorpresa.

—¿Sabes usar una palanca de cambios?

—Más o menos… —admití, pensativa, y me llevé una mano a la cabeza—. Aunque es un poco complicado.

En realidad, me daba mucho miedo conducir, pero en un coche como el suyo… Cualquiera querría conducirlo. Y hacerlo por Nueva York parecía una fantasía. Una peligrosa, pero fantasía, al fin y al cabo.

—Hagamos una cosa. ¿Qué tal si tú conduces de vuelta a casa? Así no te destrozo la sorpresa de saber adónde vamos.

No la destrozaría ni aunque me indicara el camino que debía seguir: perderse en Nueva York parecía bastante sencillo, pero no se lo dije. Asentí y rodeé el coche hasta la puerta del copiloto.

—Trato hecho —dije antes de montar.

Fuimos a comer a uno de esos restaurantes en los que las mesas están tan pegadas que prácticamente parece que estás almorzando con quien tienes sentado a tu lado. Lo que más me sorprendió fue que, aparte de eso, el lugar tenía un toque moderno y un ambiente cálido que animaba a permanecer en él y disfrutar de su pequeña carta. Suponía que ofrecer pocos platos era un recurso para que la gente se decidiera rápido y así despachar con más eficacia a los clientes. En cuanto se levantaba un grupo, otro se sentaba.

—Vinimos aquí en la última cena de empresa —informó James, desdoblando la servilleta negra, a juego con las mesas y el resto de la decoración—. He pensado que te gustaría.

Esa era una afirmación arriesgada. Me venían a la cabeza un montón de nombres de personas que conocía y a las que no les gustaría comer en ese lugar. Mi madre, por ejemplo, se sentiría agobiada. Al acordarme de ella me pregunté cómo le estaría yendo en su luna de miel con Tom. Habían decidido ir a Europa a la aventura, de mochileros, como una pareja de veinteañeros. En cierta forma me daban un poco de envidia.

Ojeé la carta distraídamente. Quizá pidiese arroz.

—Tengo una duda —dije sin levantar los ojos de los ingredientes que llevaba la hamburguesa de garbanzos.

—Dime.

—En la reunión del miércoles, ¿crees que sería necesario incluir un vídeo en la presentación? Ya sé que vamos a mostrar las estadísticas de ventas, pero quizás el cliente se haga una idea mejor si...

Me callé cuando unos dedos cálidos se posaron sobre los míos. Bajé la carta y me encontré con los ojos amables de James mirándome. Había un poco de tristeza en su sonrisa.

—Kenzie, si te he pedido salir hoy, no era para hablar de trabajo, sino para pasar un rato agradable y divertido juntos. ¿Qué te parece si ponemos la norma de «no trabajo» fuera del horario de trabajo?

Aparté mis manos y el contacto de sus dedos se rompió, dejando una sensación de ausencia en mi piel. Apreté los labios, abriendo un poco la herida que no terminaba de curar. Necesitaba comprarme un cacao especial.

—Está bien, perdona. No volveré a hablar del trabajo.

James negó con la cabeza. No intentó tomar de nuevo mi mano, algo que estaba esperando, pero yo misma no me atrevía a hacer. Sin embargo, no apartó sus ojos de los míos.

—No tienes que pedirme disculpas, sobre todo si no lo haces con malas intenciones —contestó, y me guiñó un ojo—. Además, no me refería solo a no hablar de ello. Deberías tomarte un respiro de verdad y dejar de llevarte trabajo a casa. Esta semana te he visto muy cansada y empiezo a preocuparme. Sé que puedes con ello, pero si lo estás pasando mal…

El camarero llegó, interrumpiéndonos. Menos mal.

—¿Saben ya qué van a tomar?

Al final me decanté por el arroz y agua. Dejaríamos el vino de lado, ya que James me permitía conducir su coche. Además, no necesitaba ningún extra que me ayudase a perder los pocos reflejos que me quedaban.

Cuando el camarero se fue, James se frotó las manos y me sonrió.

—En fin, ¿te había comentado que me toca organizar la despedida de soltero de Jack? Pero me ha prohibido llevarlo a un club de *striptease*…

La comida dejó bastante que desear. Me había gustado mucho más la china que tomamos en la cena, pero la compañía y lo mucho que nos reímos lo compensaron. Estuvimos cavilando sobre las formas de celebrar la despedida de soltero. Mi favorita era la tradicional de una noche en Las

Vegas, pero no era del estilo de Jack, aunque sí de Melanie. Él necesitaba sacarle el lado productivo a todo, mientras que para ella la vida no tenía sentido si no se divertía. Era curioso lo bien que habían congeniado siendo tan diferentes.

Después del restaurante, James me llevó al lugar de Nueva York que quería enseñarme. Se trataba del High Line, un parque urbano construido en lo alto, sobre una antigua línea de ferrocarril. Además de muchas plantas, había bancos para sentarse, y el día invitaba a mucha gente a disfrutar del ambiente. Era un domingo de principios de verano y el sol alumbraba con fuerza, sin apenas nubes. El paseo parecía brillante y fuerte, lleno de vida.

—Han decidido casarse en marzo, justo en el aniversario de sus cinco años juntos —comentó James mientras caminábamos despacio entre la gente.

—¿Cinco años ya? Qué rápido pasa el tiempo, madre mía... ¡Si parece que fue ayer!

Intercambiamos una mirada corta, probablemente los dos pensábamos lo mismo: nosotros llevaríamos el mismo tiempo juntos si no lo hubiésemos dejado, porque hacía casi cinco años nos besamos por primera vez.

Nos acercamos un momento a la barandilla para admirar las vistas de Nueva York. Eran muy bonitas, pero nada igualaba a las del Top of the Rock. Ese lugar sí consiguió enamorarme.

—A mí también me gustan —confesó James cuando se lo dije—. Deberíamos volver más veces.

Dejé de mirar Nueva York para mirarlo a él. Hasta ahora todo estaba fluyendo muy bien entre nosotros. Habíamos quedado un par de veces y parecía que funcionaba, pero... ¿Esperaba él algo más? ¿Lo esperaba yo?

Había pasado más de un mes desde que rompí con Henry, no quería meterme de lleno en una nueva relación, ni siquiera en un lío de una noche. Quizá por eso me había volcado tanto en el trabajo, para distraerme. Necesitaba centrarme en mí misma, poner en orden mi vida y mis prioridades.

A mi lado, James se movió incómodo por el silencio y por mi mirada. La aparté para observar de nuevo la ciudad, pero no podía hacer que mi mente dejara de vagar en su mar de ideas. Tras unos segundos tensos, en los que apenas soplaba el viento, James suspiró.

—Ahora mismo, aquí en Nueva York, tú y Jack sois las dos personas con las que más cómodo me siento. Sé que no terminamos bien, Kenzie, pero te quise. Fuiste muy importante para mí. No solo como mi novia, sino también como mi mejor amiga, y eso es algo que me gustaría recuperar. Me gustaría poder tenerte de nuevo en mi vida.

Me vino a la cabeza la frase que me dijo el día que cenamos en el restaurante chino. «Aunque sea como amigos...» Entendía cómo se sentía. Cuando llegué, también estaba sola, Mel era mi única amiga. Ahora estaba creando un vínculo con Seo y Mara bastante entrañable, y el apoyo que me daban sin quererlo me hacía sentir como en casa.

Me arriesgué a volver a mirarlo y descubrí que él también me miraba. Parecía sincero. Quería mi amistad, solo eso. Nadie había hablado de amor, solo yo en mi cabeza. Por favor, ¡si hasta tenía un perfil en la aplicación de ligues! Eso solo podía significar que buscaba novia o ligue, y que estaba haciéndolo lejos de mí.

—A mí también me gustaría, James.

Capítulo diecinueve

James tenía su mano sobre la mía, prácticamente envolviéndola por completo. Siempre eran cálidas, ya fuese verano o invierno. Apretó con suavidad y las manos bajaron un poco.

—Marcha atrás es hacia abajo, y primera. ¿De acuerdo?

Asentí con la cabeza mientras intentaba recordar dónde estaba cada una de las marchas. En realidad solo había conducido un coche así una vez en la vida, el resto habían sido automáticos. James apartó la mano y me miró con desconfianza. Hacía bien. Quizá no fue buena idea entusiasmarme con conducir por Nueva York. Seguir con vida era mucho más interesante.

Me mordí el labio inferior cuando puse el motor en marcha. Estábamos en un *parking* subterráneo. Cinturón colocado, espejos bien, distancia del asiento… ¿Lo había dejado un poco lejos?

—Te iré guiando —me aseguró James al notar mi desconfianza—. Es un camino cortito, no te preocupes. En realidad, podríamos ir andando a tu casa, estaremos a quince o veinte minutos.

—¿Qué? Entonces, ¿por qué has sacado el coche?

En coche había parecido bastante más tiempo, pero era probable que eso se debiese a la circulación que había y a lo lento que se avanzaba. Mierda, no debería haber dicho que quería llevar el coche.

—No sé, me gusta conducir —confesó, encogiéndose de hombros—. Me relaja.

Qué envidia.

—¿Y qué hay del medioambiente? —lo regañé—. ¿No has pensado en todos los gases contaminantes que desprende el motor del coche? ¡Estás contribuyendo al efecto invernadero, James Aaron Smith!

—Deja de reñirme y mueve el coche, Mackenzie Audrey Sullivan.

Hice un mohín con la boca, pero obedecí. Metí primera, solté el embrague y… nada. El coche se caló. No pasó ni medio segundo antes de que James estallara en carcajadas y me hiciera sentir como una incompetente. Vaya, muchas gracias, señor sabidillo.

—Déjame preguntarte, ¿has soltado el freno?

Hice una comprobación mental de dónde tenía cada pie antes de contestar.

—Pues…

Más y más carcajadas. Ya está, lo había intentado, pero conducir no era lo mío. Siempre lo había sabido, y empeñarme en llevar un coche por Nueva York había sido una locura. Retarme a mí misma a hacer algo que quería pero me daba miedo había sido una absoluta estupidez.

—Está bien, lo he intentado. Muchas gracias por dejarme, James, pero es mejor que lleves tú el coche.

Comencé a desabrocharme el cinturón de seguridad, pero su mano se interpuso en el camino. Atrapó la mía y la guio de nuevo a la palanca de cambios. Lo miré. Esta vez no se reía.

—Sacar el coche del aparcamiento no es intentarlo. Has dicho que querías hacerlo, así que hazlo.

—Pero…

—Los peros no llevan a ninguna parte, la perseverancia sí.

De acuerdo, no tenía nada que replicar a esa frase de manual. Refunfuñé, pero volví a intentarlo. Me gustaría decir que lo conseguí a la primera, pero lo cierto es que se me caló otras dos veces antes de conseguir sacarlo del *parking*. Después de eso las cosas tampoco mejoraron mucho…

—Ve un poco más rápido, te van a poner una multa por falta de velocidad.

—Si voy más rápido, nos estrellaremos. ¿No valoras tu vida o qué?

—Al menos pongamos música.

—La música me distrae, mejor en silencio.

—¿Y hablar no?

—Tú siempre me distraes, pero es imposible no pelear contigo.

—¿Yo te distraigo, nena?

—Vete a la mierda, eres insoportable.

Y entonces di un pequeño acelerón que casi nos estampa contra el coche que teníamos delante. Después de eso James no volvió a decirme nada sobre la velocidad.

A pesar de lo cerca que estábamos de casa, tras diez minutos continuaba dando vueltas y nada me sonaba. Sospechaba que James me estaba dando direcciones al tuntún para que permaneciera más tiempo al volante. La táctica funcionó, porque conseguí relajarme y dejar de tener los brazos tiesos sobre el volante.

Al cabo de un tiempo en el que solo habló él, y para dar las direcciones, dije:

—Tenías razón.

—Muchas veces, de hecho.

Fanfarrón... Pero no me atreví a mirarlo. Principalmente porque estaba demasiado ocupada intentando no salirme del carril o estrellarme contra otro vehículo.

—Tenías razón sobre Henry y yo —expliqué—. Estaba más enamorado de mí que yo de él.

Después de eso se hizo un largo silencio. No diría que fue tenso, quizá porque estaba muy ocupada preocupándome por la carretera. Cinco vehículos me adelantaron antes de que James volviera a hablar.

—¿Cómo lo sabes?

—Cuando tú y yo lo dejamos tardé prácticamente un año en olvidarte y volver a salir con chicos. Hace un mes que lo dejé con Henry y...

—¿Y? —presionó.

—Y ya no lo echo tanto de menos.

Decirlo en voz alta me hizo sentir bien, o al menos mucho mejor de lo que había imaginado. Todavía no se lo había dicho a Mel, y eso que ella me preguntaba cada dos por tres qué tal llevaba mi ruptura con Henry. Esta última semana aseguraba que me veía más delgada, pero era por culpa del trabajo, no por echarlo de menos.

Al final incluso llegué a sentir un poco de tristeza por él. No era Henry quien no me merecía, sino al revés. Todos nos merecemos a una persona que nos quiera a rabiar, que nos quiera como la que más, y no a alguien… alguien con quien simplemente era agradable estar.

—¡Gira a la derecha!

El grito de James hizo que todos mis pensamientos sobre Henry se esfumasen.

—¡Voy, voy! —respondí, alarmada.

Comencé a mover el volante, pero mis brazos se quedaban enredados y no conseguía girar. La situación se puso todavía peor.

—¡El intermitente, Mackenzie! ¡Pon el intermitente!

—¿Cómo se hacía?

Tenía que reducir la velocidad, cambiar de marcha, girar, mirar que no viniese ningún coche y poner el intermitente. Todo al mismo tiempo. ¡Imposible!

—Frena, frena… ¡Frena, joder, que nos estrellamos!

Ah, y mirar que no hubiese ningún paso de cebra, semáforo en rojo o las dos cosas. Sobre todo, que no hubiese peatones a los que atropellar. Menos mal que James tiró del freno de mano o unas cuantas personas hubiesen resultado heridas.

Se volvió hacia mí con el rostro contorsionado entre el enfado y el miedo.

—Pero ¿quién demonios te ha dado el carnet?

Su voz se había elevado unas cuantas octavas más de lo normal. Antes de que me diera tiempo a contestar se desabrochó el cinturón y abrió la puerta del copiloto.

—Se acabó, baja —sentenció mientras los peatones continuaban pasando frente a nosotros, observando con curiosidad—. Desde ahora este coche solo lo conducirás en un descampado… o nunca.

No iba a contradecirlo. Primero, porque el coche era suyo. Segundo, porque esta vez sí que había intentado conducir. Tercero, porque parecía bastante enfadado. Y cuarto y más importante, porque todavía me temblaban las piernas por el hecho de que casi me llevo por delante a un grupo de personas.

En serio, ¿a qué examinador se le ocurrió que era buena idea darme el carnet?

Salí del coche y me acomodé en el asiento del copiloto antes de que el semáforo que regulaba el paso de cebra se pusiera en verde para nosotros. Después de eso, el camino hasta mi casa se produjo sin ningún sobresalto. James llevaba el coche con elegancia, como si hubiese nacido con un volante bajo el brazo.

Cuando aparcó estaba mucho más tranquila y las piernas habían dejado de temblarme. Me desabroché el cinturón de seguridad y me volví hacia él para despedirme y pedir disculpas por mi conducción temeraria.

—Oye, antes estaba algo… asustado —dijo después de escuchar mi discurso sobre por qué no debería volver a conducir un coche nunca más—. Pero en realidad no lo has hecho tan mal.

Me enternecía que intentase darme ánimos, pero ambos sabíamos la verdad: era un desastre.

—No tienes que suavizar las cosas, James. Casi me llevo a gente por delante, y estoy segura de que atropellar a personas queda bastante lejos de conducir bien.

—Ya, pero hasta ese momento lo has hecho bien. Tu problema es que te da miedo conducir, así que te pones nerviosa y todo te sale mal.

Que me diesen miedo los coches no era un secreto. Me había visto envuelta en un accidente automovilístico de pequeña y, aunque nadie salió gravemente herido, desde entonces tenía cierto pavor a montar en coche. Con los años lo había superado bastante bien, pero el tema de conducir continuaba siendo un poco tabú.

—De todos modos, no te preocupes, no creo que vuelva a pedirte conducir tu coche nunca más.

Una sonrisa traviesa iluminó su rostro, pero a mí no me gustó nada.

—No hace falta que me lo pidas, yo te lo dejaré. De hecho, si me lo permites, te ayudaré a perder ese miedo. Pero, para la próxima, la terapia de choque no siempre funciona, y escoger el centro de Nueva York tampoco es buena idea para comenzar.

—¿Qué sugieres? —pregunté con temor.

—Podemos ir a una carretera secundaria para que practiques. Por allí apenas pasan coches y suele haber suficientes curvas como para que tengas que utilizar las marchas, al contrario que en la autopista. Sé que si adquieres confianza conseguirás hacerlo genial.

Aquello era una idea horrible.

—En serio, James, no tienes que…

—¿Te gustaría llevar el coche por Nueva York, o por cualquier lugar, sin tener miedo de llevarte a nadie por delante? —me interrumpió.

Me quedé callada unos largos segundos. Nunca me había planteado con seriedad superar el miedo a conducir. Suponía que con el tiempo desaparecería solo. Ahora me doy cuenta de lo estúpido que sonaba. Tenía la tonta idea de que los adultos no le temen a nada y que cuando yo fuera una adulta hecha y derecha todos o casi todos mis miedos desaparecerían por arte de magia.

Sin embargo, si de verdad quería vencerlos, primero necesitaba pelear contra ellos.

Capítulo veinte

—Lo siento, Kenzie, pero no te vas a librar de esta.

—¿Acaso pensabas que no lo descubriría tarde o temprano? Estas cosas no se me escapan con facilidad.

—Ya puedes empezar a hacer un hueco en tu agenda, porque vamos a hacerte una gran fiesta.

Me llevé una mano a la cara y negué despacio, aunque en realidad una pequeña sonrisa se había fugado de mis labios. Ignoraba cómo se había enterado Mara de la fecha de mi cumpleaños, pero lo había hecho y ya estaba planeando mi fiesta. Al principio sospeché de Mel, porque le gustaban las celebraciones, pero en esta ocasión estaba demasiado ocupada planeando su boda. Todavía quedaban ocho meses, pero según ella nunca era tarde para empezar a estresarse.

—Tu bebida favorita es el vino blanco, ¿verdad? —preguntó Mara.

Estábamos tomando uno de los horribles cafés de la máquina mientras descansábamos del trabajo. Después de la ajetreada semana que había pasado poniendo al día la agenda de James, por fin podía respirar aliviada. Al menos ahora trabajaría sobre papeles organizados y no en un caos sin sentido. Además, había cobrado mi primer sueldo y aumento, y, tras calcular lo que debía dejar a un lado para pagar el piso y las facturas, me suscribí a Netflix y me fui de compras. Ahora tenía una cafetera nueva, un par de libros nuevos en la balda y un conjunto de ropa que estrenaba para ir al trabajo.

Hacía tiempo que no era tan consciente de mantener mi ropa limpia e impecable.

—Sabes de sobra que sí —me reí, dándole un codazo amistoso—. Y la tuya también.

—Sois un par de borrachas —se burló Elliot.

Mara le lanzó una mirada divertida con las cejas alzadas.

—Habló el que en la cena de Navidad del año pasado se bebió dos botellas de champán del caro y acabó subido en la mesa con la corbata en la cabeza.

Elliot cerró los ojos y negó con la cabeza, pero se notaba que estaba avergonzado. Yo solo pensaba ¡dos botellas de champán! ¿Cómo no había muerto? En la cena con James me tomé una entera de vino y tenía lagunas en la memoria que jamás recuperaría.

—¿Cuántos años cumples? —me preguntó Archie.

Me volví hacia él, sorprendida. Era bastante tímido y casi nunca hablaba con nosotros, aunque Elliot hacía grandes esfuerzos por integrarlo, igual que Mara conmigo.

—Veintiuno —musité.

Sentí cómo se me encendían las mejillas mientras todos me miraban con sorpresa. Era de las pequeñas de clase, y había conseguido este trabajo al poco tiempo de acabar la carrera. Todos ellos llevaban al menos un año en su puesto, quizá más.

Mara me pasó un brazo sobre los hombros y me atrajo hacia ella.

—Ay, eres la chiquitina del grupo —dijo con tono meloso mientras me revolvía el pelo—. Espera, ¿eso significa que hasta ahora has estado bebiendo sin que fuese legal?

Me encogí de hombros. No me creía su indignación, sobre todo porque ella misma me había ofrecido vino sin preguntarme primero la edad.

—Bueno, nadie me ha pedido el carnet…

Elliot y Archie se rieron por lo bajito después de escuchar mi disculpa. Cuando Mara me soltó, me fijé en que también tenía restos de una sonrisa en el rostro.

—Está bien, no voy a regañarte. ¡Al fin y al cabo, ya casi eres mayor de edad! Pero me dejarás hacerte una fiesta, ¿de acuerdo?

—Me das miedo…

En realidad, todavía quedaban varios días para mi cumpleaños, que era el 2 de septiembre. Ni siquiera había pensado mucho en ello. Con mi madre de viaje y mi hermana pasando el verano con nuestro padre, no esperaba hacer nada especial. Después de todo, todos los años se cumplen años. Y menos mal.

—Oh, ¿sabéis adónde podemos ir? Han abierto un restaurante fusión cerca de donde vivo…

Mientras todos escuchaban animadamente la descripción del bar que Elliot les estaba proporcionando, me escabullí con sigilo de vuelta a mi puesto de trabajo. Había dejado a Frankie descargando unos gráficos que servirían de ayuda para la reunión de esa semana y necesitaba enseñárselos a James antes de que acabara el día.

Al poco de sentarme frente al ordenador, Archie apareció a mi lado.

—Hola —lo saludé cuando no dijo nada.

Me sentía un poco incómoda, sobre todo porque estaba callado. Además, no había hablado mucho con él. Generalmente eran Elliot o Mara quienes se ocupaban de dirigir la conversación. Podría decirse que nosotros dos éramos más callados.

—Yo... —comenzó con lentitud y bastante torpeza—. Me preguntaba si estabas de acuerdo con el asunto de la fiesta. Te has ido tan rápido...

Miré hacia el final de la sala. Desde mi posición todavía alcanzaba a divisar un pequeño grupo reunido alrededor de la máquina de café.

—Tenía trabajo que hacer —me disculpé, y con el dedo índice señalé la pantalla encendida—. En realidad me hace ilusión que Mara quiera darme una fiesta, pero no se lo digas a nadie, especialmente a ella.

Sonreí y Archie también lo hizo. No tenía recuerdos demasiado brillantes de mis cumpleaños. De hecho, opinaba que si quería una fiesta que me gustase de verdad, tenía que prepararla yo. Si quieres algo bien hecho, hazlo tú mismo. Pero todos los años estaba demasiado cansada, demasiado ocupada o demasiado perezosa como para prepararla. Uno de mis mejores regalos fue cuando, a los catorce años, Mason me convenció para que nos saltásemos las clases y me invitó a comer en mi restaurante favorito.

—Menos mal, porque parece bastante empeñada en...

La voz de Archie se fue apagando hasta desaparecer al tiempo que una figura un poco más alta que él se acercaba a nosotros. James se aclaró la garganta para romper el silencio. Se había dado cuenta de que Archie se había callado por él.

—Hola, jefe —saludó, en un tono demasiado cordial. Después se volvió hacia mí—. Nos vemos luego, Kenzie.

—Hasta luego...

Me despedí con la mano, confundida. Cualquiera diría que James, al menos cinco años menor que él, le imponía respeto. Entonces me volví hacia James, con su traje y corbata perfectamente planchados, el rostro serio y unas pequeñas ojeras que pretendían encubrir su edad. Tenía veintiún años, pero parecía que tenía veinticinco.

Quizás Archie sí le tenía respeto. Al fin y al cabo, no lo había conocido en el instituto. Ninguno de ellos lo había hecho.

—¿Te apetece un café? —preguntó James.

Ya me había tomado uno en la máquina, pero Frankie continuaba tratando de descargar los archivos desde hacía un buen rato y tenía varias horas de sueño acumulado. Además, ¿a quién quería engañar? Me apetecía pasar algo de tiempo con James. Estar junto a él me hacía estúpidamente feliz.

Apagué el monitor, tomé la chaqueta y el bolso de la silla y caminamos juntos hacia el ascensor. Por el camino mi mirada se encontró con la de Mara, que alzó las cejas sugestivamente, pero decidí ignorarla. James estaba hablándome de la nueva película de *Star Wars* que se había estrenado y parecía bastante emocionado al respecto. Yo no era especialmente fan de la saga, pero el verano antes de comenzar la universidad vi las seis películas del tirón, en un solo día, con él, Jack y Mel, porque les gustaba mucho. Recuerdo que siempre decía que en el futuro, si tenía un hijo, iba a llamarlo Anakin. Es curioso, porque, a pesar de ser muy jóvenes, imaginábamos un futuro con hijos. Eso jamás me pasó con Henry.

Fuimos a la misma cafetería de la última vez. Olía a una mezcla muy dulce de galletas y café recién preparado que me encantaba. Una de las cosas que echaba de menos desde que me había mudado era la vena culinaria de Jack y sus bizcochos de chocolate. Yo era un desastre en la cocina y tenía suerte si la *pizza* no se me quemaba en el horno. Al menos ya había aprendido a no hacerla solo en el microondas.

Pedimos nuestras bebidas y nos sentamos a una de las mesas libres. Las sillas eran de plástico y tan altas que me costó subirme. Por desgracia, todos los sofás estaban ya ocupados.

—Oye, James —dije, interrumpiéndole el argumento de una de las películas—, ¿qué tal te llevas con el equipo? Quiero decir, con Mara, Elliot, Archie...

La reacción de Archie me había hecho pensar. Apenas había visto a James interactuar con los compañeros y, aunque fuese el jefe, no éramos muchos. Necesitaba hablar con los demás, salir con nosotros. Exceptuando a Mara o a mí, cuando se dirigía a los demás parecía más serio. Seguía manteniendo su actitud cordial y cercana, pero no era del todo él mismo. Claro que Mara era una persona única, sin filtros, y yo... Yo tenía mi historia con él.

Se encogió de hombros y removió el café, evitando mirarme a los ojos.

—Normal, supongo.

No me gustó su respuesta.

—Nunca vienes a tomar café con nosotros —puntualicé.

—No me gusta el café de máquina —replicó con rapidez. Con demasiada rapidez.

Él me había ayudado mucho desde que llegué a Nueva York. Tras nuestra historia y la ruptura, que fue mala, no me cabía duda de que podría haber hablado con su hermano para librarse de mí. Pero James no era una persona rencorosa y, además, hizo todo lo contrario. En él encontré de nuevo a un amigo. Ahora me tocaba a mí ser su amiga.

Estiré la mano por encima de la mesita hasta alcanzar la suya. Cuando lo logré, sus ojos se encontraron con los míos. Estaban muy abiertos, pero no retiró la mano. Entrelacé los dedos y sonreí.

—Acércate un día, aunque solo sea para hablar —dije, manteniendo el contacto visual—. Son simpáticos, al menos conmigo lo han sido.

Las yemas de mis dedos acariciaron los suyos. Una parte de mí me decía que no debía sentirme tan bien haciendo manitas, pero la otra parte… Mierda, la otra parte se sentía demasiado feliz de poder estar así de nuevo. Y cada vez me costaba más hacerla callar.

—¿Cuánto tiempo me dijiste que llevabas trabajando para tu hermano?

Tomé un sorbo de café, pero me quemé la lengua. Había bajado la chaqueta conmigo, aunque a aquellas alturas del verano era una pérdida de tiempo, o más bien de espacio. Solo esperaba no dejarla abandonada en la cafetería. No sería la primera vez…

—Cuatro años, pero siendo fijo casi uno. El último de mi carrera básicamente fueron prácticas.

—¿Y te pusieron desde el principio como jefe de este departamento? ¿Y pagándote como a un empleado que no está en prácticas?

Sentí los dedos de mis pies curvarse dentro de los zapatos. Visitar más sitios de Nueva York con James. Me gustaba la idea. Lo preocupante era lo rápido que estaba comenzando a acostumbrarme a sus proposiciones.

Capítulo veintiuno

Me monté en el coche de James de un salto. El vuelo de mi nuevo vestido veraniego blanco logró colarse dentro antes de que se cerrase la puerta, lo cual fue una suerte porque de haber quedado atrapado no sé dónde me hubiese metido.

—¿Esta vez no me dejarás llevar el coche? —bromeé mientras me abrochaba el cinturón de seguridad.

Estaba demasiado ilusionada por esa tarde de sábado. Quizá no hiciese del todo bien en mostrarlo, pero no podía disimular. El sol había brillado aquel día por encima de la polución que creaba la ciudad. Había comenzado a leer un libro al que le tenía muchas ganas y que, además, no me estaba defraudando, y uno de mis cantantes favoritos había sacado nuevo *single*.

En definitiva, el día iba genial.

—Hoy no, nena —me contestó, y guiñó un ojo, divertido—. Pero prometo enseñarte antes de que acabe el año.

Sentí que un extraño hormigueo me recorría las piernas. Me alegré de que James apartara la mirada para incorporarse a la circulación, o quizás había notado que mis mejillas se teñían de rosa. Que todavía confiara en mí para llevar su coche era increíble. Juraría que la última vez le había rayado la carrocería, aunque no me había dicho nada.

—¿Adónde vamos? —pregunté cuando llevábamos más de cinco minutos parados en uno de los grandes atascos de Nueva York—. Lo digo porque, si no está muy lejos, la próxima vez sería útil y bueno para la atmósfera que fuésemos andando o en metro.

Noté que una pequeña sonrisa se formaba en sus labios. Sabía que yo me inclinaba por el transporte público, pero, si él pudiera, iría en coche a recorrer el mundo entero. Prefería una hora de atasco a media hora caminando.

—Vamos a Little Italy —contestó—. Jack me dijo que querías visitarlo, pero que todavía no habías ido.

Me imaginé que cuando decía que fue Jack, en realidad se refería a Melanie, porque no recordaba haber hablado con él del tema. Eso me hizo pensar. Sabía que Mel y Jack nos habían hecho la encerrona de trabajar juntos, pero imaginé que era para que yo aceptase el puesto y James no se negase a dármelo.

¿Y si en realidad todo esto no era más que un truco? Quiero decir, todo lo que hacían llevaba al mismo camino: juntarnos a James y a mí a solas. Si era así, tenía que hablar seriamente con mi amiga.

Los edificios de Little Italy me parecieron más bajitos que la zona en la que vivía. Además, la mayoría eran rojos y me entretuve mirando los juguetes y las postales que había en las tiendas a pie de calle. También sentí de nuevo una sensación extraña, porque un vendedor le preguntó a James si no quería comprar una flor para su novia, refiriéndose a mí. Me miró, yo me reí y moví la cabeza rechazándola, pero ninguno de los dos dijo nada. Ninguno negó que fuésemos pareja, aunque no lo éramos.

Esa sensación extraña me acompañó el resto de la tarde, porque, si el vendedor pensaba que éramos una pareja normal que pasaba el fin de semana juntos, ¿lo harían las demás personas con las que nos cruzábamos?

James interrumpió mis pensamientos.

—Oh, ¡entremos en esta tienda! —dijo—. Me encanta.

Lo seguí hasta una tienda llena de adornos de Navidad. Sí, Navidad. En pleno mes de agosto.

Mientras yo continuaba atónita, al igual que la mayoría de los turistas de la tienda, porque mi vestido veraniego no pegaba nada de nada con el espíritu festivo que desprendía, James caminaba absorto observándolo todo y mirando los precios. Tomó una estrella de las que se ponen en la punta del árbol y me miró. Entonces, una señora que cargaba con un paraguas me golpeó desde atrás y caí contra una estantería. Me agarré como pude, pero…

—Mierda —susurré, incapaz de morderme la lengua.

Del impulso tiré dos de esas bolas de cristal con agua y nieve flotando en el interior, junto con una figurita en el medio. La señora del paraguas desapareció tan rápido como me había embestido y un dependiente no tardó en ocupar su lugar. Me miró enfadado, como si no supiera por dónde empezar.

—Perdón, las pagaré —dije, resignada.

—Son ochenta dólares, cuarenta por cada una —replicó.

Mi mano se quedó parada dentro del pequeño bolso que llevaba, en el que apenas me cabía la cartera. ¿Cuarenta dólares por una estúpida bola de cristal? Vale, era bonita, pero… ¿De qué estaba hecha? ¿De trozos de cielo?

James apareció a mi lado.

—¿Qué ha pasado? —preguntó.

Con resignación, señalé los trozos de cristal y agua del suelo y saqué la cartera del bolsillo. Era adulta y necesitaba hacerme cargo de mis destrozos. Además, ese verano quería aprender a valerme por mí misma, a valerme de verdad, y eso incluía encargarme de mis pagos. O de no visitar a mi madre con montañas de ropa sucia en la maleta para lavar. ¿Debería apuntar «aprender a cocinar» en la lista?

Sí, debería.

El dependiente carraspeó, y me volví hacia él y lo seguí hasta la caja. Notaba mis mejillas calientes. ¿También pensaría que James y yo éramos pareja?

Pagué y salimos de la tienda. A pesar del pequeño problema con las bolas de cristal y sus escandalosos precios, la tienda estaba bastante bien. Vi a la señora que me había empujado en la tienda contemplando el escaparate de una panadería. En realidad no llevaba un paraguas, sino una sombrilla que usaba para protegerse del sol. Nos miró y cerró rápidamente su paraguas y se escabulló dentro del local.

Me pregunté de nuevo si pensaría que James y yo éramos pareja. ¿Debería molestarme o, por el contrario, me gustaba? Quería convencerme a mí misma de que no era así. Quería, pero…

—¿Qué vas a hacer estas Navidades? —preguntó de pronto James—. ¿Vas a volver a casa o te quedarás en Nueva York?

Caminaba a mi lado, despacio, sin rumbo fijo. Me encogí de hombros antes de responder.

—Depende de cuántos días tenga de vacaciones. Me gustaría volver para estar con mi hermana y mi madre.

También me habría gustado ver a Mason, pero iba a pasar las fiestas en España. ¡Hacía meses que no coincidíamos! Por eso lo había invitado a venir a Nueva York. Estaba segura de que a Mara y a Seo no les importaría si se quedaba en casa. Dijo que se lo pensaría, dependiendo de cómo llevase los estudios para el EIR, el examen rarísimo al que quería presentarse para, alucinante, seguir estudiando. Enfermeros, ¿quién los entiende?

—Seguro que puedes tomarte unos días y... si quieres podemos ir juntos. Iba a ir a casa por vacaciones.

Giré la cabeza para mirarlo bien. No me esperaba aquella oferta. James me devolvió la mirada, pero la apartó con rapidez y se encogió de hombros.

—Planeaba ir en coche, lo prefiero mil veces a tomar un avión. Entre dos el viaje es más entretenido.

Tenía que haberlo visto venir. Como dije, James prefería viajar en coche siempre que fuese posible.

—¿Y Jack? —pregunté estúpidamente—. ¿No va a ir a casa?

—Mel y él van a pasar las vacaciones en México, en la playa.

Abrí la boca de par en par. La muy... ¡No me había dicho nada! Quizá no quería dar envidia a su amiga pobre, que ni siquiera sabía si tendría dinero para pagar un billete de avión a casa por Navidad, pero... ¡aquello era impresionante! Si yo tuviese unas Navidades así... Mierda, me abría un canal de YouTube solo para subir vídeos de mis vacaciones.

James interrumpió mis desvaríos mentales.

—Oye, si no quieres, no pasa nada…

Me di cuenta de que había ignorado completamente su propuesta y de que no disponía de demasiados segundos para contestar. Así, haciendo una lista rápida de pros y contras de viajar en coche con mi exnovio a casa, había más puntos positivos que negativos. Si me hubiesen preguntado un mes antes, habría dicho que no, pero ahora…

—No, no. Sería genial que volviésemos juntos.

Quise darme un tortazo en la cara. ¿«Sería genial que volviésemos juntos»? Venga, va. No había otra forma de decirlo en la que pareciese que te morías de ganas de volver con él, ¿verdad, Kenzie? Sin embargo, James sonrió. Sonrió y dijo:

—Sí, sería genial.

Y eso me bastó.

Cuando comenzó a anochecer fuimos a cenar a un pequeño restaurante casi a las afueras de Little Italy. Apenas tenía quince mesas, casi todas ocupadas y… Oh, Dios mío, ¡había violinistas! Nunca había ido a un restaurante con violinistas. Lo que me hizo pensar: ¿a cuánto saldría la cena? Porque mi cartera no podía permitirse un gasto muy grande después de los ochenta dólares de las bolas de cristal. Mierda, todavía me dolía el riñón al recordarlo.

James habló con la chica de la recepción. Por lo visto, había reservado mesa, y no era la primera vez que lo hacía. Nos sentamos frente a frente junto a la ventana. Apenas abrí la carta sabía que pediría *pizza*.

—Tienes que probar el Spritz, es una bebida italiana típica de Venecia —dijo James, quien pasaba las páginas sin apartar los ojos de ellas—. Si quieres, claro.

Había decidido pasar del vino blanco por el momento, así que no me pareció una mala opción. Me preguntaba si el Spritz llevaría alcohol... James continuó pasando páginas. En vez del traje y la corbata que llevaba en la empresa, lucía un estilo más informal que lo hacía parecer más joven, exactamente de su edad. En el instituto siempre iba con vaqueros y chaquetas, nada que ver con el hombre que tenía enfrente.

Cuando nos tomaron nota, James pidió raviolis con queso y me sentí un poco estúpida con mi *pizza*. Todo parecía demasiado elegante a mi alrededor. Pero si estaba en el menú, sería por algo, ¿no?

Mientras esperábamos la comida, me preguntó:

—¿Estás bien?

Parpadeé repetidas veces sin comprender y asentí. Estaba bien, muy bien, de hecho. Quizás un poco callada, pero se debía a que intentaba buscar en Google qué llevaba el Spritz.

—¿Es porque Henry se ha ido a trabajar a Italia? —insistió.

Ahí me perdí.

—¿Qué?

Una mujer con moño apretado nos trajo las bebidas. Dos Spritz burbujeantes de tono rojo anaranjado. Cuando se fue, James continuó, sin ni siquiera darme tiempo a probar el brebaje.

—Estás triste porque Henry se fue a Italia y a mí no se me ha ocurrido otra estupidez que traerte a Little Italy... Lo siento, Kenzie, no lo pensé. Ha sido un fallo enorme por mi parte. Creí que te gustaría, pero...

—James, para. Ni siquiera me acordaba de Henry hasta que tú has hablado de él.

Era cierto, y la sorpresa no dejaba de impactarme. Por un lado, me sentía muy mala persona o, en este caso, mala exnovia. Había pasado poco más de un mes desde que lo dejé con él y podría decirse que ya lo había olvidado.

—Oh, yo…

La frase quedó incompleta en el aire y la encubrió dándole un sorbo a su bebida. Lo imité y, a juzgar por el sabor dulzón, llevaba alcohol. También descubrí que me gustaba mucho, y anoté en mi lista mental terminar de buscar la receta en internet cuando llegase a casa.

Pero, volviendo al presente, James me había visto apagada. Quizá los ochenta dólares de las bolas de cristal me habían bajado el ánimo. O tal vez fue la idea de Melanie y Jack montándonos una encerrona, o preguntarme si los desconocidos de la calle nos veían como pareja, o volver a estar a su lado como si de hecho fuésemos una pareja, o…

El grupo de violinistas eligió ese momento para acercarse a nosotros. Sentí que me ardían las mejillas por segunda vez esa tarde. Intercambié un par de miradas con James, que parecía igual de abochornado que yo. Por fortuna, no estuvieron demasiado tiempo, pero cuando la comida llegó ya me había tomado casi un vaso entero de Spritz y había dejado de dudar si tenía alcohol o no. Lo tenía.

—¿Te ha gustado? —preguntó James, refiriéndose a la bebida.

Asentí. Las bebidas dulces estaban hechas para mí. Él sonrió y alzó su copa. Solo llevaba la mitad del vaso y dijo que sería el único que bebería, porque después tenía que conducir de vuelta a casa.

—Estuve en Italia hace dos veranos —dijo de pronto, pinchando uno de los raviolis—. Fui con Jack.

Que puntualizara con quién viajó no negaré que fue un alivio para mí, ya que de inmediato me lo había imaginado con una chica guapa disfrutando de viajes a países exóticos y románticos. Lo cual estaba bastante mal, porque James solo era mi jefe, mi amigo, pero no mi novio.

—Qué envidia —murmuré—. Lo más lejos que he viajado yo es… a Nueva York.

James se atragantó con la comida y tuvo que tomar un gran sobro de su bebida.

—Es decir, aquí —añadió cuando se recuperó.

—Lo sé, es muy triste. Cuando ahorre lo suficiente pienso ir a Disney World.

Las comisuras de sus labios se alzaron de forma natural.

—No has cambiado nada, Kenzie —dijo mientras negaba con la cabeza.

—¿Es eso un problema?

Tomé un sorbo de mi bebida y alcé las cejas hacia él. Era consciente de que apenas había cambiado desde el instituto, ni siquiera aparentaba mi edad, no como él. Su cambio era más grande, pero, si te fijabas bien, notabas que continuaba manteniendo su actitud divertida y bromista. Quizá fuese su forma de sobrevivir ante la crudeza de la vida, pero a mí me encantaba.

—No, en realidad es genial.

Ante la intensidad de su mirada bajé la mía a mi plato, como si el queso fundido fuese algo realmente interesante. Pasaban los años y continuaba sin poder resistirme a los ojos verdes de James Smith. A su lado, no solo me sentía como en casa, me sentía como la niña tonta de diecisiete años que se enamoró perdidamente de su vecino.

Continuamos charlando sobre temas triviales. James me habló de todos los sitios a los que había viajado, despertando una gran envidia en mi interior. No nombró a ninguna chica, pero en las lagunas de sus historias intuía que existían. Acallé como pude al tonto e insano monstruo de los celos. Durante aquellos años, yo también había estado con otra persona, con Henry. Además, ni siquiera éramos pareja.

Una extraña sensación de nostalgia me embargaba cuando estaba con él. ¿Y si simplemente era feliz a su lado porque era alguien conocido? El tiempo sanó el daño que partió mi corazón cuando me dejó, pero, por mucho tiempo que pasara y muchas curas que pusiera, no había conseguido olvidarlo.

Conocía la sensación que acompañaba a la nostalgia. Para mí, James era peligroso. Era como ese caramelo que tanto te gusta y que quieres con solo verlo. Eso me ocurría a mí con él. Pero a veces un exceso de dulce te hace daño. Lo último que necesitaba era una sobredosis de James. Una nueva resaca que rompiese mi corazón.

Sin embargo, en pequeñas dosis era dulce, divertido y enganchaba. Conversar con él me sacaba tantas sonrisas que necesitaba tocarme las mejillas para apaciguar el dolor de reír. Si era sincera conmigo misma, eso nunca me pasó con Henry.

En mi vida solo había tenido dos novios formales: James y Henry. Cuando estaba con el segundo, me preguntaba si solo lo quería por la estabilidad que suponía, si la felicidad que ansiaba con él venía dada de la mano de la felicidad que viví con el primero. Y ahora me hacía preguntarme si lo que sentía al pasar tiempo con James estaba condicionado por nuestra felicidad pasada.

—¡Y entonces me di cuenta de que había ido a trabajar en zapatillas de andar por casa!

Me atraganté con la comida y comencé a toser al tiempo que me reía como si no hubiese mañana. James acababa de contarme su anécdota más divertida y vergonzosa en la empresa, que había ocurrido mientras estaba en prácticas. Era una situación típica de las pesadillas. Jamás pensé que podría ocurrirle a alguien en la vida real.

—Mira el lado positivo —bromeé—. Al menos no fuiste desnudo.

Continuamos así hasta el final de la cena, en la que compartimos un tiramisú, porque los platos eran demasiado generosos como para resistir un postre cada uno.

Cuando llegó la cuenta (después de otro momento incómodo con los violinistas tocando al lado de nuestra mesa), me incliné para ver el precio y… mierda.

—Yo invito —dijo James.

Bueno, mira, a la mierda los principios. Necesitaba comer más días que ese, y él había elegido el restaurante. Sin embargo, me sentía mal por dejar que pagase.

—La próxima salida la programaré yo —dije de pronto, ganándome una de sus miradas traviesas—. Va en serio.

—¿Puedo confiar en ti? —bromeó, y asentí con confianza—. De acuerdo, si tú dices que puedo confiar, entonces es que sí.

Sonreí y él me devolvió la sonrisa.

No, mi felicidad al pasar tiempo con James no estaba condicionada solo por nuestro pasado. Lo estaba también por nuestro presente.

Y no, no me molestaba que la gente pensara que éramos pareja.

En mi interior, esa chica de diecisiete años que se enamoraba de su vecino gritaba con fuerza que el amor nunca dejó de existir.

Gritaba con fuerza que todavía seguía vivo.

Capítulo veintidós

Di un sorbo a mi café helado y me dejé guiar por el gratificante frío azucarado que endulzó mis papilas gustativas. Nunca había sido demasiado aficionada a las bebidas heladas, pero el calor de los últimos días estaba terminando conmigo. Además, el aire acondicionado parecía haberse estropeado, porque ese día no funcionaba. Temía el momento en que tuviese que levantar los brazos y se viesen dos enormes cercos de sudor bajo mis axilas.

—Entonces, ¿es una cita? —preguntó Melanie.

A pesar de la temperatura, ella tomaba un capuchino tan caliente que me extrañaba que no se hubiese quemado ya la lengua.

—No es una cita. Solo somos dos amigos que pasan el día juntos.

—Como en el resto de vuestras citas —puntualizó.

Le di una pequeña patada por debajo de la mesa. Melanie se quejó, pero sonreía. Habíamos bajado a la cafetería que había cerca del trabajo, la que James me había enseñado. Aprovechábamos la hora de la comida para ponernos al día y, mientras yo pensaba que hablaríamos sobre sus planes de boda, en realidad ella tenía una idea muy diferente.

—¿Adónde piensas llevarlo? —preguntó, continuando con el monotema de conversación.

En serio, ¿no había mejores cosas de las que hablar, aparte de James Smith? Como su boda, el calentamiento global o por qué no era capaz de encontrar camisas de manga larga en las que no se vieran las huellas de sudor bajo la axila.

Di un sorbo al café antes de contestar. Quizás el azúcar y la cafeína me ayudarían a pensar.

—No tengo ni idea, ¿me sugieres algún lugar?

—Coney Island es bonito en verano, y hay playas —puntualizó—. Tenías ganas de ir, ¿verdad?

Me mordí el labio inferior, pensativa. No estaba segura. Ir allí los dos solos sonaba más a cita de lo que estaba dispuesta a admitir.

—Además, ¿no querías conseguir que James dejase por un día el coche? —continuó, sin darse cuenta de mi indecisión—. Se tarda una hora, pero puedes ir hasta allí en metro. Mira, desde donde tú vives, solo tendrías que subirte...

Melanie me explicó rápidamente en qué estación de metro subir y dónde tendría que hacer transbordo, lo que solo ocurría una vez en todo el trayecto. Parecía lo bastante fácil para no perderme. En el poco tiempo que llevaba en Nueva York estaba comenzando a convertirme en una experta en mapas de metro. Y Mel tenía razón, me gustaba la idea de enseñarle a James otras formas de viajar.

—Ahora cambiemos un poco de tema —propuse, porque no quería seguir hablando de él—, ¿qué es eso de que te vas a México en Navidad?

Después de media hora hablando de las bonitas playas de México y de los extravagantes vestidos de novia que Mel había visto en internet, regresar al trabajo tras aquella pausa se me hizo muy difícil, especialmente porque parecía que el sol calentaba más justo a aquella hora. Un fallo que pondría al empleo era la jornada partida. Un fallo muy grande.

Por fortuna, el aire acondicionado funcionaba de nuevo y volver no fue tan espantoso. Sobre mi escritorio tenía un bloque de papeles con un pósit encima.

—¿A que no sabes qué he visto hoy durante el descanso? —preguntó Mara desde su silla.

Tomé el pósit con curiosidad. Tenía escrita la fecha de hoy y un mensaje para que le echara un vistazo tan pronto como pudiera. Era la letra de James.

—Sorpréndeme —contesté, aunque apenas estaba atenta a mis propias palabras.

Me senté en la silla y eché una ojeada a los papeles. Eran apuntes de la reunión que teníamos esa semana. Sentí que las comisuras de mis labios se elevaban en una sonrisa de satisfacción: James había hecho los deberes.

Mi sonrisa se debilitó cuando Mara me pellizcó el brazo para que le hiciera caso.

—¡Kenzie! ¿Me estás escuchando?

—No.

¿Para qué mentir? Era obvio que no lo hacía. Mara negó con la cabeza, pero no se dio por vencida. En su lugar, tomó aire y, con demasiada calma, tanto que era sospechosa, comenzó a hablar de nuevo.

—¿Recuerdas cuando hablamos de crearte un perfil en la red social de ligues?

Fruncí el ceño. No me gustó nada cómo había sonado eso.

—Recuerdo que tú lo propusiste y yo me negué —aclaré, preparándome ya mentalmente para lo que estaba a punto de escuchar.

—Bueno, pues... —Oh, no—. Espero que no te cabrees, pero me tomé la libertad de crearte un perfil.

De alguna forma lo había visto venir. Quizá porque mi hermana pequeña había hecho una vez lo mismo, pero, en lugar de a mí, a un profesor. Estuvo castigada durante varias semanas. Por desgracia, no podía enfadarme con Mara, especialmente porque sabía que no lo había hecho con mala intención (algo que no podía decir de mi hermana).

—Sabes que lo que has hecho se considera delito, ¿verdad? —dije, achicando los ojos en su dirección—. No puedes crear un perfil con fotos de otra persona sin su permiso, ¡es información personal!

Frunció los labios con un pequeño mohín. Maldición, me costaba mantenerme seria si ponía cara de pena.

—Vale, lo siento. Pensaba que solo estabas disimulando cuando dijiste que no querías, pero...

Decidí interrumpirla antes de que pudiera echarme atrás en mi decisión.

—Pero no quería, Mara. Ni quiero. Bórrala ahora mismo.

—¿Incluso si James ha hecho *match* contigo?

Espera...

—¿Qué?

Adiós a mi decisión de mantenerme seria y firme. Sin poder evitarlo volví la cabeza hacia atrás, donde se encontraba el despacho de James. Por alguna razón que desconocía, mi corazón había decidido acelerarse en ese preciso momento, lo que no era demasiado bueno porque el aire acondicionado funcionaba, pero no muy bien.

Me metí un dedo por el cuello de la camisa y la ahuequé para que entrara algo de aire. Mientras tanto, Mara se inclinó hacia mí con su teléfono en la mano y la aplicación abierta en el perfil que me había creado.

—Mira, aquí puedes verlo. ¡Habéis hecho *match*!

Mis ojos se abrieron como platos, pero esta vez por una reacción totalmente distinta a la primera.

—¿Qué? —repetí—. Eso quiere decir que tú también…

—Lo acepté a él por ti, sí —admitió, y su tono de voz alegre decayó—. Hice mal, ¿verdad?

Regresó a su silla cabizbaja. ¡Por supuesto que había hecho mal! James era mi jefe, mi exnovio y, actualmente, solo mi amigo. Y, según me había dicho él, yo también era su amiga, una de las pocas que tenía en Nueva York.

Mara continuó pidiendo perdón y dándome ideas para arreglar el problema en el que me había metido.

—Siempre puedes decirle que ha sido cosa mía… Mira, te paso ahora una captura de pantalla de la *app* y así puedes hablarlo con él tranquilamente…

Simplemente «desintonicé» de la conversación. Tomé los papeles que James me había dejado e intenté centrarme en ellos hasta que Mara se dio por vencida y dejó de hablarme. Sin embargo, por mucho que lo intenté, tardé un buen rato en centrarme en los documentos. ¿Qué iba a hacer ahora? ¿Habría visto James que habíamos hecho *match*?

Y si él lo había dado primero…, ¿por qué lo había hecho? ¿Querría en realidad ser más que amigos? Y si él lo quería, ¿lo querría yo?

Mierda, ya no era ninguna adolescente para ir dejando que los líos amorosos me dificultaran la vida, o incluso para no ir de frente con ellos.

Tras pasar lo que quedaba de la jornada laboral decidiendo si hablar o no con James, fue él quien se acercó a mí cuando ya estaba recogiendo.

—Kenzie, quería hablar contigo.

A mi lado, Mara se aclaró la garganta. No me hacía falta mirarla para saber que estaba sonriendo.

—Te veo en casa —me dijo mientras se marchaba.

Me removí incómoda, pasando mi peso de un lado del cuerpo al otro. Ya tenía la chaqueta en la mano y el bolso amarrado fuertemente sobre mi hombro. Los ojos de James fueron hasta el documento que me había dejado, que continuaba sobre mi escritorio y apenas sin leer.

—Quería preguntarte qué te había parecido —explicó, inclinándose para tomar los folios—. No estoy seguro de si le he dado un buen enfoque…

Su cuerpo pasó rozando el mío y sentí un escalofrío. Esperaba que él no se hubiese dado cuenta.

—Pues… —comencé, dudosa, tanto por los nervios como por el hecho de que no me hubiese dado tiempo a leerlo—. ¿Puedo serte sincera sin que me despidas?

Ante mis palabras, James sonrió y me tranquilizó. Su sonrisa siempre conseguía ese efecto en mí.

—Puedes jugártela —bromeó—, pero, si vas a decirme que es horrible, intenta suavizarlo un poco, por favor.

—Al contrario, yo… Lo siento, no he podido terminar de leerlo.

«Ni terminar ni empezar, mentirosa.»

Me mordí el labio inferior esperando su respuesta. No creía que fuese a despedirme, era el primer error grave que cometía trabajando como secretaria. En su lugar, se mostró sorprendido.

—Oh, no te preocupes, no voy a despedirte por eso, pero... La reunión es pasado mañana y es un poco urgente.

Sentí el peso de la decepción cayendo sobre mis hombros por no haber cumplido sus expectativas. Sabía que James me veía como una persona trabajadora y organizada, pero lo primero no era más que la ilusión que proyectaba lo segundo. Aunque solo era organizada para las cosas del trabajo; si supiese el desastre que era mi habitación, dejaría de creerlo.

—Puedo quedarme un rato más para echarle un vistazo y ya mañana te digo mi opinión —propuse, porque me sentía bastante mal por defraudarlo—. No me importa, de verdad.

—Nadie debería pasar tantas horas en la oficina... —comenzó, pero entonces su expresión cambió, como si se le hubiese encendido una lucecita—. ¿Por qué no vienes a mi casa y lo vemos allí juntos?

Mi boca se abrió sin poder evitar la sorpresa. Ya había estado antes en casa de James, pero no esperaba una nueva invitación tan pronto. ¿Sería por la *app* de ligues? ¿Habría visto ya que habíamos hecho *match*? Sin embargo, parecía realmente interesado en resolver el asunto de la reunión.

¿Y qué demonios? ¿No éramos dos adultos hechos y derechos? Podíamos resolver los dos temas con una conversación tranquila.

—Claro —asentí.

Tomé los papeles de sus manos para guardarlos en una carpeta y salimos juntos del edificio. En su coche no tardamos ni diez minutos en llegar hasta el apartamento, sin necesidad de tener que pasar por el metro abarrotado de personas que se daban codazos unas a otras.

Por alguna razón que desconocía me sentía nerviosa ante la expectativa de estar a solas con él en su piso. En el ascensor permanecí callada, esperando junto con otro vecino hasta que llegamos a su piso. Caminé detrás de James y esperé a que abriera para entrar.

—Deja las cosas donde quieras —dijo mientras lanzaba la chaqueta sobre una silla.

El apartamento estaba como lo recordaba de la última vez que lo pisé, aunque no me había fijado mucho, primero por el alcohol y después por la vergüenza mezclada con resaca. Era luminoso, acogedor y rectangular.

—¿Quieres algo? —me preguntó mientras cargaba agua en la cafetera—. ¿Café? ¿Té? —De pronto, alzó las cejas con suspicacia—. ¿Vino?

Sonreí ante su insinuación, pero enseguida negué con la cabeza.

—Si vamos a trabajar, mejor un café.

Me senté en el sofá y saqué los papeles de la carpeta para echarles una ojeada, esta vez de verdad. Cuando James llegó con las bebidas, ya tenía algún que otro punto que discutir con él. Nos pasamos las siguientes dos horas repasando y analizando qué diría en la reunión, prácticamente hasta que oscureció.

—Creo que ya está —sentencié después de que James me recitara la última frase de su exposición—. Solo queda preparar la ayuda de un soporte audiovisual y lo tenemos.

Levanté la mano y él la chocó en un gesto de victoria.

—Ha merecido la pena —asintió.

Me levanté y busqué mi teléfono en los bolsillos. Al ver la hora, el estómago me dio un pequeño vuelco. ¡Era tardísimo! James parecía estar pensando lo mismo, porque también se incorporó y me dijo:

—Se ha hecho tarde, ¿por qué no te quedas a cenar? Luego puedo llevarte a casa.

Lo cierto es que tenía mucha hambre y no me apetecía cocinar. Principalmente porque mi comida sabía a rayos y centellas y la otra opción era tomar *pizza* del supermercado otra vez.

—¿Sabes cocinar? —pregunté un poco indecisa.

Se rio y cruzó la estancia hacia la zona de la cocina.

—Mucho mejor que tú, seguro —se burló, porque sabía lo mal que se me daba—. ¿Qué te apetece?

Me acerqué a él por si podía servir de ayuda, aunque lo dudaba. No había aceptado explícitamente. Todavía no había conseguido echar del todo de mi cabeza el *match* en la *app* de ligues. James no había dicho nada al respecto, pero yo tampoco le había preguntado. ¿No era hora de ser madura y «agarrar el toro por los cuernos»? Aunque, francamente, nunca me había gustado esa expresión para decir que era hora de enfrentarse a un problema. ¿Quién en su sano juicio agarraría a un toro por los cuernos?

James se movió a un lado y me apartó con un ligero golpe de cintura. Tardé en reaccionar y no le devolví la sonrisa juguetona, así que frunció el ceño.

—¿Te pasa algo? —preguntó.

Abrí la boca y estuve a punto de negar con la cabeza. Sin embargo, aquella situación era mucho más sencilla que agarrar a un toro por los cuernos. Podía enfrentarme a ella.

—Tengo que preguntarte una cosa... —murmuré muy bajito, pero él me oyó.

—Adelante.

Parecía relajado, como si no me hubiese dado *match* en la red social. ¿Cómo podía estar tan relajado después de eso? Tomé aire y decidí preguntarle directamente. Si continuaba dando más rodeos, jamás lo haría.

—¿Por qué me hiciste *match*?

De pronto, su expresión cambió, pero no a la de sorpresa de alguien que acaba de ser atrapado en su juego. Más bien parecía... perdido. Y su siguiente pregunta me lo confirmó.

—¿Te hice qué?

Saqué mi teléfono móvil y le enseñé el pantallazo que me había enviado Mara.

—Mara me creó el perfil, ni siquiera tengo la *app* en el móvil —expliqué—. Ella me lo ha enseñado esta mañana.

Me aventuré a mirar a James. Tenía los ojos fijos en la pantalla de mi teléfono y los labios apretados. Cuando por fin reaccionó, fue para negar con la cabeza.

—Yo tampoco tengo perfil. Jack me creó uno hace tiempo, pero pensé que ya lo había borrado.

—Bueno, pues... se ve que no lo ha hecho.

Tras unos segundos en los que no sabía qué hacer —permanecer en silencio o huir tan rápido como pudiese—, James comenzó a reírse. Y se rio muy fuerte, cada vez más y más.

Lo observé como si se hubiese vuelto loco hasta que su risa contagiosa se me pegó.

De pronto, los dos nos estábamos riendo sin saber muy bien por qué. Pasaron unos largos segundos y un gran dolor de estómago hasta que pude parar. Me sequé las lagrimillas de los ojos con el dorso de la mano antes de hablar.

—Esto es de locos.

—No, nuestros amigos están locos —rectificó James, cuyo rostro había adquirido cierto matiz rojo—. ¿No te da la sensación de que todos están empeñados en emparejarnos? Mi hermano, Mel, Mara...

Asentí. No era la única que se había dado cuenta.

—En fin, si así se entretienen... —suspiró. No parecía enfadado—. Al menos no nos molestan.

Me sonrió y yo le devolví la sonrisa. Después de unos segundos, regresamos a la tarea de preparar la cena. No volvimos a hablar hasta que James rompió el silencio.

—Por cierto, ¿ya sabes adónde vamos a ir en nuestra siguiente salida?

Recordé la idea de Mel de ir a Coney Island. Tenía ganas de acercarme a la playa. Aunque había ido alguna vez, no había podido meter los pies en el agua. Solo los pies, soy incapaz de nadar. Floto, pero solo unos segundos. Después me ahogo.

—Más o menos... —confesé—, pero no te va a gustar.

Sus cejas se alzaron en un gesto de sospecha que me hizo reír.

—¿Por qué dices eso?

Incliné la cabeza hacia él y bajé el tono de voz para darle más dramatismo antes de decir:

—Vamos a ir en metro.

James se llevó una mano al corazón, fingiendo estar herido. Me reí todavía más.

—Eres odiosa.

—Lo sé.

Capítulo veintitrés

Mara caminaba con paso acelerado de un lado a otro de la sala. Llegaba a la entrada, recogía sus zapatos y volvía a la habitación. Salía con una chaqueta, se miraba en el espejo de la sala, volvía a su cuarto y regresaba con una chaqueta diferente. Y así repetidas veces.

—¿Te das cuenta de que hemos quedado en quince minutos y tardaremos al menos media hora en llegar? —le pregunté desde mi cómoda posición en el sofá.

Seo se rio a mi lado, con Boo acurrucado entre sus piernas como un ovillo peludo. El televisor estaba encendido con el volumen muy bajo porque escuchar a Mara despotricar que no tenía nada de ropa (lo cual era una gran mentira) era muy divertido, especialmente si lo acompañábamos de la copa de vino que había decidido abrir durante la espera.

—Da igual, la primera hora es para tomar algo antes de la cena, y tú ya lo estás haciendo —gritó Mara caminando de nuevo hacia el espejo.

Miré a Seo, quien alzó su copa para chocarla con la mía. Me hubiese gustado cambiar el leve zumbido del televisor por el sonido de la calle al anochecer, pero Boo y sus intentos de fuga no nos permitían abrir las ventanas más de lo estrictamente necesario. Incluso habíamos creado un plan para ventilar el piso: una de nosotras se encerraba con el gato en su habitación y dejábamos el resto de las puertas y ventanas abiertas de par en par para que pasase la corriente.

Empezaba a sospechar que el inicio de mi resfriado veraniego se debía a dicha táctica de ventilación. Eso, o al aire acondicionado del trabajo y del metro.

—¡Esta es perfecta! —exclamó finalmente Mara.

Me volví hacia ella mientras hacía poses frente al espejo con un conjunto floral. Íbamos a cenar al restaurante donde servían *sushi* con los compañeros de trabajo y, por primera vez desde que empezó a trabajar allí, James también se unía.

—Si nos gusta, volvemos en tu cumpleaños… —exclamó Mara con diversión—, ¡y luego fiesta!

Me terminé la copa de vino y me levanté del sofá. Seo aprovechó para quitarse a Boo de las piernas y tumbarse. Después, acomodó al gato junto a ella, que enseguida volvió a ronronear y cerrar los ojos. Envidiaba la vida de un gato. Ni siquiera tenían que limpiarse su propia caca. En todos los sentidos.

—Seo, ¿estás segura de que no quieres venir?

—Tengo otros planes —afirmó, y luego me guiñó un ojo.

Mara y yo salimos a todo correr hacia la boca de metro más cercana, lo cual fue una gran hazaña, porque las dos llevábamos tacones. Sin embargo, tal como había predicho, fuimos las últimas en llegar. Encontramos a todos nuestros compañeros tomando unas copas en un bar cerca del restaurante. Y cuando digo todos, también incluyo a James. Pero se notaba lo fuera de lugar que estaba. Tenía una cerveza en la mano y se apoyaba en la barra, cerca del grupo, pero solo. Ni siquiera se había dado cuenta de nuestra llegada, porque tenía los ojos fijos en la pantalla de su teléfono móvil.

Me acerqué a hablar con él mientras Mara saludaba a Archie y le quitaba la copa de la mano.

—Hola, forastero —sonreí cuando se asustó, porque no me había visto llegar—. ¿Qué haces aquí con el teléfono en lugar de socializar con los demás?

Guardó el móvil en el bolsillo y dio un trago a la cerveza antes de contestar, regresando a su habitual compostura.

—Bueno, no tenemos muchos temas de conversación en común.

Me mordí el labio inferior con preocupación. En el instituto, James siempre fue bastante solitario, lo que era extraño porque se caracterizaba por tener una personalidad fuerte y extrovertida. Se llevaba bien con todo el mundo, pero le costaba confiar en alguien de verdad.

Quizá por eso yo era una de sus pocas amigas en Nueva York.

—Vamos, no será para tanto —traté de animarlo.

Volvió a dar un sorbo a la cerveza, pero comprobé que era sin alcohol. Probablemente conducía de vuelta a casa, como siempre.

—Esos dos de allí llevan coqueteando desde que llegamos —comenzó, señalando a Archie y Elliot—, y por esta zona han estado hablando unos quince minutos de lo mucho que les gustaría recibir un aumento. De hecho, juraría que estaban intentando mandarme una indirecta, porque nadie puede hablar tan alto estando a menos de un metro de distancia.

No supe si reír o compadecerme, porque la forma en que James lo contaba era bastante divertida. Sin embargo, sabía que en ocasiones utilizaba la risa para quitar peso a asuntos que de verdad le importaban.

Al final actué por puro impulso. Entrelacé mi brazo con el suyo y, a pesar de sus protestas, lo arrastré conmigo hacia la zona donde Archie, Elliot y Mara estaban hablando. Iba a intentar que se relacionase al menos una sola vez. Si salía mal, me prometí a mí misma no volver a intentarlo. Cada persona era feliz a su manera, y quizá la de James era aislándose de los demás, pero el otro día no me dio esa impresión.

—Eh, Elliot, pídeme un vino, porfa —pedí, alzando la voz cuando llegamos a su lado—. ¿De qué estabais hablando?

Mientras Elliot, que era quien estaba más cerca de la barra, le pedía a la camarera mi copa, Mara contestó:

—Archie estaba comentándonos que quería comprarse un coche nuevo, pero está dudando entre dos que ha probado ya.

—Sí, es que uno es de marchas y... —comenzó a decir, pero fue interrumpido por un repentino ataque de risa. De mi parte—. ¿Qué pasa?

Negué con la cabeza, sintiendo cómo la temperatura se elevaba en el local mientras mi cara se volvía roja.

—Nada, nada...

A mi lado, James también reía, pero no tan fuerte como yo. Estaría acordándose del susto que nos llevamos cuando estuve a punto de atropellar a unos cuantos peatones y rayé su preciado coche.

—Si no estás muy seguro de las marchas, no te preocupes, enseguida les pillas el truco —comenzó a decir.

Elliot me salvó pasándome una copa cargada de vino blanco que no tardé en llevar a los labios para calmar el sofocante calor que se había apoderado de mí en ese momento. Sin embargo, la estratagema funcionó, y mientras íbamos del bar al restaurante, Archie, Mara y James discutían animadamente sobre lo que para ellos eran los pros y contras de conducir un coche automático.

Durante la cena no le hizo falta sacar el teléfono en ningún momento. De hecho, fue tan bien que acabaron sacando un tema de conversación que no esperaba. Un tema que me hizo agradecer haber metido vino en el cuerpo, o habría huido a esconderme en el baño del restaurante.

—¿Es cierto que Kenzie y tú fuisteis novios en el instituto? —preguntó Elliot.

Desconocía cómo se había enterado, pero lancé una mirada envenenada a Mara por si las moscas. Su respuesta fue terminarse de un trago la copa que tenía en la mano y disimular llamando al camarero.

Al no obtener respuesta, Elliot presionó un poco más:

—¿Y bien?

James me miró. Sus mejillas no estaban tan teñidas de rojo como las mías; de hecho, sonreía. Me miró para saber si a mí me importaba contar la historia.

—Todo empezó con una lista —mascullé, llamando la atención de los demás—. Una lista con los nombres de los cuatro chicos que me gustaban del instituto, que perdí y que apareció empapelando las paredes al día siguiente. Y James estaba en esa lista.

No sé cómo pude soportar el bochorno, aunque el vino ayudó, y también que mis compañeros pareciesen reírse más conmigo que de mí. Después de cenar fuimos a una discoteca de la zona que James conocía y decía que estaba bien. Tuvimos que hacer cola durante más de media hora para entrar, pero al menos sirvió para bajar la cena. Nadie te informa de lo mucho que llena el *sushi*.

En la cola, Elliot casi se lanza al cuello de James.

—Eres mucho más divertido de lo que pensaba, jefe —dijo con un tono de voz afectado por el vino—. Me caes bien.

Cuando conseguimos entrar en la discoteca, por un momento deseé volver a la calle. Dentro había demasiada gente. Además, me pedí un refresco en la barra y era carísimo. Ya se me había pasado bastante el efecto del alcohol, pero Mara estaba en pleno apogeo. Durante más de veinte minutos me tuvo bailando de un lado a otro de la discoteca. También me hizo acompañarla al servicio para sujetar la puerta y que nadie abriese mientras ella lo usaba, y aplicarle una nueva base de pintalabios.

Pero Mara no era la única borracha. Elliot se llevaba la palma. En una de esas se apoyó en mi hombro y me gritó al oído:

—Te lo digo en serio, Kenzie. Haríais una pareja buenísima. ¡Tíratelo!

Acto seguido, parte del líquido que llevaba en la copa cayó sobre mi manga. No me preocupé demasiado porque le habíamos pedido un vaso con agua para que se le pasase la borrachera, como a Mara, pero todavía no se había dado cuenta.

Archie se acercó a mí poco después.

—Voy a llevarme a Elliot a casa, está muy borracho —me dijo por encima de la música—. ¿Tú y Mara tenéis quien os lleve?

Lancé una mirada hacia James, que seguía con sus cervezas sin alcohol. Asentí y me despedí de ellos dos antes de acercarme a mis amigos. El resto del grupo se había ido desperdigando. Algunos se fueron a casa al salir del restaurante y otros al llegar a la discoteca.

—Elliot y Archie se han ido —le dije a James al llegar a su lado—. ¿Podrías llevarnos a casa?

—¿Ahora?

Asentí, y mientras yo convencía a Mara de que era hora de volver, él se despidió por nosotras de los demás. Había diez minutos de camino desde la discoteca hasta el lugar en el que James había aparcado. Diez minutos que agradecí, porque Mara fue recuperando la compostura poco a poco. Me di cuenta cuando exclamó:

—Joder, ¡qué frío!

Por las noches refrescaba y el aire no ayudaba en nada. Apreté la chaqueta contra mi cuerpo, igual que ella, y continuamos caminando. Al llegar al coche, James lanzó un aviso:

—Si alguna vomita, lo limpia.

Nunca iba a cambiar con su coche.

El camino a casa fue corto y transcurrió en silencio, con la radio en un volumen muy bajo sintonizada en una emisora donde constantemente anunciaban que solo ponían música *rock*. Sin embargo, Mara continuaba bastante mareada y, tras encontrar un aparcamiento, James me ayudó a subirla hasta casa.

Entramos lo más silenciosamente que pudimos. Boo no salió a recibirnos, así que supuse que estaría durmiendo con Seo en su cuarto.

—¿Quieres tomar algo? —le pregunté a James.

Mara ya se había acercado a la cocina a por un gran vaso de agua. La resaca debía de estar comenzando.

—No, es tarde. Debería irme a casa.

Me miró esperando a que me despidiera, o quizás a que le diese las gracias. Solo sé que me quedé callada sin poder apartar la mirada durante largos segundos, suficientes para que Mara terminara su vaso y volviera junto a nosotros a trompicones.

—¿Por qué no te quedas a dormir? —propuso.

Los ojos de James vacilaron de ella a mí repetidas veces.

—Yo…

—En realidad es buena idea —interrumpí, porque, a pesar de estar borracha, mi amiga tenía razón—. Es muy tarde, puedes quedarte aquí y volver por la mañana a casa.

—Además, Seo prepara unos desayunos para chuparse los dedos —agregó Mara.

James arrugó la nariz, indeciso. Sus ojos volvieron finalmente a los míos y fue como si una conversación silenciosa pasara entre ellos.

—Oh, ¡puedes dormir en mi cuarto! —exclamé, y acto seguido me di cuenta de que podía ser malinterpretado, especialmente porque Mara se echó a reír—. Yo dormiré con Mara…

Las mejillas de James se habían ruborizado levemente, pero apenas era un poco de color. Cuando se sonrojaba de verdad se le notaba mucho más que a mí.

—Está bien —aceptó—. Es esa, ¿verdad?

Lo guie hasta mi cuarto, alegrándome de haber cambiado las sábanas esa mañana. No estaba muy recogido; de hecho, la ropa que había llevado el día anterior estaba tirada sobre la silla del escritorio. Conseguí esconder un sujetador antes de que lo viera, o al menos eso esperaba, y lo dejé para que se acomodara antes de regresar al salón.

Mara estaba abriendo un *brick* de zumo cuando llegué junto a ella.

—Es para la resaca —comentó, y me serví un vaso yo también—. ¿Sedienta, compañera de cama?

Le di un codazo suave para devolverle la broma. Nos reímos intentando no hacer demasiado ruido, aunque a aquellas alturas me extrañaba que Seo no se hubiese despertado con el alboroto.

Se me había olvidado sacar un pijama de mi cuarto, así que Mara me dejó uno de los suyos para ir a dormir. Una vez que estuvimos acomodadas en su cama, preparada para que mi cuerpo se relajase después del duro día por el que lo había hecho pasar, Mara decidió iniciar una conversación.

—Tengo una pregunta, Kenzie.

Gruñí bajito. Los párpados me pesaban porque quería zambullirme para siempre en los brazos de Morfeo.

—Dime.

A mi lado, Mara se dio la vuelta para quedar frente a mí. En la semioscuridad de la noche pude apreciar sus grandes ojos muy abiertos.

—No lo entiendo, con lo bien que se os ve juntos ahora, ¿por qué lo dejasteis?

Me mordí el labio inferior. No era un buen tema.

—Es complicado.

—Sé escuchar, y tenemos hasta el amanecer para hablar.

Me reí.

—Eso no es mucho tiempo.

Mara movió el hombro lo suficiente como para dar al mío y ambas reímos un poco más fuerte. Esperaba de verdad que Seo no se despertase con tanto jaleo.

—Nos distanciamos durante la universidad.

—¿Y eso es complicado? —se burló—. Además, no parecéis el tipo de personas que lo dejan por la distancia.

«Sí, claro. Eso es porque no conoces a Henry...»

Suspiré y también me moví hasta quedar cara a cara con ella. Me apoyé sobre un brazo para estar más cómoda.

—En realidad, los dos lo hicimos bastante mal. Yo nunca fui a verlo y... él se puso un poco celoso. Comenzamos a distanciarnos. Cada vez hablábamos menos. Entramos en un bucle en el que yo no lo llamaba si él no me llamaba primero, y viceversa.

—Eso apesta.

Lo hacía. Fueron unos meses bastante difíciles.

—El problema era que, aunque no estábamos bien, los dos nos queríamos y ninguno se atrevía a dar el paso decisivo para dejarlo. Al menos yo nunca me atreví.

Mara se incorporó en la cama con rapidez, llevándose una mano a la boca. Pensé que iba a vomitar, pero en su lugar me miró con los ojos mucho más abiertos.

—¿Quieres decir que él te dejó a ti?

Elevé los hombros y asentí.

—Al final, un día decidí ir a verlo a su casa, en la universidad. Tenía la intención de tratar de arreglar las cosas, pero...

—Pero él tenía una idea distinta —terminó la frase por mí—. No te preguntaré si lo pasaste mal, porque imagino que sí. Al menos, parece que lo has superado.

—Lo hice. Un año después comencé a salir con Henry, y luego Henry me dejó para irse a Italia.

Mara volvió a tumbarse en la cama. Sus ojos se habían cerrado, pero continuaba despierta.

—Me refiero a que has superado tu ruptura con James y los malos tiempos. Ahora os lleváis muy bien.

—Es difícil no llevarse bien con él —admití—. Es muy divertido.

—Y un poco idiota a veces, pero tú siempre te ríes con sus bromas.

Pocos segundos después, Mara se durmió. Me quedé pensando en sus palabras. A mí siempre me había parecido un chico bromista. Al principio un poco payaso, hasta que lo conocías bien. Quizá no todo el mundo lo viese como yo. Sabía que tenía sus defectos, como todos los humanos, pero…

¿Y si mi opinión sobre James estaba sesgada por mis sentimientos, tanto pasados como… presentes?

¿Y si mis sentimientos crecían un poco cada día, más allá de la amistad que habíamos decidido mantener?

¿Y si…?

Capítulo veinticuatro

Me desperté con la luz del día iluminando por completo la habitación. Tenía mucho sueño, pero mi vejiga, la causante de que hubiese dejado de dormir, reclamaba que la vaciase con urgencia.

Con los ojos medio cerrados me levanté con torpeza de la cama, donde Mara todavía descansaba plácidamente, y salí de la habitación directa hacia el baño. Cinco minutos después e igual de dormida, regresé a la habitación.

Crucé el pasillo llevándome algún que otro peluche del gato por delante y abrí la puerta de mi habitación.

Sí, la mía. Me di cuenta de lo que había hecho cuando ya era demasiado tarde y la puerta se había cerrado detrás de mí.

Guardé silencio y prácticamente contuve el aliento. Intenté ser lo más silenciosa posible mientras me debatía entre quedarme unos segundos más en el cuarto o salir de una vez. Por otro lado, el cuerpo dormido que descansaba sobre mi cama elevaba y bajaba el pecho con cada respiración, acompañada de suaves ronquidos. Además, estaba desnudo, o prácticamente desnudo. Se había quitado la ropa que había usado durante la cena y dormía en calzoncillos, apenas tapado con las sábanas.

Di un paso hacia atrás para salir y el ronquido se intensificó un poco. Siempre me había fascinado que no se despertara con todo el ruido que hacía. Se movió un poco y pasó el brazo por encima de la cabeza, pero continuó durmiendo.

Decidí que, ya que estaba en la habitación, podía aprovechar para buscar ropa limpia y darme un baño. No había dormido demasiado, pero tampoco tenía ganas de volver a meterme en la cama con Mara. Además, me había dado unas cuantas patadas por la noche. Seguro que si me miraba la espinilla, encontraría más de un moretón.

Atravesé el cuarto de puntillas hasta el armario. Apreté los labios cuando este chirrió al abrir la puerta. Tomé el primer pantalón y la primera camiseta que encontré, y cuando estaba agachada sacando la ropa interior oí algo. O más bien nada.

James ya no roncaba.

Me volví despacio hacia él, con unas bragas viejas y deshilachadas en la mano. Estaba despierto, a medio incorporar y apoyado sobre un brazo. Sus ojos pestañeaban con somnolencia y se quitaba las legañas con una mano.

—Buenos días —dijo con voz pastosa.

Escondí lo más rápido que pude las bragas entre el resto de la ropa. Eran de esas que usaba cuando tenía la regla. Aunque era bastante probable que él las hubiese visto, no dijo nada al respecto.

—Buenos días —carraspeé, y me puse de pie—. ¿Has dormido bien?

Me acerqué a él poco a poco mientras se estiraba.

—No puedo quejarme, aunque sigo teniendo sueño —bromeó—. ¿Qué hora es?

—Las diez de la mañana.

Se sentó en la cama, con la espalda apoyada contra el cabecero, y movió la cabeza de un lado a otro hasta que sonó un chasquido.

—Joder, me había olvidado de lo mucho que te gusta madrugar.

Intenté sonreír por educación, pero no lo logré. En realidad, no me gustaba madrugar, pero él era muy dormilón. Con Henry, por ejemplo, ocurría todo lo contrario. Se levantaba tan temprano que ni siquiera el sol lo ganaba.

—Mara me daba patadas —me defendí, lo cual era mucho mejor que decir: «Me estaba meando y si no me levantaba, reventaba».

Me dirigí hacia la puerta. Quería huir tan rápido como pudiese al baño y darme una ducha larga y caliente, una que consiguiese borrar la vergüenza del momento y esconder el hecho de que en mi regazo llevaba unas bragas viejas y deshilachadas.

—Yo voy… —comencé a decir al fijarme en que James no me quitaba los ojos de encima, pero entonces me di cuenta de que no tenía por qué darle explicaciones, y terminé la frase con un patético «me voy» extra.

Me giré, todavía sintiendo su mirada clavada en mi nuca, y abrí la puerta de la habitación antes de que fuese demasiado tarde.

Entonces Boo apareció de la nada y se coló como un rayo en la habitación, a la cama y al regazo de James. Este se sobresaltó, pero lo hizo mucho más cuando Seo pasó veloz directa a por el gato.

—¡Perdón! ¡Perdón! ¡Perdón! —se disculpó repetidas veces mientras agarraba al animal con los brazos, ligeramente ruborizada. Por su parte, James tenía los brazos extendidos hacia arriba, como si alguien estuviese arrestándolo, y los ojos muy abiertos.

Y eso que él se llevaba mejor que yo con los animales...

—Cuando he abierto la puerta de mi habitación se ha escapado corriendo aquí y... —dijo Seo, acunando a Boo, pero su voz se perdió mientras miraba a James con curiosidad—. Vaya, buenos días.

James tosió.

—Buenos días. —Su voz sonó teñida de sueño—. ¿Qué tal?

—Bien —respondió Seo con suavidad—, aunque no tanto como otras personas...

Esto último lo dijo mirándome directamente a mí y bajando el tono, por lo que probablemente James no lo oyó. Pero yo sí.

Después salió de la habitación, agarrando con fuerza al gato, que pretendía regresar al regazo de James.

«No me extraña, si pudiera hacerlo, yo también querría...»

—Eh... —carraspeé con torpeza—. Nos vemos luego.

Y finalmente salí de la habitación. Cerré la puerta, dejándolo solo en el cuarto mientras se estiraba, no sin lanzar una última mirada traicionera a su torso desnudo. Y sí, en mi mente esa frase sonó igual de pervertida.

Cuando me di la vuelta, mis ojos se encontraron con otros oscuros y unas cejas alzadas.

—Eh...

Y esa fue la única sílaba que pude entonar. Sabía que la situación podía malinterpretarse, pero no tenía ni idea de cómo explicarlo.

Por fortuna, o quizá mala suerte, la braga deshilachada se cayó del montón de ropa de mi regazo y pude romper el contacto visual al agacharme a recogerla. ¡Menos mal que no lo hizo mientras estaba en la habitación! Al incorporarme, Seo había relajado su expresión de juez. En su lugar, una pequeña sonrisa burlona hacía aparición.

—¿Tu ligue se queda a desayunar?

Sabía que estaba intentando burlarse de mí, porque había reconocido a James del día que me trajo a casa tras el golpe en la frente.

—No es mi ligue, solo se ha quedado a dormir —dije, porque era mejor comenzar con la explicación de la manera más sencilla posible—. Yo he dormido con Mara.

Seo pasó su peso de un lado a otro del cuerpo, con una sonrisa cada vez más grande.

—Claaaro —asintió, alargando la primera sílaba—. Entonces, ¿se queda?

Suspiré. No merecía la pena dar explicaciones. Como decía mi madre, a veces me pasaba y daba información de más que no hacía falta.

—Supongo —respondí al final, y me alejé lo más rápido que pude hacia el cuarto de baño.

Me recreé en la ducha más de lo que debería, o más de lo que nuestros sueldos mediocres nos permitían. La semana anterior, Seo intentó poner la norma de no pasar más de quince minutos bajo el agua caliente, y era obvio que acababa de romperla. Sin embargo, cuando salí del baño, algo mareada por el vapor, pero con una bonita sensación de tranquilidad, no hizo ningún comentario al respecto.

En realidad, prefirió escoger otro tema de conversación.

—He preparado el desayuno para tu novio —aventuró mientras me lanzaba una mirada suspicaz—. ¿Le gustarán los huevos revueltos?

—Es feliz si hay café —contesté, demasiado rápido y sin pensar, por lo que los ojos de Seo se abrieron como dos botones—. Y no es mi novio.

Torcí el gesto con un pequeño puchero y me acerqué más a ella. No sabía cómo hacerle entender que James y yo solo éramos amigos, y que era verdad que había dormido en la habitación de Mara. Para empezar, si fuese como ella creía, ¿por qué le mentiría?

—Bueno, pues tu follamigo —replicó enseguida.

Saqué una taza del armario de la cocina para servirme café. A pesar del baño, todavía necesitaba reiniciar mi circuito.

—Esa palabra es tan fea… —musité.

—¿Qué palabra es fea?

Nos volvimos con suma rapidez hacia el lugar del que procedía la voz. James estaba quieto bajo el marco de la puerta abierta de mi habitación, con Boo enredado entre sus piernas pidiendo mimos. Por fortuna o desgracia, ya se había vestido. Era la misma ropa de la noche anterior, un poco más arrugada, pero limpia.

—Ninguna… ¿Quieres huevos revueltos? —contesté, cambiando de tema, cuando comenzó a caminar hacia nosotras—. ¡Seo ha preparado el desayuno!

—Suena genial, muchas gracias —contestó animadamente cuando llegó a nuestro lado, con Boo siguiendo sus pasos—. ¿Sabes? A mí tampoco me gusta mucho la palabra follamigos, es demasiado vulgar.

Después me guiñó un ojo y se agachó para tomar en brazos al gato.

Oh, mierda. Seo se tapó la boca con la mano en un patético y vano intento de esconder la risa, pero pudimos oírla con claridad. Por mi parte, sentí que me invadía el calor, como si volviese a estar dentro de la ducha, rodeada de vapores.

James nos ignoró y se acercó a la cocina, donde los platos que Seo había preparado estaban expuestos como si se tratase de un restaurante.

—Vaya, ¡tienen una pinta genial! —exclamó.

No se me pasó por alto que, a pesar de haber escuchado nuestra conversación, en ningún momento aclaró que él y yo no éramos follamigos. Éramos amigos y punto.

Dejó al gato en el suelo y llevamos los platos a la mesa para desayunar. Tenía muchísima hambre y los huevos revueltos que preparaba Seo estaban riquísimos. Sé que en realidad no tienen misterio, pero que se tomara la molestia de cocinarlos para nosotros era lo verdaderamente impresionante. Además, cada vez que yo lo había intentado, o bien se me pasaban o se me olvidaba añadir sal.

—No he preparado nada para Mara —se lamentó mi cocinera favorita mientras apartaba pequeños trozos de tortilla en su plato para Boo—. He intentado despertarla, pero me ha dicho que tenía ganas de vomitar... Luego le llevaré un té.

No me extrañaba.

—Con todo lo que bebió anoche, probablemente no pueda levantarse en todo el día —comenté, sintiendo un poco de pena por ella—. Podríamos pedirle una *pizza*, la comida grasienta entra muy bien con la resaca.

O, al menos, a mí era el único tipo de comida que me apetecía.

Después de desayunar lavamos los platos, porque no teníamos friegaplatos y porque Seo se había tomado la molestia de cocinar. Yo enjabonaba y aclaraba y James los secaba. Boo cumplía una bonita función mirándonos y, de vez en cuando, intentando atrapar las pompas de jabón que salían entre la espuma o metiendo la pata bajo el chorro de agua templada.

Mara dio señales de vida cuando todo estuvo recogido, pero fue un visto y no visto. Un «salgo corriendo hacia el baño, oyes cómo vomito y vuelvo corriendo a mi habitación». Quizá sería mejor pedir un medicamento para el estómago antes que una *pizza*.

—Debería irme —comentó James una vez que Mara estuvo de vuelta en su habitación—. Había quedado hoy con Jack.

Recogió su teléfono móvil de mi habitación, ya sin batería, y lo acompañé hasta la puerta para despedirme de él. Los últimos botones de su camisa estaban mal abrochados y el pelo hecho un desastre por no haberse peinado después de dormir. Parecía que acababa de volver de una noche de fiesta, cuando su único problema era que había dormido muy pocas horas.

Y, a pesar de todo, estaba adorable.

—Sigo esperando a que me sorprendas en nuestra próxima salida —comentó alzando una ceja—. Aunque sigue sin gustarme la idea de no poder ir en coche.

—Pero te entusiasmará la idea de ir en metro, ya verás —me burlé.

Arrugó la nariz y algunas pecas desaparecieron con el gesto. Me mordí el labio inferior y me balanceé de un pie a otro.

—No estés tan segura.

Cuando se fue, regresé junto a Seo. Se había acomodado en el sofá para ver la tele y tenía agarrado a Boo para que no aprovechase la ocasión y huyese de casa por la puerta abierta. Sin ocultar el tono de burla, dijo:

—Bueno, Kenzie, ¿y cuándo dices que volverá tu novio de visita?

capítulo veinticinco

El sueño acumulado de una larga semana en la oficina me estaba pasando factura. Me habría gustado pedir unos días de vacaciones, pero apenas había comenzado a trabajar unas semanas atrás. Eso se lo dejaba a los privilegiados como Mara, que ya tenía asignadas unas semanas antes y durante la Navidad. Iba a viajar a Argentina para estar casi todo el mes de diciembre y parte de enero con su familia. O Seo, que se iría dos semanas a Corea, justo en Nochebuena y Nochevieja.

Y luego estaba yo, la pringada que solo iría a casa en Nochebuena. Mi hermana pequeña estaba deseando independizarse e irse de casa, pero solo porque no le gustaba estudiar. No tenía ni la menor idea de lo duro que era el mundo, y eso que yo había tenido bastante suerte. Aunque, desde el punto de vista de cada persona, siempre habrá alguien en peor lugar y alguien en mejor lugar que tú.

—¿Vas a seguir sin decirme adónde vamos?

James me lanzó una mirada que se debatía entre el sueño por tener que madrugar un sábado y el enfado de no saber adónde íbamos. Por un lado, sabía que le encantaba la idea de que lo sorprendiera, aunque era improbable que lo admitiera, y, por otro lado, estaba muy incómodo por no llevar el coche y las riendas de la situación.

Hoy mandaba yo.

Bueno, y el metro, que estaba a punto de llegar.

—Ya lo averiguarás cuando lleguemos —contesté, intentando mantener la incertidumbre.

En realidad, probablemente lo averiguase antes. De hecho, cabía la posibilidad de que ni siquiera le gustase el plan. Íbamos a Coney Island, y lo había organizado porque yo tenía ganas de ir. Mel me había dicho que creía que James no había ido nunca, cosa que me parecía extraña.

Me había preocupado de organizarlo todo lo mejor posible. Formaba parte de mi personalidad, no podía ir a ningún sitio sin hacer una lista de actividades, de los horarios del transporte público y, en este caso, de los precios de las atracciones. Había leído en internet que podías andar plácidamente por Coney Island, pero a la hora de montarte en cada atracción se pagaban por separado.

También recomendaban visitar los puestos de cerveza y, ya que iríamos en transporte público, no descartaba esa opción.

Cuando subimos al metro nos lanzamos casi al mismo tiempo hacia los primeros asientos libres que encontramos. Eran las nueve de la mañana de un sábado y teníamos casi una hora de trayecto hasta nuestro destino. Estaríamos en ese vagón durante diez paradas, y luego haríamos transbordo, siete paradas más y llegaríamos a Coney Island. Lo había mirado en Google Maps. Estaba totalmente preparada.

—Sigo diciendo que viajar en coche es mejor —dijo James después de que en la tercera parada el vagón se llenase de gente—. Estaríamos más a gusto.

Y eso que él no tenía el culo de una señora mayor justo frente a su cara.

—Ya, claro. Especialmente cuando conduces tú.

—¿Prefieres conducir tú? —contraatacó, mostrándome su sonrisa burlona—. Eso pensaba...

Durante el trayecto aprovechamos para hablar del trabajo. Al ser sábado no sería considerada la mejor opción, pero se avecinaba una nueva reunión importante. La empresa se jugaba una inversión muy gorda, tanto que incluso Jack estaría presente. No solía ir, porque confiaba mucho en su hermano, pero había miles de dólares en juego. Se trataba de invertir en un gran casino en Las Vegas, y no podían desaprovechar la oportunidad. Incluso yo estaba nerviosa.

Hicimos transbordo sin demasiados problemas, y todo gracias a mí. Había aprendido lo suficiente sobre la línea de metro como para ser capaz de guiarnos y llevarnos directamente a nuestro destino. El único inconveniente era que ya no había ningún lugar donde sentarse.

Me agarré a una de las barras de metal del metro, de las que nacían del suelo y acababan en el techo. James se situó detrás de mí, casi apoyándose contra mi mochila. Le había comentado que teníamos que llevar bañador, por lo que me extrañaba que no hubiese adivinado ya adónde íbamos, aunque tal vez solo estuviese disimulando. En la mochila llevaba ropa de recambio por si me atrevía a meterme en el agua.

—Cuidado —susurró cuando en una curva mi espalda (o mochila) se estrelló contra él.

Con las mejillas ardiendo y sin mirarlo, me agarré con más fuerza a la barra metálica. Me sobraba la mochila, el objeto que se había interpuesto entre los dos. Y me faltaba contacto.

Cuando llegamos a nuestra parada y salimos del metro, James no dejó de sonreír con suficiencia.

—Tenía que haberlo imaginado... Pero muchas paradas antes.

Carteles de Coney Island y niños emocionados delataban el lugar en el que nos encontrábamos. A cada paso que dábamos mi emoción crecía. ¡Atracciones! ¡Norias gigantes! ¡El mar! Oh, Dios mío, ¿habría algodón de azúcar? No era muy fan del algodón de azúcar, pero los primeros mordiscos dulces eran los mejores.

Había llevado una cámara de fotos Polaroid que Henry me había regalado por mi último cumpleaños, hacía casi un año. Por primera vez, recordarlo no me dolía. Simplemente formaba parte de mi pasado, de mi vida. Fue inquietante darme cuenta de que el recuerdo de James siempre me había dolido, siempre lo había evitado. En cambio, el de Henry estaba ahí y lo toleraba, a pesar de que nuestra relación fue más adulta. Compartíamos más costumbres, más vivencias, más noches...

Una parte de mí lloraba y me reñía por mis sentimientos. Por darme cuenta de que Henry nunca significó tanto como lo hizo James, porque nunca lo quise de la misma forma. En realidad, había sido mala con él. Aunque fue Henry quien puso fin a la relación al marcharse a Italia, también fue él quien más se volcó de los dos. Nunca lo quise tanto como a James. Y quizá lo sabía, o lo intuía.

Henry se merecía más de lo que yo podía ofrecerle, y probablemente irse a Italia sin mí había sido la mejor decisión que podía tomar. Al mirarlo desde la distancia, con otros ojos, me era imposible enfadarme con él.

Lo que no lograba entender era por qué nunca respondió a mis mensajes.

—¡Ah! —grité ante el primer atisbo de la noria gigante—. ¡Necesito montarme allí!

De manera inconsciente agarré la mano de James y señalé las atracciones que se alzaban en la lejanía, todo mientras daba saltitos inquietos sobre el asfalto. Simplemente no podía creérmelo. ¡Estaba en Coney Island! Había visto tantas películas y leído tanto sobre el lugar… Quizá no era tan magnífico como me lo habían pintado, pero las atracciones estaban abiertas, la playa abrigaba el lugar con un encanto mágico y mi niña pequeña interior gritaba por pasárselo bien.

Y mi mujer de casi veintiún años y mi niña interior proclamaban que ese era el mejor día de su vida, aunque todavía quedasen muchas horas por delante.

Me olvidé de la playa durante casi todas las primeras horas del día, aunque el calor del último fin de semana de agosto era abrasador. Literalmente, arrastré a James a través del parque. Me olvidé de la vergüenza y del impedimento que significaba. Estaba borracha de alegría y esa era la mejor borrachera, aunque tal vez la peor resaca.

La primera atracción para la que hicimos cola fue la noria gigante. Quizá no era la más grande del mundo, pero ante mis ojos parecía maravillosa. James me sacó una foto con la Polaroid y unas cuantas más con su móvil, aunque se negó a salir. Por desgracia para él, conseguí atraparnos en una instantánea. No eran nuestras mejores caras, pero mereció la pena.

Después fuimos a una especie de montaña rusa y a otra que simulaba un salto al vacío. Había tanta gente, y se fue llenando tanto, que a la hora de comer decidimos alejarnos de las atracciones. Nos acercamos a un puesto de perritos calientes los cuales, según internet, eran los mejores de todo Nueva York, y nos fuimos al paseo que había junto a la playa a comerlos.

De postre decidimos tomarnos una de las supuestas mejores cervezas artesanas de Nueva York, pero, tras el fracaso del perrito, empezaba a sospechar que lo que encontraba en internet no siempre era cierto, aunque James parecía bastante contento con la comida y con la bebida.

Estábamos disfrutando de los últimos sorbos de nuestras cervezas artesanas a pie de playa, con el estómago lleno y el sol apuntando directamente a nosotros, cuando un vendedor ambulante nos abordó.

—¿Una flor para su bella novia?

El chico que habló cargaba con un ramo de flores enorme, tanto que me extrañaba que no estuviesen todas aplastadas.

En parte me sentí un poco indignada, pero no porque hubiese pensado que éramos pareja, sino porque le hubiese preguntado directamente a James. Si según él éramos novios, ¿no podía yo querer una flor para mi chico?

Nos habían confundido con una pareja. Sin embargo, ninguno lo negó. James se limitó a sonreír y a aceptar la rosa. Sin poder ocultar mi expresión de sorpresa, la acepté cuando me la dio, y después vi cómo deslizaba un billete de un dólar hacia el chico.

Me llevé la rosa a la nariz para olerla. No éramos pareja y ese chico no tenía por qué saberlo, y, aunque algo dentro de mí gritaba: «Dile que solo sois amigos», otro algo lo acalló. Quizá fuese la madurez que James mostraba cuando me sonrió, porque solo a los niños y las niñas pequeñas les molesta ser confundidos con novios, pero mi cuerpo se relajó y aceptó la flor como regalo.

¿A quién le importaba qué pensaran los demás? Lo importante era lo que pensáramos nosotros de nosotros mismos. Y yo estaba pasando un día genial con James.

Después de la comida y con muchos dólares de menos en la cartera, decidimos bajar a la playa. Fue una gran idea usar el bañador de cuerpo entero que me había regalado mi hermana en mi anterior cumpleaños, porque sentía el estómago muy hinchado después de la cerveza y el perrito caliente. La tela que tapaba el ombligo me hizo sentir más segura, sobre todo ante la vista del abdomen plano de James. ¿Iría al gimnasio? En el instituto no era muy fan del deporte, pero resultaba obvio que ahora hacía algo para mantener la figura.

Aparté los ojos de él justo a tiempo, antes de que me mirara y tuviera que disimular y meter tripa, lo cual era bastante fastidioso. ¿Por qué sentía la necesidad de parecer guapa y esbelta ante él? ¿No se suponía que solamente era mi amigo?

La sociedad y sus cánones de belleza habían hecho mucho daño.

La playa estaba plagada de gente, como hormigas buscando su terrón de azúcar. Dejamos las mochilas sobre las toallas, cerca de la orilla y sin perderlas de vista en ningún momento. James se aventuró a meterse hasta la zona donde cubría más. Yo prefería la orilla, donde las corrientes no amenazaban con arrastrarme agua adentro.

De vuelta en la arena, nos sentamos sobre las toallas y hablamos de las vacaciones de Navidad. James mantenía su propuesta de regresar juntos en su coche. Sería un viaje largo, pero me saldría gratis, y él prefería ir acompañado que solo.

—Mason va a venir en diciembre a pasar unos días —dije de pronto, acordándome de la última conversación que mantuve con mi amigo—, pero después volverá a España.

James me miró con el ceño fruncido. Su relación con Mason había mejorado desde el instituto, donde se llevaban bastante mal, pero tampoco podían considerarse buenos amigos. Probablemente ni siquiera amigos.

—¿Y eso?

—Va a pasar las Navidades con su novia, que es de allí —expliqué, porque mi mejor amigo tenía mejor decidido su futuro que yo—. ¿Puedes creer que todavía no la conozco? Jope, y me muero de ganas...

Me percaté de que James sonreía cuando un puchero se apoderó de mis labios. La novia de Mason vivía en España y hasta el momento no había tenido oportunidad de venir de visita, y yo tampoco de ir a España. A pesar de la distancia, Mase seguía siendo una de las personas más importantes de mi vida, o al menos me empeñaba en que fuese así. Alguien que había significado tanto no podía ser eliminado con facilidad, aunque el día que me enteré de que se iba a estudiar a España pensé que jamás volveríamos a hablar.

Y porque Mason era muy importante para mí me entristecía tanto no haber conocido todavía a su novia.

—No puedo creer que con casi veintiún años sigas diciendo «jope».

Me volví hacia James y su sonrisilla con los ojos entrecerrados. ¿No podía esperar a burlarse de mí en otro momento?

—No lo digas muy alto, a ver si vienen a multarme por beber cerveza.

Dudaba que alguien lo hubiese oído, pero más valía prevenir. Solo me quedaba una semana para cumplir los veintiuno y no quería meterme en un lío por siete días.

—¿Por qué has elegido Coney Island? —preguntó de pronto.

Decidí ser sincera. Al menos, con James era fácil serlo.

—Tenía ganas de venir, nunca había estado.

Asintió y clavó la mirada en el frente, perdido en el mar. Sentí un tirón en el estómago. Había fallado con el plan. Había sido una mala idea, tendría que haber pensado algo que pudiese gustarle a él, no solo a mí.

—Ha perdido mucho, antes era mejor —dijo de pronto, y probablemente no pudo percibir la decepción de mi corazón por sus palabras—. Mis padres me traían cada verano cuando era pequeño.

Lo sabía, tenía que haber planeado una excursión diferente. ¿Tal vez a Las Vegas? Pero era muy caro. ¿A un restaurante sibarita? James no era aficionado a los restaurantes de comida rápida, pequeño fallo, y yo no tenía dinero para llevarlo a un sitio caro.

—Me parece bien haber venido aquí —dijo después de un rato—. Especialmente si me has traído a un sitio que tenías ganas de conocer.

La presión en mi estómago se alivió. Quizá no hubiese fallado.

—¿Así que esta es tu primera vez en Coney Island? —preguntó.

—Sí.

Se volvió hacia mí y me guiñó un ojo. Por el momento no iba tan mal como había pensado.

—Me alegro de haber venido contigo.

Mis labios formaron una sonrisa sin pedir permiso.

Si lo hubiesen hecho, se lo hubiese dado.

Decidimos ir a por un algodón de azúcar antes de marcharnos de vuelta en el metro. Todavía nos quedaba una hora de viaje. Estábamos caminando fuera de la arena cuando se produjo la tragedia. O, al menos para mí, fue una tragedia.

James me había robado la mochila y se alejaba corriendo con ella. Comencé a perseguirlo dando grandes zancadas hasta que en una de ellas la planta de mi pie se topó con algo duro. Duro, afilado y doloroso.

Comencé a saltar a la pata coja, dejando en el aire el pie dolorido mientras de mi boca salían pequeños aullidos que se intensificaron cuando vi algo brillante pegado a la planta de mi pie.

Al notar que me había quedado atrás, James deshizo sus pasos hacia mí.

—¿Estás bien? —preguntó, y luego su expresión cambió completamente a una muy fea y desagradable de preocupación—. Oh, esto no te va a gustar nada.

Posé una mano sobre su hombro para mantener el equilibrio y con la otra me agarré el tobillo. Doblé la pierna hasta que la planta del pie quedó ante mis ojos y... En efecto, no me gustó nada de nada.

—Dime que no vas a desmayarte —oí que decía, pero su voz sonó un poco lejana.

Un trozo pequeño de cristal estaba incrustado en mi piel, apenas unos milímetros, y un hilillo de sangre comenzaba a brotar de él. Me tambaleé y James me pasó el brazo por la cintura para sujetarme mejor. Entonces, el cristal, que parecía de una botella de vodka, cayó al suelo y se perdió entre la arena.

—No —mentí, y tragué saliva—. Estoy bien, pero... Creo que necesito un enfermero...

Era una chica adulta, no podía perder los estribos por haberme clavado un cristal en el pie. Sin embargo, en mi interior estaba gritando como una loca. ¡Cada vez sangraba más!

—Será un médico —me contradijo.

—No, los que hacen las curas son los enfermeros.

Tanto tiempo hablando con Mason, que era enfermero, se notaba.

—De acuerdo, comenzaremos llevándote al puesto de los socorristas —asintió James, y de pronto la mano que estaba en mi cintura se deslizó unos centímetros hacia abajo—. Allí tendría que haber un enfermero.

Antes de que pudiese oponer resistencia, James se agachó, pasó un brazo por detrás de mis rodillas y me subió en volandas como si fuese una niña pequeña. Coloqué los brazos alrededor de su cuello en un acto reflejo para no caerme.

—No hacía falta que me cogieses —protesté cuando se puso en marcha.

—El puesto de los socorristas está a una buena distancia andando para alguien que tendría que ir dando saltitos —puntualizó, y me acercó un poco más a él para equilibrar el peso—. Además, esto puede contar como una sesión intensiva de gimnasio.

Le di un pequeño golpe en el cuello con una mano y se rio. Pero tenía razón, el trayecto fue de al menos cinco minutos, en los que James tuvo que hacer pequeñas paradas porque caminar sobre la arena con un peso muerto en los brazos y dos mochilas no era fácil.

Notaba cómo la sangre resbalaba por mi pie. Me hacía cosquillas. Era una suerte que desde esa posición no pudiese verlo, porque probablemente me hubiese asustado. La sangre es muy escandalosa y enseguida llama la atención. Al menos tenía todas las vacunas en orden. Mason había sido tan pesado al respecto que el año anterior había ido al médico, por si acaso.

Los socorristas nos vieron poco antes de llegar a su puesto. Uno de ellos salió corriendo a nuestro encuentro y fui transportada de los brazos de James a los de un chico alto, fuerte y moreno. De pronto me sentí como si estuviese en un episodio de *Los vigilantes de la playa*. Me metieron en una habitación, con James pisándole los talones al socorrista buenorro, y, tal como predije, un enfermero vino a verme en cuanto me tumbé en la camilla.

Después de contarle lo sucedido y asegurarle que tenía las vacunas al día me hizo poner el pie en alto, posándolo sobre unas cajas para que no se me cansara la pierna. Me lavó la herida con suero para apartar la sangre y la posible suciedad, pues había estado pisando arena.

—Ahora voy a echarte antiséptico, puede que te escueza un poco —me informó mientras acercaba un bote amarillo a mi pie.

Apreté los labios, preparándome para soportar el dolor e intentar con todas mis fuerzas no gritar. James agarró mi mano y al volverme hacia él me guiñó un ojo, dándome ánimos.

Entonces, el enfermero echó un buen chorro de antiséptico oscuro y los ánimos se fueron al traste.

«Joder, joder, joder. ¡Cómo escuece, joder!»

—Me cago en todo —me lamenté con voz ahogada.

Inconscientemente, moví el pie y el enfermero me sujetó el tobillo para terminar el trabajo. Después me puso una gasa bastante más grande que la herida y por fin se apartó.

—Bueno, esto ya está —me informó mientras se quitaba los guantes de látex que había usado—. En tres o cuatro días más o menos se te habrá cerrado, solo tienes que limpiarla una vez al día y procurar no apoyar mucho el pie.

Me incorporé sobre la camilla. ¿Ya está? ¿Solo era eso? ¿No necesitaba puntos, ni vendas, ni muletas? Ni siquiera podría pedirme un día libre en el trabajo por enfermedad, menuda decepción.

Saqué de la mochila los calcetines y las playeras y me calcé con sumo cuidado. Al bajar de la camilla me apoyé en James, porque me daba pánico posar el pie en el suelo. Les dimos las gracias a los socorristas y al enfermero y salimos a paso de caracol de allí. A paso de caracol, porque yo me movía muy despacio.

—Me parece que no vamos a poder ir a por algodón de

azúcar —me lamenté, porque después de aquella mala experiencia me apetecía algo dulce—. Quizás haya que ir a casa.

James aprovechó la ocasión para molestar.

—¿No te alegrarías ahora si tuviese mi coche y no tuviésemos que volver en metro?

Por supuesto que me alegraría, pero ¿quién iba a suponer que acabaría haciéndome un corte en la playa? ¿Quién tiene tan mala suerte? Pero no era solo el viaje en metro a casa, también tendría que apañármelas para llegar al trabajo los siguientes días.

Hice un mohín con la boca mientras avanzábamos con lentitud por la acera. La escena era ridícula: caminaba prácticamente saltando a la pata coja, inclinada hacia un lado porque uno de mis brazos rodeaba el cuello de James, que era más alto que yo, y él se agachaba para que pudiera usarlo de muleta. Además, había mucha gente y, en lugar de apartarse, ya había chocado con varias personas.

—Esto es imposible —sentenció James.

Hizo lo mismo que en la playa: me rodeó por la cintura y las piernas y me subió en brazos. Quise pedirle que me bajara, que pesaba mucho para que hiciera así los diez minutos a pie que nos separaban de la boca de metro más cercana, pero me callé. Si tenía que andar hasta allí, no llegaríamos en la vida, ¡y todavía quedaba el viaje entero de vuelta! Casi una hora, y teníamos que hacer transbordo.

Apoyé la cabeza sobre su hombro y dejé que me llevase a través del gentío. Algunas personas nos miraron, pero la mayoría apenas nos prestaron atención. Al menos habíamos pasado casi todo el día allí y nos habíamos divertido mucho.

—Siento haberlo estropeado todo —le confesé después de unos minutos.

—¿A qué te refieres?

Le faltaba el aliento y respiraba agitadamente. No debía de ser fácil cargar conmigo tanto tiempo, de nuevo.

—Yo... Quería que el día fuese bonito, que fuese perfecto. Lo había preparado superbién, pero... Siempre tengo que fastidiarla de alguna forma: o me paso con el vino, o me estampo contra una farola...

«O piso un cristal en el suelo y me hago un corte en el pie.»

Mi cuerpo se sacudió cuando James me movió para sujetarme mejor.

—Oye, no ha sido culpa tuya —dijo, con la mirada clavada en la carretera que íbamos a cruzar—. Además, que algo sea bonito no significa que tenga que ser perfecto. El día ha sido bonito y yo al menos me lo he pasado bien.

Escondí el rostro en su hombro para que no viera mis mejillas encenderse. Me aliviaba saber que, a pesar de todo, la salida no había ido tan mal.

Llegamos al metro y nos sentamos en los bancos de la parada a esperarlo. Quedaban un par de minutos para que llegase y James necesitaba con urgencia recuperar el aliento.

—Gracias por llevarme hasta aquí —dije después de un rato.

—¡Era preferible a tardar media vida!

No sabía si era por el cansancio o porque, aunque no lo dijera, estaba molesto por cómo había terminado el día, pero en su voz había cierto matiz de exasperación.

Forcé una sonrisa tensa, como de disculpa, para aliviar la

situación. Al verla, la expresión de James cambió. Se suavizó y después negó con la cabeza.

—Continúas teniendo esa manía.

Fruncí el ceño, sin comprender a qué se refería.

—¿Qué manía?

—La de sonreír para confortar a los demás, aunque no tengas ganas de hacerlo.

En realidad no creía que las sonrisas forzadas fuesen un gesto exclusivamente mío. La mayoría de las personas debían de hacerlo en algún que otro momento. Sin embargo, a James nunca le gustó. Él prefería ser natural la mayor parte del tiempo, y si a alguien le molestaba, que se fastidiase.

De hecho, cada vez que me atrapaba forzando una sonrisa, me decía...

—Cuando sonrías, hazlo porque lo quieras de verdad.

Mis ojos buscaron su rostro a tal velocidad que me asombró a mí misma. Me atraparon con un brillo verde y divertido. Guiñó, y con su mano se atrevió a revolverme el pelo. Tragué saliva y en ese momento me di cuenta de que había tenido la boca abierta, así que la cerré.

El metro llegó y James me ayudó a ponerme de pie y buscar un asiento, pero yo estaba atrapada en mis pensamientos, en mi memoria, porque cada vez que me pillaba forzando una sonrisa, me decía eso mismo.

Y los recuerdos me habían golpeado con fuerza.

Capítulo veintiséis

Los días siguientes en el trabajo fueron de locos. No por la herida en el pie; de hecho, más bien fue una ayuda, porque James se ofreció a llevarme al trabajo todas las mañanas en su coche, y aunque estaba en contra de la polución que provocaban los gases de los coches, Mara y yo agradecíamos no tener que pasar mucho tiempo en el metro sintiéndonos como sardinas en lata.

El agobio en el trabajo fue por culpa del proyecto de Las Vegas. Todas las tardes de esa semana, después de que terminara la jornada, había ido con James a su apartamento para seguir trabajando, o más bien para ayudarlo a que todo estuviese en orden. Sus nervios sobrepasaban con creces los de la última reunión.

—Me duele la cabeza de tanto pensar —me quejé, dejándome caer sobre el respaldo del sofá—. ¿A que vas a traerme una taza de café?

Batí las pestañas hacia James poniendo mi mejor cara angelical.

—Han pasado cuatro días desde que te cortaste en el pie. Según el médico, la herida ya se ha cerrado.

Técnicamente, pero seguía con una gasa sobre el corte, por si acaso. Cambié la expresión angelical por un puchero. Eso siempre solía funcionar.

—Jo, pero sigue doliendo…

—Tienes mucha cara, ¿lo sabes?

Sonreí de oreja a oreja, porque a pesar de todo se había levantado del sofá con un gran bostezo. Se estiró y cuando me vio tan feliz negó con la cabeza.

—Espero que tu pie esté mejor para este fin de semana —comentó mientras iba a la cocina.

—¿Por qué para este fin de semana?

Me revolví en el sofá y lo observé mientras preparaba el café. Mi plan era quedarme en casa relajada, tal vez con una buena copa de vino y una película cómica. Quería descansar, porque al siguiente sería mi cumpleaños y Mara ya estaba organizándome la fiesta.

—¿No te lo ha dicho Mel? —dijo James, girándose unos segundos para mirarme—. Vaya, qué raro…

—¿El qué? —repetí, comenzando a ponerme ansiosa—. ¿Qué no me ha dicho?

Esperé impaciente a que terminara de preparar el café y volviese junto a mí para que me contestara, pero no lo hizo. Tomé la taza de sus manos y crucé las piernas en la posición de loto.

—Oye, dime. ¿Qué pasa el sábado?

Se sentó a mi lado y me ignoró por completo. Tomó uno de los papeles que había esparcido sobre la mesa para disimular. Sé que lo hacía a traición, porque sostenía el folio del revés.

—¡James! —protesté.

Moví la pierna hacia él para darle un golpe en el muslo. Eso lo hizo reaccionar, porque alzó una ceja y me observó suspicaz.

—¿No se supone que el pie sigue doliéndote y por eso no podías levantarte a por el café?

Entonces caí en la cuenta: le había pegado con el pie en el que tenía la herida.

—Pero te he dado flojo... —me quejé inútilmente—. Anda, dime qué pasa el sábado.

En lugar de contestar, me quitó la taza de café de las manos y le dio un pequeño sorbo. Estaba claro que lo único que quería era hacerme sufrir. Probablemente ni siquiera había nada el sábado, se trataba solamente de una excusa para hacérmelas pagar por no ser capaz de prepararme yo sola el café.

—Si ya estás bien, no creo que haga falta que siga llevándote al trabajo en coche, ¿no crees?

—Pues...

Era demasiado fácil acostumbrarse a la comodidad de que un coche te esperase en la puerta de casa para llevarte adonde quisieras. James vio la indecisión en mis ojos y se le escapó un pequeño atisbo de sonrisa que tapó con un nuevo sorbo de café.

Sip, definitivamente estaba burlándose de mí.

—Anda, dame el café, que es mío.

Intenté atrapar la taza echándome sobre él, pero la apartó justo a tiempo. Mis piernas, que continuaban enredadas en la posición de loto, hicieron tope. Un pie se escurrió y se quedó atrapado bajo la tela del pantalón y de mi propio peso, y el resto de mi cuerpo cayó hacia el lateral al que me había inclinado.

Es decir, hacia James.

Mi cabeza aterrizó sobre su muslo y mis labios chocaron contra la tela de su pantalón. Me ayudé con la mano que había caído en su pierna para incorporarme tanto como mis piernas enredadas me lo permitieron. Alcé la vista y me encontré con sus ojos.

James tragó saliva, pero cuando habló su voz estaba calmada.

—Este café lo he preparado yo, así que es mío. Si estás bien para dar patadas, lo estás para levantarte y preparar el tuyo.

Levantarme. Quizás eso fuese algo que debía hacer. Tal vez aliviaría la repentina tensión que se había creado en el ambiente, y no precisamente de la mala.

Apoyé la mano que estaba en su rodilla con más fuerza para volver a sentarme bien en el sofá. Desenredé las piernas y me levanté, dispuesta a prepararme un café e intentar olvidar el bochornoso momento que acababa de vivir.

James me atrapó la mano antes de que diera el primer paso.

—Espera, estaba bromeando —dijo, y tiró de mí para que volviera al sitio—. Perdona, el café es todo tuyo.

Y ahí, con su mano envolviendo la mía, me sentí de nuevo como una colegiala tonta y torpe que se ponía nerviosa por el mero hecho de que el chico que le gusta la toque. Al ver que no reaccionaba, James volvió a tirar de mí, esta vez con más fuerza. Como resultado, mi cuerpo cayó de nuevo en el sofá, pero no en el mismo lugar que antes.

El impacto hizo que el café se balancease en su mano y parte del contenido cayese sobre el sofá. La otra parte fue a parar a nuestra ropa, pero apenas me importó. Era más consciente de cómo había terminado literalmente sentada sobre James, con la espalda apoyada contra su pecho.

Me quedé completamente quieta durante unos segundos. Nuestras manos continuaban unidas, atándome a él. Ninguno había hecho amago de separarse. Podía sentir su aliento haciéndome cosquillas en la nuca.

—El sábado Jack y Mel quieren invitarnos a cenar para celebrar que su compromiso ya se ha hecho público —dijo después de un rato—. Nosotros cuatro.

Asentí, incapaz de encontrar la voz para hablar. Decidí que era mejor dejar mis fuerzas para levantarme de encima de James, pero me estaba costando demasiado, en especial cuando sus dedos se movieron con suavidad sobre los míos, trazando pequeños círculos con el pulgar.

—No me habían dicho nada —dije por fin, porque levantarme era mucho esfuerzo.

Sentía la respiración pesada. Cada centímetro de mi piel hormigueaba bajo la ropa que me separaba de James. Su cercanía me ponía nerviosa. La posición en la que estábamos me ponía nerviosa.

—Puedo pasarme por tu casa a buscarte, si quieres. ¿Sobre las siete?

Cada palabra que decía iba acompañada por una ráfaga de su aliento y un latido de mi corazón.

—Las siete es buena hora —contesté, y me armé de valor para incorporarme—. Es tarde, debería volver a casa.

La presión de la mano de James sobre la mía se suavizó

hasta llegar a soltarme. Entonces, mis piernas por fin respondieron y pude levantarme de su regazo. Contuve la tentación de desabrochar el último botón de mi blusa y airearme, porque de repente tenía mucho calor.

—Claro, deja que me calce y te llevo.

Me volví hacia él, aunque a mis ojos les costaba horrores mirarlo a la cara.

—Puedo ir en tren —dije, y señalé mis pies, también descalzos, posados ambos en el suelo—. ¿Ves? En realidad tienes razón, estoy mucho mejor.

James se levantó del sofá sin molestarse en replicar. Al igual que yo, sus pantalones tenían una mancha húmeda de café, pero no le hizo caso. Dejó la taza sobre la mesita baja que había junto a él y comenzó a calzarse. De hecho, empezó por recuperar los calcetines, perdidos cada uno en un lado diferente de la habitación.

Sabía que no serviría de nada que me negara, así que busqué mis zapatos y lo imité. Una parte de mí no quería irse de aquel apartamento, su apartamento. Otra, más racional, insistía en que era hora de regresar a casa, darse una ducha fría y aclarar las ideas.

Porque James Smith era mi jefe, mi amigo y mi exnovio. Nada más.

El sábado llegamos al restaurante que Jack y Mel habían reservado puntuales y a la hora. No me gustaba llegar tarde a los sitios y James había pasado a recogerme justo cuando se lo pedí. Menos amantes de la puntualidad eran su hermano y mi amiga, la parejita feliz. A saber lo que estarían haciendo, pero llevaba ya dos copas de vino y aún no habían aparecido.

—¿Crees que deberíamos ir pidiendo algo, por si se olvidan de venir? —propuso James.

No se iban a olvidar. Le había mandado un mensaje bastante amenazador a Mel en cuanto me terminé la primera copa. Me contestó que estaban de camino, pero no me lo creía.

—Tendrías que haber aceptado las galletas que te ofreció Seo —lo regañé, porque además estaban muy buenas y no sabía lo que se perdía—. Ya, lo sé, no eres muy fan de la comida dulce, pero estas te habrían gustado mucho.

Saqué la botella de vino caro de la cubitera y me serví una nueva copa sin esperar a que se acercase de nuevo un camarero. Especialmente porque siempre que lo hacían preguntaban si todavía seguíamos esperando a alguien. Me sentía como si me hubiesen dejado plantada. Por eso me bebería la botella y ellos la pagarían.

—Deberías relajarte con la bebida —me aconsejó James, lanzándome una mirada por encima de su refresco sin alcohol—. Todavía no has comido nada y te sube muy rápido.

Odiaba admitirlo, pero tenía razón. Suspiré y dejé sobre la mesa la copa, que ya estaba camino de mis labios.

—¿Envidia por ser el conductor asignado? —me burlé.

James me lanzó una mirada hosca.

—Que sepas que pienso enseñarte a conducir bien mi coche, y cuando lo consiga me iré de fiesta contigo solo para poder beber y que tengas que llevarme tú a casa.

Sabía que estaba bromeando, o eso esperaba, pero me hizo reír.

—Entonces es mejor que esperes sentado.

Mi teléfono vibró con un nuevo mensaje. Era de Mel, decía que ya estaban en el coche de camino, ahora de verdad. ¡Ya sabía yo que el anterior había sido mentira! Le enseñé el mensaje a James, que negó con la cabeza. Estiró el brazo por encima de la mesa y tomó mi copa.

—Ellos invitan, esto se merece que les saqueemos la cuenta bancaria con una buena comida.

Asentí mientras él tomaba un sorbo de mi vino. Estaba totalmente de acuerdo.

Aprovechando que tardarían unos minutos más en llegar me disculpé y fui al servicio. Así no tendría que levantarme durante la cena. Cuando volví me encontré a James hablando por teléfono y mirando directamente en mi dirección. No tardé en descubrir por qué: el teléfono por el que estaba hablando era el mío.

—No me gusta la cara que está poniendo —oí que decía sin dejar de mirarme.

Mi ceño fruncido se intensificó. ¿Con quién demonios estaba hablando y por qué había sentido la necesidad de usar mi teléfono?

—Oh, no. Aborten misión —dijo cuando llegué a su lado, con una expresión bastante graciosa en el rostro—. ¡Aborten misión! Tu hermana está a punto de…

Esas últimas palabras me bastaron para arrebatarle el teléfono de las manos. ¡Estaba hablando con Leslie! Eso es que ella había llamado. ¿Quién se creía que era para contestar a una llamada personal? Se lo dije.

—Perdona, nena —se disculpó, y fue peor—. Me entró curiosidad.

Le di un pequeño golpe en el brazo y me senté de nuevo en la silla. Mi copa de vino había bajado considerablemente.

—¡No me llames nena! —lo reñí, más mosqueada porque se bebiese mi vino que por el apodo.

Se rio con ganas y decidí pasar de él. Mi hermana continuaba a la espera al otro lado de la línea, y me picaba la curiosidad saber por qué me llamaba. Las últimas noticias que tenía de ella eran que se habían ido todos de vacaciones a la playa. Por lo visto, la relación de nuestro padre con su mujer iba bastante mal y trataba de arreglarlo.

Me molestaba que Leslie hubiese tenido que ir precisamente cuando las cosas estaban mal entre ellos.

—No me creo que estés llamando, ¿qué tal las vacaciones en la playa?

No llegué a saber si las vacaciones iban bien o no, si nuestro padre y su mujer seguían peleándose o si el tiempo era soleado. Mi hermana me atacó con un montón de frases entrecortadas y, conociéndola como la conocía, llanto contenido. Por lo visto, había sufrido un desengaño amoroso. Se sentía sola, no tenía con quién desahogarse y había decidido llamarme.

Intenté prestarle atención, ya que en realidad me preocupaba bastante por ella, pero la mirada atenta de James me ponía nerviosa. Después de diez minutos de conversación, fue Leslie quien decidió cortar la llamada. Acepté, porque la notaba más tranquila que al principio. Incluso hizo una broma y me preguntó por James.

Mel y Jack llegaron al poco tiempo, acelerados y pidiendo disculpas por el retraso.

—Habrá que pedir otra botella —observó Mel cuando se vació en una copa lo que quedaba de la que James y yo habíamos pedido al llegar—. Porque esto es una celebración, ¿no?

—Sí, y casi la celebramos sin vosotros —ataqué, pero me miró con cara de pena y no pude seguir enfadada con ella.

El camarero volvió a acercarse y esta vez sí pedimos la comida. James intercambió conmigo una mirada traviesa cuando pidió el plato más caro del menú. Sonreí y lo imité.

Comenzamos conversando sobre sus planes de boda, pero durante la cena, sin saber cómo, James y Jack terminaron hablando del proyecto en Las Vegas. La reunión había ido bastante bien, pero todavía tenían que cerrar el acuerdo. El trabajo los acompañaba allá donde fuesen.

Mel y yo aprovechamos para ponernos al día sobre sus vacaciones en México. La envidia era real, tanto que bromeé con esconderme en su maleta para que me llevase. Una broma que cumpliría de no ser por las aduanas, que me chafarían el plan. Ansiaba viajar, pero todavía no había podido hacerlo.

Tras la cena, cuyo precio no quise saber, fuimos a tomar unas copas al piso de James. Fue un alivio, porque había decidido llevar zapatos de tacón y me dolían mucho los pies, sobre todo el de la herida. Había vuelto a ponerme una gasa, pero tenía miedo de que se me abriese por la presión. Me descalcé a los pocos segundos de entrar por la puerta, igual que James. Eso me ganó una mirada curiosa por parte de mi amiga. Preparamos tres *gin-tonics* y una cerveza sin alcohol para Jack, que conduciría de vuelta a casa, y nos sentamos en los sofás de la sala.

La idea de ir al piso había sido de Jack. James se había comprado un nuevo juego para la Play hacía poco y tenía ganas de probarlo con alguien. Su hermano era su mejor y única opción.

En cuanto encendieron el videojuego, Melanie me tendió una emboscada.

—¿Y bien? —preguntó, acercándose a mi oído—. ¿Hay algo entre James y tú?

Crucé las piernas sobre el sofá y lancé una mirada despavorida hacia los chicos, que estaban inmersos en el juego. Gritaban, reían y de vez en cuando chocaban las manos en gesto de victoria.

Al menos no nos escuchaban, aunque estábamos a menos de dos metros de distancia.

—No, no hay nada —negué, y di un sorbo a mi *gin-tonic*.

Hacía tiempo que había aparcado el vino. Continuaba manteniendo la chispilla de quien está algo ebrio, pero solo con el puntito en el que todo te parece feliz y maravilloso.

Melanie me dio un pequeño codazo y casi me tira la copa.

—No me lo creo. Por la oficina corre el rumor de que estáis liados.

Mis ojos se abrieron tan rápido que pensé que se escaparían, como en los dibujos animados, y golpearían a Mel en la frente.

—¿Que dicen qué?

Prácticamente grité, y las cabezas de James y Jack se volvieron hacia nosotras con curiosidad. Incluso pararon el juego, pero no les presté atención. Estaba demasiado aturdida por lo que acababa de oír.

Mel se llevó una mano a la boca, pero aun así no pudo contener la carcajada. «Oh, perfecto...»

—Dime que me estás tomando el pelo —pedí, agarrando el *gin-tonic* con tanta fuerza que me dolieron los dedos—. Tiene que ser una broma.

Sabía que la empresa no era especialmente grande, por eso la inversión en Las Vegas era tan importante, pero de ahí a que estuviesen cotilleando sobre nosotros... Porque Melanie trabajaba en otro departamento. No conocía a sus compañeros, ¿cómo era posible que ellos a mí sí?

—¿Qué pasa? —preguntó Jack con curiosidad.

Mel me lanzó una mirada fugaz antes de contestar, todavía con la risa en su voz.

—Kenzie acaba de enterarse de que toda la oficina piensa que ella y James están liados.

Lejos de sorprenderse, Jack resopló y posó el mando de la Play sobre la mesita. Se rascó la barba rizada antes de seguir con la conversación. Necesitaba con urgencia un corte.

—Pero ¿toda la oficina? ¿Estás segura? A mí me lo preguntó ayer Juan de contabilidad, pero...

—Entonces, ¿no es una broma? —lo interrumpí sin terminar de creerlo.

La gente se aburría. Se aburría mucho. Al final la vida era como una extensión del instituto, o al menos en aquellos momentos me sentía así. Lancé una mirada precavida a James, pero su expresión era neutra. No revelaba si para él todo esto también era una sorpresa.

—Es cierto, pero ¿qué te importa lo que digan los demás? —comentó Mel, dando un sorbo a su *gin-tonic*—. Sois adultos, solo vosotros sabéis si es cierto o no.

Mis ojos volvieron a escaparse como dos fugitivos traicioneros en busca de los de James, y no tardaron nada en encontrarse. La cara de póquer por fin había desaparecido, pero no había sorpresa, ni enfado ni confusión. Brillaban con un toque que no sabía desvelar.

Al final se encogió de hombros, y fue el primero en apartar la mirada.

—A mí me da igual, pueden pensar lo que quieran.

Después regresaron otra vez a su videojuego y continuaron jugando como si la conversación no hubiese tenido lugar, como si no me hubiesen demostrado entre todos que yo era la más inmadura de los cuatro, todavía preocupándome por cosas tan banales como el qué dirán los demás.

Lo siguiente que sé es que el ruido de la cisterna del baño me despertó. Al principio estaba bastante desorientada. Todo estaba oscuro por la noche y la luz apagada, pero no tardé en reconocer las siluetas de los muebles del apartamento de James. Y cuando la puerta del baño se abrió, la luz del interior lo iluminó, confirmándomelo.

No tengo muy claro en qué momento de la velada, entre las risas del videojuego y los *gin-tonics*, me quedé profundamente dormida. Recuerdo que tenía muchísimo sueño. Me pesaban los ojos, como si la gravedad tirase de ellos hacia el suelo. Sé que apoyé la cabeza sobre el hombro de Mel y cerré los ojos, solo unos segundos.

—¿Te he despertado? —preguntó James, y apagó la luz del baño.

Me incorporé en el sofá y una manta cayó sobre mis piernas. Bostecé y me froté los ojos. Los efectos del alcohol habían desaparecido por completo, pero me notaba el cerebro embotado por el sueño. Su efecto era igual de peligroso, porque no me percaté de la presencia de James hasta que se agachó a mi lado.

—Te has quedado dormida en el sofá y nos ha dado pena despertarte —me explicó. Sus ojos brillaban en la oscuridad—. Aunque, si le preguntas a Mel, te dirá que no había forma de despertarte y que, además, roncabas muchísimo.

Dejé de frotarme los ojos y bajé la mano hasta la boca.

—¿He roncado de verdad?

En la oscuridad pude ver los labios de James formando una sonrisilla llena de diversión.

—Solo un poco.

Oh, vaya. Sabía que lo hacía cuando estaba resfriada, porque los mocos no me dejaban respirar, pero no tenía ni idea de que lo hacía por norma general. Henry nunca me había dicho nada.

Me dejé caer de nuevo en el sofá y mi cuerpo se hundió en él. Era bastante cómodo, no me extrañaba que me hubiese quedado dormida. Me acordé del café derramado esa misma semana. Sabía que la mancha continuaba ahí, a la altura de mis pies, todavía sin limpiar. James era bastante dejado para ese tipo de cosas.

—Intentaré no molestarte —prometí, y levanté el dedo meñique hacia él, como si le hiciera una promesa.

Esperé a que se riera y se fuese a la habitación para seguir durmiendo, pero no lo hizo. Me miró y tomó aire. Me miró largo y tendido, como si la oscuridad de la noche pudiera servir de camuflaje.

Comencé a ponerme nerviosa.

—Tú nunca me molestas —dijo por fin. Y no sirvió para tranquilizar a mi acelerado corazón, que había decidido despertarse.

Tragué saliva, con los ojos abiertos como si fuese una lechuza y la noche, mi hábitat natural.

—Gracias —susurré.

Las palabras se escaparon de mi boca con delicadeza, la misma con la que James me había dicho que nunca molestaba. Nunca lo molestaba a él.

Esperé de nuevo. A que se levantara. A que se fuera a su habitación y cada uno desapareciese por su lado, pero tampoco fue así.

—No tienes por qué dormir en el sofá. Puedes dormir conmigo en la cama... O puedo dormir yo en el sofá.

Añadió la última parte con demasiada rapidez, como si nada más decirlo se hubiese dado cuenta de sus palabras. Solo le faltó añadir un «como amigos».

Volví a incorporarme.

—La cama es más blanda, aunque entiendo que te sientas incómoda. Quiero decir... Ya hemos dormido juntos antes. Dormir de dormir, y... esto... Pues eso.

Apreté los labios. De pronto, era él quien estaba incómodo, lo cual era bastante extraño. No siempre podías encontrarte con un James Smith vulnerable. Supongo que la oscuridad saca el lado más frágil de todo el mundo.

Sabía que ese era mi turno para negarme y hundirme en el sofá hasta la mañana siguiente. Decir que no era lo mejor, sobre todo cuando mi corazón martilleaba al ritmo del sí.

Pero la oscuridad sacaba mi lado más frágil, ese en el que me dejaba llevar, aunque fuese por unos segundos. Ese en el que anhelaba el contacto de otro ser humano, el contacto de James.

—Claro, ya hemos dormido juntos antes —repetí, y así fue como acepté su propuesta.

Me levanté del sofá y caminamos entre los muebles del salón hasta su habitación. Sin pensarlo, me metí en la cama por el lado en el que me había despertado la primera noche que pasé allí. Todavía llevaba los pantalones y la camisa que me había puesto para la cena.

James se dio cuenta.

—Espera, puedo dejarte algo para dormir.

Me dio una camiseta que bien podría valer como camisón. Fui al baño a cambiarme, y cuando regresé él ya estaba metido en la cama, dando la espalda a la parte central. No sabía si se habría dormido ya, por lo que intenté meterme haciendo el menor ruido posible.

Sentí que la camiseta se me subía por las piernas al taparme con la sábana. También a James moverse.

—¿James? —lo llamé bajito.

Hizo un pequeño sonido ronco. Seguía despierto.

—¿Tú sabías lo de los rumores? —pregunté—. Lo de que tú y yo…

No terminé la frase. Ni siquiera entendía por qué seguía dándole vueltas al asunto. Era una tontería, un cotilleo inocente.

—Algo había oído —confesó después de un rato.

Apreté los labios, con los ojos muy abiertos en la oscuridad, aunque no podía ver nada. No contesté, y entonces oí cómo James se daba la vuelta en la cama. No me giré para mirarlo, pero sabía que se había colocado frente a mí, aunque yo le daba la espalda.

—¿Te molestan? ¿Quieres que los niegue?

Su tono denotaba cierta preocupación. Por mí, porque no le importaba lo que los demás pensaran, pero sí cómo me sentía yo.

Cerré los ojos, aunque mi corazón se negaba a dormir. Cada segundo que pasaba al lado de James se despertaba más y más, aferrándose a la vida. Necesitaba calmarlo antes de que todo estallase y se convirtiese en una pesadilla.

—¿Kenzie? —insistió.

—No me molestan —confesé, y me sorprendió darme cuenta de que era cierto—. Pueden pensar lo que quieran.

Porque no me molestaban. La razón de que me llamase tanto la atención que en el trabajo dijesen que él y yo estábamos liados era porque…

Era porque me habría gustado que el cotilleo fuese verdad.

Capítulo veintisiete

Hay formas y formas de pasar el día de tu cumpleaños. De celebración, trabajando, tranquila en casa, en pareja, con amigos… Este año, el mío caía en domingo, y desde que Mara había decidido prepararme una fiesta sorpresa, pensaba que lo pasaría de resaca.

La mañana del mismo sábado me di cuenta de que no sería así.

—¿Kenzie? ¿Estás bien?

Seo golpeó la puerta del baño una vez más y fue como si golpeara directamente en mis oídos. Las vistas tampoco eran muy buenas. Estaba arrodillada ante el retrete, la cabeza apoyada sobre los brazos y estos alrededor de la tapa como si mi vida dependiera de ello. Tal vez era así.

Abrí la boca y saqué fuerzas para contestarle, pero tuve una nueva arcada y lo único que Seo llegó a oír fue el conjunto de ruidos desagradables que hice al vomitar.

—¿Quieres que te prepare una infusión? —preguntó desde el otro lado de la puerta.

No, lo que quería era un estómago nuevo, y pronto. Había empezado a encontrarme mal el día anterior por la tarde, después del trabajo. Estaba en casa de James preparándonos para la primera reunión y tuve que irme antes de la cena porque no podía con los retortijones. De hecho, ni siquiera cené. No tenía hambre.

A eso de las tres de la madrugada me desperté para ir corriendo al baño, y desde entonces no había podido volver a dormir entre los retortijones y las arcadas.

Cuando la última sesión de náuseas terminó, tiré de la cisterna y me arrastré hasta el lavamanos para enjuagarme. Literalmente me arrastré, porque sentía que, si me ponía de pie, mis piernas no resistirían el peso y me desplomaría contra el suelo.

Del mismo modo conseguí salir del baño. Seo, Mara y Boo estaban esperándome con cara de preocupación, mirándome desde las alturas, como si aquella fuera una reunión privada. En realidad, ellas dos me miraban con preocupación. En cuanto vio la puerta abierta, Boo entró corriendo en el baño, directo a su caja de arena.

—Joder, tienes una pinta horrible —fue lo primero que dijo Mara—. ¿Estás enferma?

Estaba peor que horrible. Tenía el pelo sucio y enredado en un intento de moño para que no me molestase al vomitar. Había pasado la noche entre sudores y retortijones y era probable que oliese como una muerta.

—Creo que he pillado un virus —contesté, y mi voz sonó muy débil.

Me apoyé contra la pared, todavía sentada en el suelo. Mi dormitorio estaba allí, a una distancia de al menos diez metros. No lograría llegar a la cama. Se acabó, moriría oliendo a podrido en el suelo, al lado del baño.

—Desde luego, tú no estás para ir de fiesta esta noche.

Seo le propinó un fuerte codazo.

—¿Tú crees? —dijo con sarcasmo—. Es obvio que hoy no está para celebrar nada.

Gemí e intenté volver a ponerme en marcha. Necesitaba llegar hasta mi cama y fundirme bajo las sábanas. No sabía cuánto tiempo tendría hasta que una nueva oleada de retortijones y náuseas me asediara.

—¿Necesitas algo? —preguntó Seo—. ¿Agua, quizás?

No había bebido ni comido nada desde la tarde anterior. Probablemente me deshidrataría si seguía así. Dejé de gatear a la altura del sofá. Regresar hasta la cama era toda una odisea.

—¿Tenemos bebidas isotónicas?

Negaron con la cabeza. Moriría deshidratada. Entre las dos consiguieron ponerme de pie, y con su ayuda conseguí llegar a la cama. Por fin…

—Espero que no nos pegues el virus —murmuró Mara, y Seo le dio un nuevo codazo—. ¿Quieres que cancele lo de esta noche? Si tú no vas a venir, no tiene sentido que celebremos nada.

—No, no lo canceles. Os lo pasaréis bien igual.

No quería fastidiar a nadie, bastante lo estaba yo.

Pasé el resto del día haciendo más viajes de mi habitación al baño y del baño a mi habitación. De vez en cuando conseguía echar una pequeña cabezada. Estaba demasiado cansada, no solo por el sueño, sino por la falta de fuerzas. Había quedado para hablar con Mason por el ordenador, pero le envié un mensaje cancelándolo.

Hacia el final del día me encontraba un poco mejor. Seo había ido al súper a comprarme unas cuantas botellas de bebida isotónica para que no me deshidratara, lo cual fue de mucha ayuda. Me habían dado suficientes fuerzas como para aventurarme a tomar un baño sin riesgo de perder la conciencia en la ducha.

Cuando salí, ellas ya se habían ido a la fiesta. Las convencí de que no me moriría por quedarme sola en casa una noche. Además, Mara había reservado en un restaurante de comida exótica con mucha antelación y sabía que se moría de ganas de ir. Se lo había comentado a Mel en un descanso del trabajo en el que las tres nos fuimos a tomar un café.

Aprovechando mi renovado mejor humor, que básicamente se basaba en que ya no iba arrastrándome por el suelo ni oliendo a podrido mientras rogaba porque mi sufrimiento se acabase de una vez, agarré un libro, una manta y un par de velas y me senté en el sofá, con Boo a mi lado hecho un pequeño ovillo, y me puse a leer.

Me gustaba encender velas de olor para relajarme. Su luz y calidez creaban un ambiente reposado y embriagador. Además, tenía muchas ganas de comenzar ese libro. Era la segunda parte de una novela romántica que me había gustado mucho, pero en la que la autora había roto a la pareja principal justo al final. Tenía muchas expectativas en que todo se solucionara en esta segunda parte. Incluso había hablado a mis amigos sobre el libro, y cuando lo vi en el escaparate de una librería lo compré.

Acababa de leer el momento exacto en el que la pareja protagonista volvía a reunirse cuando alguien llamó al timbre. Con mucha pereza, dejé el libro a un lado y me levanté para contestar al interfono.

—¿Sí? —pregunté.

—He oído que hay una chica enferma por aquí —dijo una voz conocida—. He traído sopa de pollo, arroz blanco y limonada.

Oh, Dios mío.

—Qué extraño, yo no he pedido nada —murmuré, siguiéndole la broma—. Creo que se ha confundido.

Me apoyé contra la pared de la entrada. Mi humor también había mejorado bastante desde el comienzo del día.

—Vamos, Kenzie, abre —se quejó James, pero pude notar la risa en su voz—. ¿O me dirás que no tienes hambre?

De acuerdo, no podía negarlo. Llevaba más de veinticuatro horas sin comer nada. Al principio no tenía hambre, pero después simplemente me daba miedo que me sentase mal. Sin embargo, llevaba más de tres horas sin tener que volver corriendo al baño, quizá ya podía permitirme tomar algo más que bebidas isotónicas.

Pulsé el botón de abrir el portal y esperé a que subiera. No podía dejar la puerta abierta, porque Boo se escaparía de nuevo y, aunque me encontraba mejor, no estaba lo bastante bien como para echar a correr detrás de él.

James apareció unos minutos después con una bolsa de papel en la mano y una chaqueta veraniega al hombro.

—¿Qué tal estás? —preguntó mientras entraba en el piso—. Tienes muy mala cara.

Una ducha hacía milagros, pero no tantos como el hada de la Cenicienta. Sobre todo si no te lavabas el pelo.

—Muy amable —me burlé, y cerré la puerta tras él—. Estoy bastante mejor, pero ¿tú qué haces aquí?

—Me he enterado de que estás enferma.

Nos sentamos en el sofá, donde mi libro había quedado tapado bajo la manta. Por un lado, me alegraba de que James hubiese venido hasta aquí, ¡y traído comida! Y, por otro, lo único que quería era que se marchase cuanto antes para poder zambullirme de nuevo en el romance. Porque iba a haber romance, o me enfadaría mucho con la autora.

Nos sentamos en el sofá, el uno al lado del otro, y James comenzó a sacar envases de la bolsa. Dos botellitas con limonada, un termo de sopa, un táper de arroz blanco, dos tabletas de chocolate...

—¿Me has hecho la compra de la semana?

Estaba bastante sorprendida. Ni siquiera creía que pudiese comer la mitad del recipiente de arroz y James continuaba sacando más comida.

—Sé que eres una cocinera malísima, y con el estómago delicado no puedes alimentarte a base de *pizza* —explicó mientras agitaba un recipiente con lo que parecía jamón.

Me apoyé en el respaldo del sofá y escondí las piernas entre los brazos. El olor de la comida comenzaba a invadir la habitación, sobreponiéndose al de las velas. Soplé hacia ellas para apagarlas. No merecía la pena gastarlas a lo tonto.

—Vaya, gracias. Pero ¿no deberías estar en una fiesta?

La misma en la que Mara, Seo, Jack, Mel y todos nuestros compañeros de trabajo debían de estar en aquel momento, atiborrándose de comida exótica, mezcla de oriental y mexicana. Y borrachos, probablemente muy borrachos.

James se levantó para ir a por unos platos y cubiertos.

—Igual que tú —dijo desde la cocina, alzando la voz—. Pero ¿quién quiere *sushi* cuando puede comer arroz blanco con pollo hervido?

En otras palabras, había decidido pasar de la fiesta para quedarse conmigo. Mi corazón se enterneció. También mi estómago, pero no estaba segura de si eso se debía a un nuevo retortijón. Esperaba que no fuese así.

James regresó con los platos, los cubiertos y un par de servilletas. Encendimos el televisor y comenzamos a comer en silencio. No me atreví con la carne, por el momento prefería asegurarme de que el arroz se quedase en mi estómago.

Cuando terminamos de cenar James sacó una última cosa de la bolsa de papel: una magdalena de chocolate con una vela clavada en el medio.

—No podía faltar el pastel de cumpleaños —dijo, y consultó su reloj de muñeca—. Todavía queda una hora para las doce, pero nunca es tarde para recibir los regalos.

—¿Regalos?

Dejó la magdalena sobre la mesita donde habíamos colocado toda la comida. Tomó un mechero que yo había usado para encender las velas de olor y con él prendió la vela de cumpleaños. La subió a la altura de mi cara y me guiñó un ojo.

—Primero sopla y pide un deseo. Después, tu regalo.

Sonreí y tomé aire dispuesta a apagarla de un soplo. Esperaba que no fuese una de esas velas trucadas que por más aire que les eches continúan encendidas. Por suerte no lo era, pero con ese pensamiento en mente se me olvidó pedir un deseo.

James dejó la magdalena en la mesita y metió la mano por debajo de su camiseta. Estaba empezando a pensar si el regalo sería él, cuando sacó un envoltorio verde y rectangular de detrás de su espalda. No sabía si alegrarme o estar decepcionada.

—Feliz cumpleaños —dijo, y me dio el regalo.

Con tocarlo ya podía adivinar que era un libro, y al rasgar el papel…

—Oh, vaya —murmuré, porque tenía ese mismo libro bajo la manta, justo detrás de mí—. Muchas gracias, James…

Al soplar la vela tendría que haber pedido como deseo aprender a mentir. Era una cualidad que me serviría de mucho en el día a día, como, por ejemplo, en aquel momento.

El rostro de James perdió la sonrisa que tanto lo caracterizaba.

—¿Qué ocurre? No me digas que ya lo has leído.

—Pues… Más o menos, estaba en ello.

Me di la vuelta y sacudí la manta hasta que la tapa colorida apareció. Lo tomé y se lo enseñé. Vi la decepción en su rostro y me sentí profundamente mal. Un gancho tiró de mi estómago, y esta vez no era por el virus.

Alargué el brazo y tomé su mano.

—Gracias por acordarte de que quería leer este libro.

Nos miramos y sonreímos. Sonreímos de verdad, sin fingirlo. Los dedos de James se movieron sobre los míos, trazando círculos en mi piel, como había hecho la semana anterior. Significaba más el detalle que el regalo en sí.

Estaba muy confundida. James y yo solo éramos amigos, ese era el plan. Amigos y compañeros de trabajo. Sin embargo, sus actos me enternecían, o quizá solo fuese yo y los crecientes sentimientos que se arremolinaban en mi interior y que no podía frenar. Sentía que cada día que pasaba me gustaba un poco más, me enamoraba un poco más.

También sabía que necesitaba ponerle freno, pero no encontraba las fuerzas ni las ganas de hacerlo.

Pasamos el resto de la noche viendo la televisión y charlando sobre temas sin importancia, como por qué siempre emitían películas para niños los sábados por la noche en lugar de por la tarde. Y aun así fue entretenido.

A eso de la una de la madrugada, cuando el sueño comenzaba a pesar y estábamos a punto de quedarnos dormidos, cuando la oscuridad de la noche volvió a apoderarse de mí, me atreví a preguntar:

—¿Quieres quedarte a dormir?

James abrió los ojos, que estaban a punto de cerrarse, y cabeceó. Quizá me había precipitado con la pregunta. Me mordí la lengua, riñéndome a mí misma. El corazón me latía con rapidez, pero lo cierto es que ya no quería leer el libro y perderme entre sus páginas. Lo que quería era que no se fuese.

La espera podía conmigo.

—Si no te importa —fue su respuesta.

Una sensación cálida invadió mi interior, una que me acompañaba cada vez que estaba a su lado y que últimamente aparecía más y más.

No tenía ningún pijama que prestarle, por lo que usó la camiseta de manga corta que llevaba para dormir. Nos metimos en mi cama, que ni de lejos era tan cómoda como la suya, y dormimos juntos. Solo dormir, aunque dudaba que Mara y Seo pensasen lo mismo cuando entraron borrachas a las tres de la madrugada en mi habitación para felicitarme por mi cumpleaños.

¿Y sabes qué? Podían pensar lo que quisieran. No me importaba.

Dos días después, fue James quien se puso enfermo y yo quien fui a cuidarlo a su casa. Para ese momento, la foto que tenía con Henry ya estaba en la basura.

James

—No tienes por qué hacerlo.

Me sentía como si alguien hubiese disparado una bala directa a mi estómago y después lo hubiese machacado con un martillo hasta hacerlo papilla. Me dolía todo, y las ganas de vomitar no se iban ni con la bebida isotónica que Kenzie me había traído.

—No seas tonto, tú hiciste lo mismo por mí —repuso, y después me tapó con la sábana hasta la barbilla—. Además, si estás enfermo, es por mi culpa, yo te pegué el virus.

Dejé de oponer resistencia cuando pasó una mano por mi pelo, apartándolo de la frente. No parecía haberse dado cuenta de lo cercano que era aquel gesto, pero lo cierto es que nuestra relación había avanzado a pasos agigantados desde que nos reencontramos.

Era como si los años separados no hubiesen existido. Quizás el amor estaba perdido, pero la amistad que mantuvimos había vuelto a florecer con mucha rapidez. Hubo un momento en el que Kenzie fue la persona que mejor me conocía del mundo, y volvía a ser así. Además, estar a su lado y ser yo mismo era demasiado fácil.

—Ni que lo hubieses hecho adrede —bromeé cuando apartó la mano.

Se levantó de la cama en la que había estado sentada y me sonrió. Menos mal que había confianza, porque, si no, no seguiría a mi lado después de haber oído cómo vaciaba hasta la primera papilla.

—Da igual, de todos modos, ¿quién iba a venir a cuidarte si no? Jack está hasta arriba intentando sustituirte con la reunión en Las Vegas, y dudo mucho que Mel quiera arriesgarse a que se lo pegues. Tampoco me visitó mientras estuve enferma. No puedo culparla, tú no has tardado nada en caer y Seo parece llevar el mismo camino. Espero que no se lo peguemos a Boo, no quiero tener que recoger caca líquida de gato del suelo.

Se estiró y se agachó para recoger el plato de sopa que había sobre la mesita de noche. Al hacerlo, el escote de su blusa se abrió y me dejó deleitarme con un vistazo. Aparté la mirada con rapidez, antes de que se diese cuenta.

—Voy a aprovechar para limpiar la mancha de café de la funda del sofá, no me puedo creer que todavía no la hayas llevado a la tintorería. Eres un caso.

Kenzie tenía la mala costumbre de echarme la bronca cada dos por tres, pero había aprendido a no hacerle caso. Las últimas semanas había pasado mucho tiempo en mi piso, ayudándome con el proyecto de Las Vegas o simplemente pasando el rato.

Cuando salió del cuarto hundí la cabeza en el almohadón y esperé a que el sueño se apoderase de mí. Con suerte, podría echar una pequeña siesta y así el estómago dejaría de doler.

Había muchas cosas que me sacaban de quicio de Kenzie, además de su manía de reñirme por todo. Era demasiado cuadriculada, las cosas tenían que salir como ella planeaba o se volvía loca. No soportaba que le cambiasen los planes o no salirse con la suya. Se le daba fatal cocinar: intentó hacer arroz blanco y ahora mi cocina olía a quemado. Cada poco rato salía con un parloteo sin sentido sobre algo que había leído en internet y, aunque no me interesaba en absoluto, se empeñaba en comentármelo.

Y, a pesar de todo, no cambiaría nada por pasar más tiempo con ella. Ni las riñas, ni la comida quemada, ni su parloteo.

¿Algún día me atrevería a confesarle la verdad, a reconocer que fui un idiota por romper con ella en la universidad, que nunca me lo perdoné y que daría lo que fuese por retroceder en el tiempo y no fastidiarlo todo?

¿Algún día me atrevería a decirle que nunca he dejado de quererla? ¿Que todavía sigo enamorado de ella?

Capítulo veintiocho

El frío había llegado a Nueva York de la mano de la Navidad. Los escaparates de las tiendas y las calles habían sido decorados con adornos, los peatones caminaban con paso ligero para aplacar el frío y Boo ya no intentaba escaparse tan a menudo. Prefería acercarse a los radiadores o meterse debajo de las mantas.

Y, con la llegada de la Navidad, también lo había hecho mi mejor amigo.

—Daría lo que fuera por un chocolate caliente, ¡qué frío! —exclamó Mason, frotándose las manos con los guantes puestos.

Me subí la cremallera del abrigo hasta arriba, prácticamente ahogándome con ella. Yo también mataría por un chocolate caliente, pero en aquellos momentos estaba más preocupada por lo mucho que me dolía el trasero. Habíamos ido a patinar a la pista de hielo que habían puesto en el Rockefeller Center y me había caído unas cuantas veces.

Sí, Mason se rio mucho.

—Deberías invitarme, al fin y al cabo van a tener que escayolarme el culo por tu culpa —le espeté mientras caminábamos a través de la abarrotada calle—. Iré a la fiesta de Navidad de la empresa guapísima, ya verás.

La fiesta era esa misma noche. Se celebraría en el departamento en el que trabajaba Mel. Ya llevaba una semana entera organizándola. Decía que era un buen entrenamiento para cuando le tocase preparar la boda. Mara se había ido a Argentina unos días antes de que llegara Mason, por lo que no podría ir. De hecho, me vino genial que no estuviese, porque yo dormía en su habitación y mi amigo podía quedarse en la mía.

—¿Por qué te preocupa ir guapa? —arremetió Mason—. ¿Acaso quieres seducir a alguien?

Le lancé una mirada envenenada, pero, con el movimiento, el gorro que llevaba se resbaló y cayó, cubriendo parte de mis ojos. Saqué las manos de los bolsillos para colocarlo de nuevo. Todavía no había nevado, pero intuía que lo haría en cualquier momento.

—Eres idiota.

Se refería a James. Sabía que trabajábamos juntos y que nos llevábamos muy bien. De hecho, se me hacía raro estar tanto tiempo de nuevo en mi piso, porque durante las últimas semanas había pasado más tiempo en el apartamento de James. Él encendía la calefacción el tiempo que hiciese falta y me preparaba la cena sin protestar. Además, habíamos descubierto que preparábamos mejor las reuniones cuando estábamos solos y tranquilos en su salón que en el despacho.

Algunas veces me quedaba dormida viendo películas. Después, despertaba a su lado en la cama y allí me quedaba, sin ganas de irme a casa.

¿Y para qué mentir? Me encantaba pasar tiempo con él.

Por eso Mason se metía conmigo. No me había atrevido a contarle a nadie mis renovados sentimientos por James, ni siquiera a Mel, aunque intuía que ya se había dado cuenta. No se lo había dicho a nadie, excepto a Mason.

—Pues ¿sabes qué? Tengo ganas de volver a ver a tu «amorcito». Hace como cuatro años o más que no hablo con él, ¡y eso que crecimos en el mismo instituto!

Le di un suave empujón, aunque apenas lo notó.

—James no es mi amorcito —me defendí.

—Ya, pero has sabido de quién estaba hablando. ¡Podría estar refiriéndome a Mel!

—Mel va a casarse con Jack.

Entramos en una boca de metro y por fin dejé de tiritar. Estaba deseando llegar a casa y darme una ducha caliente. Después iría a la fiesta de Navidad y, aunque no tenía muchas ganas, sabía que la calefacción estaría puesta.

—¿Y si es una boda tapadera para no desvelar que estáis liadas? ¿Yo qué iba a saber?

Puse los ojos en blanco y terminamos de bajar la escalera hasta la parada. Mason me pasó un brazo por encima de los hombros y me estrechó contra él en un abrazo amistoso. Había llegado hacía menos de cuatro días y se iría enseguida, porque todavía tenía que pasar por casa de sus padres antes de regresar a España. Hasta que estuvo aquí conmigo, no me había dado cuenta de lo mucho que lo echaba de menos.

Llegamos a la fiesta una hora después de que comenzara. Todo fue culpa de Mason. Estuvo al menos una hora metido en el baño y después tuvo una crisis de vestuario: no sabía qué ponerse. Solo era una fiesta, tampoco había que ir muy arreglado.

—Claro, tú te pones un vestido y estás genial. Pero ¿qué hago yo, que ni siquiera tengo un traje?

Al final resultó que tenía razón. Todos los hombres iban vestidos con traje menos él, que llevaba los mismos vaqueros que se había puesto por la mañana.

—Si llego a saberlo, le habría pedido un traje a James, lo siento —le susurré por encima del volumen de la música.

Me serví una copa de vino de una mesa cerca de la entrada. Aquello debía de ser cosa de Melanie, como todos los globos que cubrían las paredes y las luces de discoteca. Iba a marearme antes de comenzar a beber.

—Da igual, no me hubiese servido —repuso Mason—. No usamos la misma talla.

Mason había pegado un buen estirón al irse a la universidad. Ahora era más alto que yo, pero tenía razón, James también había crecido y su figura era más musculosa, especialmente por la espalda.

No era que me hubiese fijado ni nada por el estilo…

—¡Kenzie! —exclamó Carol, una compañera que se había unido el mes pasado—. ¿Quién es tu amigo?

Hice las presentaciones mientras vaciaba mi copa de vino. Lancé un vistazo por toda la sala, pero no encontré a James por ningún lado. A Jack sí. Estaba conversando animadamente con los jefes de otros departamentos. Y a Mel, que se acercó en cuanto se encontró con mi mirada.

—¡Oh, Dios mío! —exclamó al llegar a nuestro lado, sobresaltando a Carol—. ¡Cuánto has cambiado, Mase! Te veo más moreno.

Le dio un fuerte abrazo, aunque no tan fuerte como el que habíamos compartido cuando fui a buscarlo al aeropuerto. En taxi, obviamente. Ni siquiera me atreví a pedirle prestado el coche a James, todavía tenía que enseñarme a conducirlo.

—Tú también has cambiado, Mel.

Carol se escabulló mientras hablaban y yo aproveché para servirme una nueva copa de vino. Mason estaba poniendo al día a Melanie de su vida y del examen para el que se estaba preparando en España. Había escuchado aquella historia demasiadas veces como para soportarlo una más.

Estaba a punto de tomar la botella cuando una mano apareció de la nada y me la arrebató antes de que pudiera tocarla.

—¿Ya empezamos con el vino, nena?

Me volví hacia James sin poder evitar que una sonrisa asomara a mis labios. Solo con escuchar el sonido de su voz, su imagen inundaba mi mente y era incapaz de borrarla. Igual que mi corazón, que palpitaba como si mi vida dependiera de ello, aunque literalmente era así.

—Además, es mi favorito —puntualicé, señalando la botella, que seguía en sus manos.

Era verdad, y no solo eso: se trataba del mismo vino que me había dado a conocer la noche que fuimos a cenar a Chinatown. Él también lo sabía y su sonrisa se extendió.

Me encantaba. Tenía ese brillo coqueto y cálido que iluminaba su mirada y provocaba cosas extrañas en mi interior.

—Lo sé, se lo recomendé a Mel.

Se acercó más a mí para llenarme la copa. Cuando su espacio personal invadió el mío, tuve que recurrir a mi fuerza de voluntad para no alzar el rostro hacia el suyo. Los últimos días no habíamos podido quedar tanto como antes y mi cuerpo lo echaba de menos. Yo lo echaba de menos.

Después se sirvió una para él.

—Esta noche he venido en taxi —me informó cuando lo miré con el ceño fruncido—. Aunque no lo creas, no siempre conduzco.

—Ya veo que nuestro viaje en metro no fue de tu gusto —bromeé—. Oh, he venido con Mason.

Por supuesto, eso ya lo sabía, pero sentí la necesidad de decírselo de nuevo. Como mi amigo había dicho, no se habían visto en unos cuatro años, y en el pasado no se llevaban exactamente bien. ¿Cómo sería ahora que, supuestamente, todos éramos adultos?

Me giré para señalar hacia el lugar en el que Mel y Mason estaban hablando. James siguió la dirección de mis ojos.

—Es alto —fue lo único que dijo.

«Claro, James. Porque su altura es lo más importante...»

Mason no medía mucho más que James, pero al ser delgado daba esa sensación. En un arrebato tomé su mano y tiré de él en dirección a nuestros amigos. Nunca me había gustado que dos personas tan importantes en mi vida se llevasen mal, y ahora que James volvía a serlo, me haría feliz que por una vez pudiesen tolerarse.

—Eh —saludó James al llegar—, ¿qué tal?

Estaba bien, tampoco me esperaba un abrazo. Aquello era mejor que nada.

—Hola, James, cuánto tiempo.

No fue tan tenso como esperaba en un principio, y que Mel animara la fiesta sirviendo más alcohol fue de gran ayuda.

—¿Cuánto tiempo vas a quedarte? —le preguntó a Mason después de tomar un largo sorbo.

—Pasado mañana tomo un avión a casa de mis padres, después nos iremos todos a España para pasar la Nochebuena.

Arrugué la nariz. Tenía pensado pasar la Nochebuena y el día de Navidad en casa de mi madre, con su marido Tom y mi hermana. Sin embargo, al día siguiente volvía a trabajar y no podría pasar la Nochevieja con ellos. De hecho, estaría sola. Mara seguiría en Argentina hasta enero y Seo volvería de Corea por esas fechas.

El único que podía alegrarse era Boo, que no estaría solo más de tres días. Suficiente como para no tener que contratar a alguien que se encargase de darle de comer.

—Kenzie y yo iremos en coche a casa para pasar la Navidad —dijo de pronto James, y cuando lo hizo miró directamente a Mason.

Lo observé con los ojos entornados. Quizá fuese el vino, pero había notado cierto matiz de celos en su tono. No podía ser… Entonces, su rostro se volvió hacia mí, y el brillo en su mirada me hizo sentir escalofríos por todo el cuerpo.

—¡Yo me voy a México! —estalló Mel, llamando la atención de todos los que nos rodeaban—. Envidia, ¿verdad?

Por favor, necesitaba hallar la forma de meterme en su maleta.

Una hora después, cuando casi todos estaban borrachos y había tenido la oportunidad de ver a Elliot intentar rapear subido a un escritorio, me retiré con Mason a una esquina para mordisquear sándwiches fríos. El problema de haber llegado tarde a la fiesta era que también tendríamos que irnos pronto.

Además, después de la noche de borrachera que había vivido con James en Chinatown, había decidido poner un poco de freno a mi consumo de alcohol.

—Tengo ganas de conocer a tu novia —le dije, sentándome a su lado.

Me había hablado mucho de ella, pero todavía no había tenido la oportunidad de conocerla en persona. Si era alguien tan importante en la vida de mi mejor amigo, necesitaba hacerlo.

—Tranquila, lo harás. Voy a invitarla a pasar el verano en casa de mis padres.

—Oh... La cosa es seria.

Una pequeña sonrisa tímida iluminó su rostro. Mason nunca fue de tener novia, apenas había salido con un par de chicas, pero esta parecía ser la definitiva. No me atrevía a decirlo en voz alta, al fin y al cabo, la vida es muy larga y en cualquier momento puede pasar algo. Una discusión, un accidente... Pero estaba feliz y metido de lleno en la relación, por eso les veía futuro. Como a Mel y Jack.

—Lo que no entiendo es por qué tardaste tanto en pedirle salir. Estuviste colado por ella un buen tiempo.

Apartó la mirada y se centró en el trozo de canapé que balanceaba en su mano, como si fuese lo más interesante de toda la fiesta. Dudaba que fuese así, Elliot había comenzado una nueva canción de rap y Jack quiso intentar bailar *break dance*, pero se le daba fatal.

—¿Prometes no reírte o enfadarte?

—¿Por qué iba a hacerlo?

Mason dejó el trozo manoseado de canapé de nuevo en la bandeja. Quise reñirlo y decirle que o bien se lo comía o bien lo tiraba, pero me contuve. James siempre me decía que me gustaba demasiado regañar y sermonear a los demás.

—Nunca me atreví a dar el paso porque ella... Ella es perfecta. Siempre pensé que era demasiado para mí. Demasiado guapa, demasiado inteligente, demasiado simpática.

—Oh, vaya. Ahora me dirás que tú no eres ninguna de esas cosas, ¿no? Estoy segurísima de que si le preguntamos, dirá que estás buenísimo, que eres muy inteligente y simpático.

—No es eso. Yo... tenía miedo de meter la pata. Fui un egoísta contigo en el instituto y no quería hacerle daño a ella también.

Mi corazón dejó de latir por unos segundos. Hacía tiempo que no sacábamos el tema del instituto, de la lista, de nuestro beso... Del tiempo en el que yo estaba enamorada de él y más tarde descubrí que él de mí. De cómo preferí quedarme con James y lo rechacé. De cómo hubo un día en que llegué a pensar que nunca podríamos volver a ser amigos de nuevo.

Una parte de mí daba por hecho que ya lo habíamos superado, pero ¿y si no era así? ¿Aquel inexistente romance pesaría sobre nuestra amistad durante el resto de nuestras vidas?

—Mason, no fuiste egoísta...

—Lo fui y te hice daño, porque me preocupé más de que me escogieses a mí que no por lo que tú sentías —proclamó. Evitaba mirarme a los ojos—. No quería que se repitiera lo mismo con ella.

No sabía qué decirle. Era cierto que lo pasé mal, pero yo también le había hecho daño.

—No vayamos a ponernos melancólicos ahora —dijo tras unos intensos segundos de silencio en los que sus ojos brillantes volvieron a buscar los míos—. Tienes razón, si le preguntas, te dirá que estoy buenísimo, y eso es lo importante.

No pude evitar echarme a reír, y se lo contagié a él.

—Creía que lo importante es que te quiere.

—También, también…

Archie se acercó en ese preciso momento, zarandeando una copa de *gin-tonic* en las manos y salpicando a todos lados. Su rostro estaba rojo, no sabía muy bien si por el alcohol o por el calor, y se había atado la corbata a modo de sombrero en la cabeza.

—Eh, chicos. —Su voz se trababa con cada sílaba que decía, y no dejaba de moverse de un lado a otro—. ¿Cómo va todo?

Mason tosió con incomodidad y me tapé la mano con la boca. Desde el momento en que los presenté había sido demasiado obvio que a Archie le gustaba Mason. Intentamos explicarle que tenía novia, pero después de unas cuantas copas no tardó en acercarse de nuevo.

Lo sentía por Elliot, porque él estaba verdaderamente pillado por Archie.

—Siento que la fiesta está decayendo un poco —confesé mientras me ponía de pie—. Voy a ir a por un poco más de vino, ¿queréis?

Archie alzó su copa como respuesta y mi amigo negó con la cabeza, aprovechando para lanzarme miradas envenenadas por dejarlo tirado. Era mayorcito, si quería huir de allí, podía zafarse él solito.

Estaba riéndome por la situación, ya que Archie intentaba con mucho ímpetu sacar a bailar a Mason, cuando me choqué de pleno con Carol. Llevaba una copa de vino tinto que cayó casi entera sobre mi vestido blanco.

A eso se le llama karma.

—Ay, no... Lo siento, Kenzie...

Comenzó a disculparse, pero ya no servía de nada. Tampoco podía enfadarme con ella. No lo había hecho queriendo, y se notaba a la legua que era otra de las tantas personas en la fiesta perjudicadas por el alcohol.

Me alejé lo más rápido que pude hacia el servicio para frotar la mancha de vino, pero ya no había nada que hacer. Al mirarme en el espejo no solo vi el color rojo sobre mi pecho derecho, el ombligo y las piernas: el cabello se había escapado del moño donde había intentado mantenerlo horas atrás y gotitas de sudor decoraban mi frente.

De acuerdo, esa era la señal de que había que irse.

Una mano atrapó mi muñeca mientras salía con disimulo del servicio.

—¿Adónde vas tan rápido? —preguntó James, pero su rostro se contorsionó con sorpresa nada más verme—. ¿Qué te ha pasado?

—Carol me ha tirado una copa de vino encima.

Hice un mohín con los labios, esta vez sin poder evitarlo. A nuestro alrededor la gente nos lanzaba miradas fugaces y sonreía, pero no podía asegurar si era por mi penoso estado o por el nuevo rumor sobre James y yo: resulta que ahora estaba embarazada y entrevistarían a alguien para que cubriese mi puesto.

¡Vaya! ¡Y yo sin saberlo!

Como James no dijo nada, resoplé.

—Estoy hecha un desastre.

—Qué va. Estás perfecta.

El estómago me dio un vuelco y alcé la mirada hacia él. Estaba sonriendo, pero no como si se riera de mí. No, lo hacía porque de verdad lo pensaba, o al menos eso me pareció.

James siempre me hacía sentir guapa, fuera cual fuese la situación.

Acto seguido, tomó mi mano y tiró de mí hacia la improvisada pista de baile en la que Jack continuaba intentando bailar *break dance* mientras Mel observaba con expresión avergonzada.

—Vamos a bailar —dijo.

Tiré de la mano, pero no conseguí sacarla de su agarre.

—¿Qué dices? —exclamé, señalando mi vestido manchado de un rojo aguado—. No puedo, mira cómo estoy.

—¿Qué más da cómo estés?

Sentí que mis mejillas se encendían y lancé miradas despavoridas hacia todos lados. Más de la mitad de las personas que nos rodeaban estaban en tal estado de ebriedad que era improbable que se fijasen en nosotros. Otra parte, sin embargo, continuaba sonriendo cada vez que veían mi vestido sucio.

James tiró un poco más de mí hacia la pista, hasta llegar a un lateral, suficientemente lejos como para que Jack y su *break dance* no nos viesen.

—Oh, Dios —murmuré cuando me acercó a su cuerpo—. Qué vergüenza, vamos a hacer el ridículo.

Una pequeña sonrisa plagada de diversión iluminó sus ojos y en ese momento fue lo único que pude ver.

—Ya sabes —susurró, y bajó el rostro hacia el mío, hasta que sus labios prácticamente rozaron el lóbulo de mi oreja—. Si hay que hacer el ridículo, mejor que lo hagamos juntos.

Capítulo veintinueve

—Así que… voy a dormir en el sofá.

—Sí.

—Y tú en la cama. Con James.

Le lancé a Mason una manta tupida que le atizó directamente en la cara. Una carcajada salió desde detrás del bulto fantasmal en el que se había convertido mi amigo.

—Dormir —repetí, haciendo énfasis en la palabra mientras su cabeza salía de debajo de la manta—. Solo dormir.

Cuando la fiesta terminó decidimos repartirnos en diferentes taxis para volver a casa. Al final, James, Mason y yo compartimos uno. James nos invitó a quedarnos en su apartamento, ya que estaba más cerca de la oficina y había espacio para los tres. Además, no sería la primera ni la última vez que compartía cama con James. Para dormir. Solo dormir.

—Ya, claro…

Agarré un cojín del suelo y también se lo lancé a la cara. Esta vez Mason tuvo reflejos suficientes para apartarse y esquivarlo. Una pena, me hubiese gustado hacerle un poco de daño. Se lo merecía, por burlarse de mí.

—Mase, sabes que contigo soy totalmente sincera. No hay nada entre James y yo.

—Pero no será porque tú no quieras…

Me acerqué al sofá y comencé a colocar la manta estirada sobre él, creando una cama provisional lo bastante decente para pasar la noche. Alguna vez me había quedado dormida allí y sabía por experiencia que resultaba muy cómodo.

—Jope, ¡claro! —me lamenté, bajando la voz porque James estaba usando el baño y no quería que nos oyera—. Pero ¿qué quieres que le haga? Somos amigos.

De la misma forma que era totalmente sincera con Mason cuando le decía que no había ocurrido nada entre James y yo, también le había confesado los sentimientos que habían comenzado a formarse en mi interior a raíz de nuestro reencuentro. Sentimientos que creía haber enterrado, pero no había cavado lo suficientemente profundo como para que no volvieran a salir.

Malditos sentimientos.

—No tanto como tú y yo…

Le lancé una mirada agria. Nuestra amistad era diferente. Para empezar, Mason era mi amigo de toda la vida, y para terminar… Nunca lo había visto desnudo, cosa que no podía admitir de James. Su mirada se relajó y me regaló una sonrisa cálida.

—Vale, perdona.

En realidad eran dos tipos de amistades diferentes, porque Mason era como mi hermano y James… Con James quería hacer cosas que dos hermanos no harían.

—No, si tienes razón —confesé.

—Lo sabía.

Suspiré, sintiéndome derrotada. La noche había sido muy larga y solo tenía ganas de dormir.

Mason se inclinó sobre mí para depositar un beso en mi mejilla.

—Buenas noches, Kenzie —susurró.

—Buenas noches, Mason.

Dejé que se acomodara en el sofá y me dirigí a la habitación. Saqué una de las muchas camisetas de manga corta del armario de James y me la puse antes de que él regresara. Había adquirido esa costumbre y ya no necesitaba pedirle permiso. Incluso sabía cuáles le gustaban más y era mejor que no tomara prestadas.

Levanté el cuello de la camiseta y exhalé. Olía a James, mezclado con el jabón que usaba para lavar la ropa. Esperaba que nunca me pillara haciendo eso o sería muy embarazoso.

Me metí en la cama al oír la puerta del baño abrirse. James y Mason intercambiaron unas cuantas palabras, aunque no llegué a descifrarlas. Cuando entró en la habitación, ya estaba tapada hasta arriba con las sábanas, tumbada en el lado de la cama que había proclamado como mío desde el primer momento.

—Estoy muerto —dijo mientras apagaba la luz.

En las tinieblas pude ver cómo atravesaba la habitación hasta el otro lado de la cama. El colchón se hundió bajo su peso y no me atreví a decir nada. Sentí mi interior muy cálido, aunque no nos tocásemos, aunque hubiese metros de tela por medio y cada uno estuviese en un punto diferente de la cama.

—Yo también —asentí.

Cerré los ojos y dejé que esa calidez me invadiese junto con el calor que proporcionaban las suaves sábanas. Me coloqué de medio lado, de espaldas a él, y doblé las piernas en posición fetal. De pronto, a pesar del cansancio, no podía dormir. Saber que estaba allí, que su corazón latía tan cerca, y no tener la posibilidad de tocarlo...

No, nuestra relación de amistad no era para nada igual a la que mantenía con Mason.

Y daría lo que fuera por ir un paso más allá.

—Buenas noches, Kenzie.

Tragué saliva. ¿Podría oír cómo se me aceleraba el pulso?

—Buenas noches, James.

A la mañana siguiente me despertó un sonido constante y fuerte, como de piedras chocando contra la ventana. No cesaba, y a cada segundo que mi subconsciente volvía a la vida parecía ir a más. Sin embargo, no era molesto, y cuando conseguí entreabrir los ojos y acostumbrarlos a la claridad del día, me di cuenta de que se trataba de granizo impactando contra la ventana.

Las cortinas no estaban corridas y podía ver cómo golpeaban y rebotaban contra el cristal. Era agradable, especialmente porque podía apreciarlo desde el interior de la habitación, calentita bajo las sábanas, sintiendo la respiración pacífica de James en mi nuca.

Mis ojos se abrieron completamente despiertos al darme cuenta. James seguía allí, detrás de mí. Mi espalda estaba apoyada contra su pecho, nuestros cuerpos doblados y acomodados el uno al otro. Una de sus manos estaba posada en mi cintura, sobre la piel de mi ombligo. La camiseta que había tomado prestada se había subido durante la noche, probablemente por las vueltas que había dado en la cama.

Tragué saliva, pero no me moví. Tenía la boca pastosa y probablemente un aliento de perros. A mi lado, James continuaba dormido, ajeno a la tempestad que estaba teniendo lugar en la calle.

Alcé los ojos hacia la mesita de noche. Mi teléfono móvil descansaba allí, cerca, pero no lo suficiente como para poder atraparlo y ver qué hora era. Por la luz podía adivinar que serían más de las diez de la mañana, aunque la tormenta había oscurecido el cielo y también podría ser ya la hora de comer. Mi estómago hambriento apoyaba esa idea.

—James —dije muy suave.

Quería despertarlo, pero al mismo tiempo no. Disfrutaba de aquella cercanía, aunque él estuviese dormido y aquello no fuese más que una fantasía.

—James —repetí, y esta vez me moví un poco.

Durante unos segundos pensé que funcionaría, porque detrás de mí su respiración cambió y su cuerpo también se movió unos milímetros. La mano que estaba posada sobre mi ombligo también lo hizo, un poco más hacia abajo.

Tragué saliva cuando una sensación de cosquillas y calor me invadió. Esperé, impaciente, pero James no dio más señales de vida.

De hecho, sí lo hizo. Un ronquido. ¿En serio?

Me mordí el labio inferior, demasiado afectada para volver a llamarlo. Aquello no era bueno. No quiero decir que fuese una manera mala de despertar, pero no era la adecuada, sobre todo si teníamos en cuenta lo que James provocaba en mi cuerpo. Un calor que se arremolinaba debajo de sus dedos y se extendía a través de mi sangre.

Tenía que salir de allí.

Me moví un poco más, comenzando por balancear el hombro más cercano a su cabeza. Quizás así se despertaría. Entonces, su mano se desplazó un poco más, esta vez hacia el lateral.

Mierda.

—Jam…

Comencé a decir su nombre de nuevo, notando cómo me temblaba la voz, pero fui interrumpida por un ruido en la puerta del dormitorio.

—¿Kenzie? —Oí la voz de Mason desde el otro lado, amortiguada por la puerta cerrada—. ¿James? ¿Estáis despiertos?

Volvió a llamar, y los golpes, combinados con el granizo de la ventana, consiguieron despertar al oso perezoso que tenía al lado. Noté su mano alejarse, rozando cada centímetro de la piel de mi cintura hasta desaparecer. Segundos después, el resto de su cuerpo también se movió para incorporarse.

Mason volvió a llamar y yo me atreví a mirar a James. Estaba bostezando con los ojos completamente cerrados. Pequeñas arrugas se esparcieron en cadena por su frente.

—Buenos días —dijo en medio de otro bostezo.

Sí, claro, buenos días.

—¿Hola? —repitió Mason.

Me incorporé en la cama antes de que mi amigo perdiera la paciencia y entrara en la habitación. Tiré de la camiseta hacia abajo con disimulo y salí de entre las sábanas a trompicones. Al final, mis pies se enredaron en ellas y terminé cayendo al suelo, con las manos por delante para evitar el golpe.

—¡Kenzie! —gritó James desde la cama—. ¿Estás bien?

Y mientras se levantaba corriendo para ayudarme, la puerta del cuarto se abrió de golpe y Mason hizo su aparición, atraído por el grito despavorido de James. Todo ello mientras yo continuaba desparramada con parte de mi cuerpo en el suelo y otra parte en la cama. Notaba que la camiseta había vuelto a subirse o, en este caso, bajarse por encima de mi ombligo.

Motivada por la vergüenza, decidí ponerle fin, y con un impulso terminé de tirarme al suelo. El impacto dolió, pero mucho menos que el bochorno que acababa de pasar.

—Estoy bien —jadeé, deseando que el suelo me engullese y desaparecer—. Estoy bien...

—Yo... —comenzó a balbucear Mason cuando el silencio amenazó con apoderarse de nosotros—. Es la hora de comer, y me preguntaba si querríais salir a tomar algo o..., no sé, alimentaros y esas cosas.

Decidimos ir a comer a mi piso. James no había hecho la compra esa semana y lo único que encontramos en la nevera fueron dos latas de cerveza y un paquete de jamón abierto desde Dios sabe cuándo.

—Te he visto las bragas —me dijo Mason mientras esperábamos a que James terminara de vestirse.

—Cállate —siseé, pero noté que mis mejillas se sonrojaban.

Si él las había visto, estaba claro que James también. Podía tener veintiún años, treinta o cincuenta, pero el miedo a que me vieran en ropa interior continuaría existiendo. Una de mis peores pesadillas era cuando soñaba que aparecía en el instituto desnuda.

Mason se inclinó sobre mí y susurró:

—Los lunares te pegan mucho.

Le di un codazo en el abdomen con todas mis fuerzas. Se quejó, pero eso no le impidió reírse más. Me até la chaqueta para que las manchas que todavía decoraban mi vestido no se viesen tanto y, cinco minutos después, los tres salíamos en busca de algo con lo que llenar nuestros estómagos.

—¿Quieres conducir tú, Kenzie?

Miré a James como si se hubiese vuelto loco. Zarandeó las llaves haciendo que diesen vueltas sobre su dedo índice con la burla tiñendo cada letra que entonaba. Idiota.

Estábamos en el *parking* subterráneo de su edificio de apartamentos, a punto de subirnos al coche e ir a por un buen desayuno, o más bien almuerzo.

—¿En serio quieres arriesgar tu vida?

—O la de los pobres peatones —completó, ladeando la cabeza—. Tienes razón, merecemos más.

Le saqué la lengua en el momento justo en que se giró y no llegó a verme, pero Mason sí lo hizo.

—¿Tan mal conduces?

—Yo…

Iba a decir que sí, pero no pude. No lo hacía mal, simplemente me ponía nerviosa al tener que manejarme con marchas.

—No es que conduzca mal —completó James—, pero le gusta ir por ahí sin prestar atención y atropellando a personas. —Se detuvo cuando se disponía a meterse en el coche, con una pierna ya en el asiento del conductor y otra fuera—. Espera, ¿quieres verlo?

Oh, no.

No, no, no.

Ya fue suficiente la última vez.

Mason se volvió hacia mí todavía sonriendo, pero había algo de duda en su expresión. Tenía que aprovecharme de ese resquicio de temor interno.

—¿Saldría vivo del viaje?

Mi instinto de supervivencia me llevó a negar repetidas veces con la cabeza, tan rápido que cuando terminé parte del pelo se me había metido en la boca y estaba un poco mareada.

Ante tal reacción, Mase se volvió hacia James sin la menor diversión.

—¿Sabes? Creo que prefiero seguir vivo. Me fío más de lo que dice ella que de ti.

Menos mal.

—Haces bien —aceptó James, pero no hizo amago de volver a entrar en el coche—. ¿Y tú? ¿Te animas a probarlo?

Coloqué una mano sobre el hombro de Mason antes de que aceptara.

—Es de marchas manuales —le avisé.

Se encogió de hombros. Mala señal.

—En España la mayoría son así.

A los cinco minutos me encontré sentada en uno de los asientos traseros del coche de James mientras Mason conducía salvajemente por la ciudad, o al menos tan rápido como los semáforos y la circulación le permitían. Lo hacía mejor que yo, sin lugar a dudas, pero no podía evitar sentirme nerviosa, sobre todo cuando adelantó a un vehículo en la salida de la ciudad.

—Oye —protesté al darme cuenta—. ¿No íbamos a mi casa?

Mason se volvió unos segundos hacia atrás para mirarme y reprimí el impulso de girarle la cara con la mano para que estuviese atento a la carretera. ¿Qué había sido de mi viejo amigo responsable?

Estaba en un vehículo con dos locos. E iba a morir.

—Vamos a ir a echar unas carreras fuera de la ciudad, espero que no te importe —me explicó James, y mi cara de espanto fue épica.

—Me bajo de aquí ahora mismo —repliqué.

Llevé la mano hacia la manilla de la puerta, lista para lanzarme en marcha si hacía falta. Si ellos querían arriesgar su vida, genial, eran adultos, pero yo no pensaba hacerlo.

¡Todavía no había sido dama de honor en la boda de Mel! Y, la verdad, me entusiasmaba la idea. Al principio no entendía por qué querían casarse, quizá porque mi opinión del matrimonio siempre había estado sesgada por el fracaso del de mis padres. Pero ahora que los veía juntos, tan enamorados y con el futuro por delante (uno que yo, vista la situación, no compartía), podía entender su deseo de casarse.

Quizás hasta compartirlo.

—Tranquila, Kenzie, es broma —dijo Mason, y fui consciente de cómo bajaba la velocidad—. Solo vamos a dar un rodeo, te prometo que no habrá ninguna carrera.

James se rio a carcajadas y yo me dejé caer sobre el respaldo del asiento un poco más relajada.

—Idiotas —siseé.

El brazo de James se estiró hacia atrás hasta tocar mi rodilla.

—Perdona, nena, solo quería ver qué cara ponías.

Una de muy mal humor mezclada con terror.

Le aparté la mano de un fuerte golpe que resonó por encima del motor. Ese coche era muy silencioso.

—No me llames nena, idiota.

Pude captar por el retrovisor cómo Mason me lanzaba miradas plagadas de diversión. Cuando se dio cuenta de que lo había pillado, alzó las cejas de forma coqueta.

Volví a resistir la tentación de pegarle. Se libraba porque era el conductor y no debía molestarlo.

El resto del camino hasta mi piso tuve que soportar una conversación entre James y Mason sobre coches. Cualquiera que los viese diría que eran amigos de toda la vida. ¡Ya podrían haber encontrado ese interés común en el instituto!

Para cuando llegamos a nuestro destino y sentí la seguridad de pisar el suelo con los pies, la conversación había derivado en comida y en las mejores discotecas a las que habían ido.

Me rugía el estómago de hambre. O quizá fuesen los nervios del viaje.

Mason se acercó a mí mientras James buscaba una chaqueta en el maletero del coche, que, por cierto, estaba muy desordenado.

—Para no haber nada entre los dos discutís como una vieja pareja de casados —comentó en voz baja, lo suficiente para que solo yo lo oyera.

—Oh, cállate.

Lancé una mirada fugaz a James. Suponía que haber salido juntos en el instituto tendría algo que ver. Podíamos haber llegado a ser amigos después de ser expareja, pero era imposible que nuestra relación en el pasado no nos influyera en el presente. No quería decir que los ex no pudiesen ser amigos, pero sí que era más complicado.

Capítulo treinta

No pude retrasar para siempre el momento de volver a conducir el coche de James. Por un lado me alegraba, me apetecía retarme a mí misma y ganar. Atreverme a ponerme de nuevo tras el volante de su coche era una forma de afrontar mis miedos. Sin embargo…

—Vamos, ve soltando el embrague.

Mis dedos se aferraron con tanta fuerza al volante de cuero que los nudillos comenzaron a ponérseme blancos, sintonizando con la manicura que me había hecho Seo antes de irse a Corea a pasar las vacaciones.

—No puedo.

Cuando meses atrás acepté la propuesta de James de viajar juntos a casa, lo que implicaba pasar gran parte del día en coche, en ningún momento se me pasó por la cabeza que me tocaría conducir. Inocente…

En aquellos momentos habría dado todo mi dinero, que francamente no era mucho, por intercambiarme con Boo. El gato estaba tranquilo y solo en casa, disfrutando de tres días para él, con comida y agua suficientes y el arenero limpio. Un amigo de Seo se había ofrecido a pasarse por el piso para echarle un vistazo y asegurarse de que todo iba bien, pero dudaba que fuese necesario.

Quienes no llegaríamos vivos a casa éramos James y yo.

—Sí que puedes —insistió James, pero su voz reflejaba que se le estaba agotando la paciencia—. Lo único que te falta es confianza en ti misma.

Confianza como la que él tenía al decir aquellas palabras. Hacía casi dos horas que habíamos salido de Nueva York, pero James decidió hacer el viaje un poco más largo yendo por carreteras secundarias. Estaban más desiertas y sus curvas te obligaban a realizar cambios de velocidad y, con ello, también de marchas.

Se había propuesto enseñarme a conducir sí o sí.

—¿No tienes miedo de que estrelle tu coche?

Sabía que, si le preguntaba por su vida, no le dolería tanto.

Posó su mano sobre la mía, que seguía sujeta al volante con fuerza. El tacto hizo que suavizara el agarre. Tenía los dedos fríos, aunque habíamos puesto la calefacción. Sus ojos buscaron los míos. Vestían una mirada suave y segura.

—Sé que lo harás bien.

Maldita sea, no podía negarme a esa mirada.

Volví la cabeza al frente, sintiendo cómo mi pie izquierdo continuaba ejerciendo presión sobre el embrague. El sonido del intermitente avisando que me incorporaría a la carretera se hizo más fuerte, y mis ojos volaban de un espejo retrovisor a otro.

Nada, ni un solo coche. ¿No habían dicho en las noticias que esos días sería la operación salida?

—Cuando estés lista —dijo James.

A por ello, Kenzie.

Tomé aire y solté muy lentamente el embrague. El coche comenzó a desplazarse y mi corazón se aceleró, como si fuera él quien se estuviera moviendo. La mano de James abandonó la mía y giré el volante para incorporarme a la carretera.

—Ahora cambia a segunda.

Apenas había soltado el embrague cuando tuve que volver a pisarlo a fondo. Hice un repaso mental para recordar dónde estaba la segunda marcha, cambié y volví a poner la mano en el volante. El coche se había ido hacia un lateral, pero lo enderecé con rapidez.

Hiperventilaba. Quería apagar la calefacción, pero no me atrevía a apartar los ojos de la carretera para buscar el botón. Ni siquiera a quitar otra vez las manos del volante. ¿Y si acabábamos en una cuneta? ¿Y si aparecía un coche kamikaze en la próxima curva y nos estrellábamos? Al menos el paisaje era bonito.

—¿Puedo meter ya tercera? —pregunté tras largos segundos de silencio.

—En realidad, deberías haberlo hecho hace tiempo —se burló mi copiloto—. ¿No oyes cómo sufre el coche?

Notaba que sonaba un poco más fuerte, pero nada más. ¿Qué iba a saber?

—No tanto como yo, créeme —puntualicé. El corazón me iba a estallar.

—Créeme tú a mí, lo estás haciendo bien.

No me atreví a mirarlo mientras cambiaba de marcha. Era consciente de que sus palabras no eran sinceras, simplemente solo intentaba animarme. Con cada cambio de marcha el coche daba un gran bote, y ni siquiera sabía cuándo debía cambiar. Sin embargo, funcionaba. Me sentía más segura, aunque solo fuese un poquitín.

—Ahora cambia a cuarta.

¿Tan rápido? ¡Si había una curva a apenas unos metros! ¿Quería que nos estrellásemos? Pero hice lo que me dijo.

Después de los diez minutos más tensos de mi vida, por fin conseguí calmarme y acostumbrarme al cambio de velocidades. Ayudó mucho que, una vez que el coche hubo tomado velocidad, no tuviese que usar más que las dos últimas marchas, excepto cuando se avecinaba una curva cerrada.

James también notó que me relajaba, porque comenzó una conversación.

—¿Vas a pasar la Nochevieja con tu familia?

Negué sin apartar los ojos de la carretera.

—Solo Nochebuena y el día de Navidad. Hay que trabajar, y paso de volver para una sola noche.

Me daba un poco de pena, tenía ganas de pasar más tiempo con ellos. Además, mi hermana me había escrito para decirme que tenía una sorpresa esperándome en casa. Ya estaba fantaseando con un nuevo ordenador, o quizás un teléfono de última generación, ¡o una caja enorme de bombones!, cuando James gritó muy alto:

—¡Frena, que te comes la curva!

Me había despistado con mi propia fantasía y no estaba atenta a la carretera. ¡Por eso siempre te dicen que no distraigas al conductor! Y a mí con hablarme me valía.

Pisé el freno tratando de no ser demasiado brusca, y James volvió a gritar.

—¡Embraga y cambia de marcha!

Supuse que se refería a que bajase a una menos. Pisé el pedal a fondo y moví la palanca de mi derecha. Al final conseguí tomar bien la curva. Me salí un poco del carril y las ruedas traseras derraparon, pero estábamos vivos. ¡Menos mal que no venía ningún kamikaze en sentido contrario! Aunque, pensándolo bien, esta vez era yo el kamikaze...

Sin atreverme a acelerar de nuevo, continué despacito por el camino. Respiraba agitadamente y el corazón se me iba a salir del pecho. No tenía muy claro que debiese seguir conduciendo, si me daba un infarto, probablemente provocaría un accidente.

Y, de pronto, James comenzó a reír. A reír muy alto.

Me arriesgué a lanzarle una mirada confusa. ¿Ahora qué le pasaba? ¿No se daba cuenta de que habíamos estado a punto de estrellarnos?

—El viaje de vuelta también lo haces tú, ¿vale? —dijo después de unos largos segundos repletos de carcajadas—. Si conseguimos llegar vivos a casa, estoy seguro de que podrás conducir adonde sea.

Sin tener muy claro si hablaba en serio o se estaba burlando de mí y en realidad no me dejaría conducir su coche de nuevo en la vida, negué con la cabeza y me mordí el labio inferior antes de sonreír. La adrenalina acumulada a causa del volantazo y la brusca frenada, junto con el tono de su risa, llenaron mi estómago de una cálida y acogedora sensación.

—Estás loco.

James se volvió hacia mí. Ahora era a él a quien le costaba respirar.

—Ahí está —murmuró.

—¿Está el qué? —pregunté con curiosidad.

Me arriesgué a volver a acelerar y cambiar de marcha mientras le lanzaba una mirada rápida.

Estaba convirtiéndome en toda una conductora pro.

—Tu sonrisa.

Paramos a almorzar en un restaurante a pie de carretera. Apenas había aparcados un puñado de coches y algún camión en la entrada. Tampoco parecía muy fiable, pero me moría de hambre y de sed. Ninguno de los dos había sido lo suficientemente listo como para meter unos bocadillos o un botellín de agua entre el equipaje.

Conseguí aparcar a la primera, lo que dejó bastante asombrado a James. Quizá fuese un peligro con el cambio de marchas, pero aparcar se me daba genial.

—Tengo tanta hambre que aunque sirviesen mierda embotellada me la comería igual —dijo mientras caminábamos hacia el edificio con la chaqueta abotonada hasta arriba para superar el frío.

Era de un color gris sucio. En realidad, podría jurar que en el pasado lo habían pintado de blanco, pero el deterioro y la falta de higiene le habían cambiado el tono.

—Estás de suerte, porque es probable que comamos eso.

En ese momento tropecé con mis pies, haciéndome la zancadilla a mí misma. Acabé chocando contra un coche. Todo bien de no ser porque un perro apareció de la nada junto a la ventanilla más cercana ladrando como un loco.

Pegué un buen bote que casi me hace caer de nuevo. Me agarré a James y lo puse como escudo entre el perro y yo, aunque el cristal a medio subir de la ventanilla evitase que saltara sobre nosotros.

—¿Sigues teniendo miedo a los perros? —preguntó.

—¿No te has fijado en que vivo con un gato? —contesté sin apartar los ojos del animal. Continuaba ladrando furioso—. Eso debería decirte algo.

—El gato es de Seo.

Decidí ignorarlo y nos alejamos de allí a paso ligero, con los ladridos del perro todavía resonando contra el cristal.

Al entrar en el local, las malas vibraciones sobre su deplorable aspecto desaparecieron. Nos recibió un apetitoso aroma a comida, o tal vez solamente era yo y lo mucho que me gustaban las patatas fritas. La limpieza que faltaba en la fachada del edificio no tenía nada que ver con el interior. Quizá los suelos no relucían y la tapicería de imitación a cuero del sofá marrón en el que me senté estaba cuarteaba, pero al menos no había cucarachas correteando. Además, el local era pequeño, por lo que la poca gente que había conseguía darle un aspecto acogedor sin que sus conversaciones de fondo resultasen cargantes, y hacía calor.

Me quité la chaqueta y tomé la carta plastificada que había sobre la mesa. Estaba manchada de algo oscuro en el borde. Decidí pensar que era chocolate.

—Comenzaré con un café —murmuré mientras recorría el menú con los ojos. No era demasiado variado, excepto por los postres—. ¿O vas a conducir tú lo que queda de camino? Si es así, prefiero una cerveza.

Bajé la carta lo suficiente para poder mirar a James. Seguía inmerso en la búsqueda de comida, pero había una pequeña sonrisa tirando de sus labios.

—Ni hablar, voy a aprovechar que no soy el conductor designado para tomarme esa cerveza. Tú quédate con el café.

Le saqué la lengua, pero, como no lo vio, hice un molesto y monótono ruido para captar su atención. Eso solo consiguió que las comisuras de sus labios se arrugasen más.

—Creo que voy a pedir una hamburguesa XXL con extra de beicon y patatas.

Me asombraba lo mucho que entraba por aquella boca y lo poco que le dolía el estómago después. Un día quise ir de espléndida e invitarlo a cenar. Mi cartera lamentó no haber decidido ir a un bufé libre.

Cuando el camarero llegó para preguntarnos si sabíamos qué íbamos a beber ya habíamos decidido la comida. Nos moríamos de hambre y lo único que queríamos era recargar energías cuanto antes. De hecho, quizá fue por el voraz apetito que arrastraba, pero nuestras hamburguesas no sabían nada mal.

Por culpa del ansia, no hablamos en ningún momento mientras comíamos. Estaba a punto de devorar el último pedazo de pan cuando…

—¡Quiero el helado gigante! —gritó un niño en la mesa que había detrás—. ¡Lo quiero! ¡Lo quiero!

—Ni hablar, no te has acabado el sándwich —sentenció una voz firme y paternal—. Si no tienes hambre para comerte el tomate, tampoco la tienes para el helado.

Me puse rígida cuando un chillido ensordecedor recorrió el local. El foco volvió a ser el niño, y la poca distancia que nos separaba provocó que me quedara sorda durante los siguientes segundos. James se quedó quieto con una patata a medio camino de la boca y los ojos clavados más allá de mí.

Al volverme para seguir su mirada me encontré con la figura de un niño pequeño, de poco más de cinco años, con los mofletes colorados y los ojos humeantes. Imponía, principalmente porque estaba de pie sobre el asiento y balanceaba dos rodajas de tomate en su pequeña mano.

—Chase, bájate ahora mismo de la silla.

El tono de su padre era increíblemente tranquilo teniendo en cuenta el espectáculo que estaba montando su hijo, que, tras escuchar la reprimenda, había decidido que no bastaba con ponerse de pie: ahora también tenía que saltar sobre el asiento.

Me aparté a un lado del sofá, llevándome la chaqueta conmigo y tratando de poner distancia entre el niño y yo. Si fuese su madre, probablemente estaríamos echando una competición para ver quién gritaba más fuerte. No se me daban nada bien los niños.

—¡Quiero helado! —repitió, implacable—. ¡El tomate está asqueroso!

Y, zasca, como si lo hubiese visto venir, lanzó las dos rodajas directas hacia mi asiento. Menos mal que me había movido, porque impactaron en el lugar en el que había estado sentada segundos antes.

En ese momento el padre se hartó y se levantó para bajarlo del sofá. Con una servilleta recogí los trozos rojos que habían manchado la tela y lancé una mirada de auxilio a James. Detrás de mí la pelea continuaba.

—¿Nos vamos?

Pedimos la cuenta y pagamos. Antes de irnos recordé pasar por el baño. El café siempre me daba ganas de hacer pis, y no quería una vejiga llena mientras conducía. A diferencia del comedor, el servicio sí era un reflejo de la fachada del edificio, y salir de allí limpia fue toda una odisea. Además, solo había uno para todos los clientes, independientemente de su género.

James entró detrás de mí. Me dio las llaves del coche para que fuese arrancándolo y le deseé suerte. Alzó las cejas con diversión. Pronto se lamentaría...

Tenía muchas ganas de llegar a casa y ver a mi familia, no solo por la sorpresa. Los echaba mucho de menos, y aunque de vez en cuando hablaba con ellos por teléfono, no era lo mismo que en persona. Ya estaba saboreando la comida casera de Tom y los postres de mi madre. Dormir en mi vieja habitación, pelear con Leslie por el baño, asomarme a la ventana para cotillear qué hacía mi vecino...

—¡Ah!

El chillido, esta vez, salió de mi garganta. ¡Y no era para menos! El mismo perro que minutos antes me había ladrado desde el otro lado de la ventanilla cerrada de un coche volvía a ladrarme. Solo que esta vez no había ningún cristal o James de por medio que me sirviera de escudo. Me quedé paralizada. Allí estaba, sola ante el peligro.

—¡Deva! ¡Deva, ven aquí!

Nada, si ese perro era Deva, no estaba haciendo el más mínimo caso a su dueño. Por lo visto, ladrarme era más divertido.

De acuerdo, movía la cola y no parecía realmente agresivo, pero ¿quién me aseguraba que en el momento en que diese un paso al frente no decidiría atacarme?

—¡Deva! —dijo otra voz, esta vez de niño.

Y segundos después el mocoso gritón del restaurante apareció detrás del perro. Lo agarró por la correa y lo obligó a volverse hacia él. En cuanto lo hizo, comenzó a darle lametazos por toda la cara.

—Deva, perrita mala —la riñó—. ¿Por qué te has escapado?

¡Habrase visto! ¿Perrita mala? ¿Lo dice el que casi me deja sorda?

Aproveché la ocasión para terminar de recorrer la distancia que me separaba del coche. Las llaves temblaban en mi mano cuando las metí en el contacto para ponerlo en marcha. Tuve que agarrarme con fuerza al volante para tranquilizarme.

Cuando James llegó todavía seguía nerviosa.

—¿Nos vamos? —preguntó, poniéndose el cinturón.

Asentí, incapaz de mediar palabra. A través del espejo retrovisor izquierdo pude ver al niño y su perrita. Seguían parados en mitad del aparcamiento, jugando.

Terminamos de hacer el camino hasta casa sin problemas, a excepción del semáforo en rojo que me salté sin querer a la entrada y la vez que casi acabamos en la cuneta. En mi defensa diré que no fue culpa mía. Un idiota se puso a adelantarme e iba tan rápido que me asusté. Acabé dando un volantazo que casi nos saca de la carretera y a continuación otro para meternos de nuevo en ella.

Estoy segura de que en ese momento James pasó miedo real, o al menos eso me dijeron sus ojos, aunque él nunca lo admitiría.

—Por fin en casa —suspiré.

Las luces ya estaban encendidas dentro, aunque fuera todavía había claridad. Por muchas ganas que tuviera de ver a mi familia, siempre me daba pereza hacer el viaje. Sin embargo, cada vez que volvía me lamentaba de no hacerlo más a menudo.

Dejé el coche aparcado frente a nuestras casas, al fin y al cabo, el vecino al que cotilleaba era James. Salimos del coche y sacamos nuestras bolsas de viaje del asiento trasero. Intentamos darnos prisa, hacía muchísimo frío y caían pequeñas gotas de lluvia que amenazaban con una gran tormenta.

Le lancé las llaves por encima del capó y las atrapó a la primera.

—¿Ves? Te dije que llegaríamos vivos.

Se acercó a mí con su mochila al hombro y una sonrisa reluciente. Durante la comida se había manchado la camiseta de kétchup y tenía el pelo revuelto, pero era probable que yo tuviese el mismo aspecto. Además, tal como había predicho, mi vejiga estaba a punto de estallar.

—No lo dijiste.

—Pero creía en ti. Algo que tú deberías hacer más a menudo.

Resoplé y aparté la mirada de él para volverme hacia mi casa. Se me estaban empezando a enfriar las manos. Una figura pasó muy rápido y fugaz por delante de la ventana de la sala. ¿Sería Leslie? ¿Por qué estaba corriendo dentro de casa?

—Bueno, yo… —comencé a decir, pero James me interrumpió.

—Hablo en serio, Kenzie. —Sus ojos buscaron los míos, y cuando los encontró no los dejó escapar—. Siempre has sido demasiado exigente contigo misma.

—Lo dices como si fuera algo malo.

—Porque en este caso lo es, sobre todo si te impide ver lo increíble que eres y todo lo que vales.

Apreté los labios sin saber qué decir. No era la primera vez que me mandaba un mensaje así, que me decía que merecía más o que intentaba hacerme ver lo genial que era. Sus expectativas sobre mí eran demasiado altas. Cada persona tiene debilidades, y la mía era el miedo a absolutamente todo, al futuro, a lo inesperado, a la vida.

Se acercó un poco más a mí y, antes de que me diera cuenta, sus labios rozaron mi mejilla izquierda. Todavía estaban calientes, y también húmedos por la lluvia.

—Feliz Navidad, nena —susurró.

Sus ojos volvieron a atrapar los míos. Estaba tan cerca que el beso en la mejilla podría convertirse con facilidad en uno de otro tipo.

—Me alegra haber vuelto aquí contigo —dije.

—Oye, y has venido conduciendo desde Nueva York tú sola, sin casi atropellar a nadie.

Arrugué la nariz, por su comentario y porque, al tener que mirar hacia arriba, me había caído una gota de agua gorda en ella.

—Qué gracioso…

—En serio. Estoy orgulloso de ti, Kenzie.

Pasó un brazo sobre mis hombros y me atrajo hacia él en un corto abrazo. Su ropa olía a la colonia que usaba, y ahí, con su cuerpo cobijando el mío, me sentí bien. Me sentí en casa.

La puerta de mi casa se abrió de par en par.

—¡Son! ¡Son, ven aquí!

Me volví hacia mi hermana y sus gritos, y mi boca se abrió de par en par, aunque no salió ningún sonido de ella. Un perro, más bien un cachorro a juzgar por el tamaño, blanco y peludo, corría directamente hacia donde estábamos James y yo.

—¡Son! —repitió Leslie—. Maldita sea, este perro nunca hace caso.

Sus ladridos apenas se oían, como si le hubiesen metido una bocina diminuta dentro del cuerpo. Llegó hasta nosotros y empezó a dar vueltas en círculos a nuestro alrededor sin parar. Se había vuelto loco.

Cinco segundos después, Leslie lo levantó del suelo, refugiándolo de la lluvia con su melena rubia y restregando su cara contra la del perro.

—Mira que eres tonto, Son —oí que murmuraba.

Me volví hacia James, pero se encogió de hombros. Carraspeé para llamar la atención de mi hermana.

—¿Me he perdido algo?

Leslie sacó su cabeza del ovillo en el que se había convertido el perro y me enseñó una sonrisa de oreja a oreja, seguida de un suave ladrido.

—¿No te dije que había una sorpresa en casa? ¡Hemos adoptado a un perro!

Oh, genial…

Capítulo treinta y uno

Después de pasar dos noches en casa, de soportar los gritos de mi madre y mi hermana porque esta había suspendido matemáticas de nuevo y no quería ir a la universidad al año siguiente, preguntas innecesarias e incómodas sobre James y que un maldito chucho se comiera mis zapatillas de andar por casa, estaba deseando regresar a Nueva York.

Tras la proeza de conducir parte del camino de ida, me animé también con el de vuelta. La última hora y media la hice yo, incluido adentrarnos en la ciudad. Se me caló un par de veces por todas las retenciones y los semáforos, pero llegamos vivitos y coleando.

Sin embargo, el que más sufrió fue Boo. Cuando llegué a casa me recibió con un montón de maullidos y cariñitos, frotando su naricilla húmeda contra la mía una y otra vez. ¡Y eso que no estábamos tan unidos! Aunque la siguiente semana estuvo durmiendo conmigo en la cama, ya que continuamos solos en el piso. Seo y Mara seguían con sus familias.

El ajetreo en el trabajo consiguió que esa semana pasase muy rápido. Gran parte de los empleados estaban de vacaciones y los tontos que nos habíamos quedado teníamos montañas y montañas de cosas que hacer. Elliot bromeó con fingir una repentina enfermedad y pedirse los siguientes días de baja, o al menos espero que estuviera bromeando. El proyecto en Las Vegas iba viento en popa y estábamos preparándonos para la siguiente reunión.

Cuando llegó la noche de Fin de Año, lo único que quería hacer era meterme de nuevo bajo las mantas con la compañía de Boo y dormir hasta el día siguiente.

MARA: ¡Esta noche beberé cervezas en tu honor! Feliz Año Nuevo, Kenzie.

El mensaje era de hacía casi dos horas, cuando dieron las doce de la noche en Argentina. Conociéndola, en esos momentos estaría como una cuba bailando y celebrando el nuevo año.

—¿Un café, Kenzie?

Mis planes de quedarme durmiendo no fueron satisfechos, y a pocos minutos de que diesen las doce me encontraba en medio del ajetreo de Times Square, apretada entre la gente como si fuésemos un rebaño de ovejas enfundadas en abrigos, gorros y bufandas, con vallas encarcelándonos y cortando las calles mientras esperábamos a que la bola cayera.

—Sí, por favor —gemí, porque si seguía así, me caería de sueño por culpa del cansancio acumulado.

No sabía cómo lo había conseguido, pero Elliot nos había convencido a todos para ir a celebrar la noche de Fin de Año allí. Estaba emocionado porque era la primera vez que podía ir, y yo estaba sufriendo porque llevábamos desde las seis de la tarde de pie, guardando sitio. Todo para no tener un buen lugar: para eso tenías que llegar a las diez de la mañana. Nosotros estábamos muy lejos.

Me dolían mucho los pies, las manos y la nariz. Las dos últimas por culpa del frío.

—Toma, a ver si entras en calor.

James me pasó un café por encima de la cabeza de Archie. Un hombre del que decidimos fiarnos los estaba vendiendo al otro lado de las vallas.

—¡Gracias! —grité por encima del sonido de la muchedumbre y la música.

Me dolía la garganta y era muy probable que iniciase el año con un resfriado. No tenía muy claro que fuese una buena premonición de lo que me esperaba.

James tomó otro café en vaso de cartón para él y lo alzó, brindando por encima de Archie, que, como buena parte de nuestros compañeros, había sido más listo que nosotros y se había traído comida y bebida para amenizar la espera.

Estaba saboreando las últimas gotas de café cuando Elliot chocó conmigo. Me desequilibró y caí contra Archie, que estaba hablando con James. El vaso de cartón también desapareció, engullido en el suelo por un montón de pies. No me gustaba la idea de dejarlo allí, pero ni loca me agachaba a buscarlo. Si lo hacía, también me engullirían a mí.

Me disculpé con los chicos al tiempo que atrapaban mi brazo y Elliot me arrastraba más cerca de él y más lejos de ellos y del resto del grupo. Se inclinó sobre mi oído y susurró:

—¿Vas a besar a James a medianoche?

—¿Qué?

Sacudí la cabeza sin comprender. Habían avisado que quedaban cinco minutos para que cayera la bola.

—El beso de medianoche, Kenzie, para celebrar el Año Nuevo —me explicó, haciendo aspavientos con las manos—. Estás espesa, ¿eh?

—Pues…

«Ese beso.» No lo había pensado. Ningún año, teniendo novio o no, se lo había dado a alguien. Quizá porque siempre lo celebraba en familia, menos este, que tenía que trabajar.

—Yo voy a intentarlo con Archie, esta es la mía —continuó hablando, pero su voz sonaba cada vez más lejos, como el zumbido de una avispa al alejarse—. Llevamos tonteando demasiado tiempo y creo que ya es hora de dar el paso…

Mis ojos navegaron solos por la marea de gente, unos metros más allá de donde estaba, justo al lugar en el que una cabeza pelirroja conversaba animadamente con Archie.

¿Podría…?

No, no podría.

Pero quería.

En realidad, Elliot tenía razón. Esta era nuestra oportunidad. Fin de Año nos proporcionaba una excusa maravillosa. Todos a nuestro alrededor estarían besando a alguien, y desde hacía tiempo fantaseaba con la idea de volver a besar a James. Incluso había tenido sueños al respecto, especialmente cuando dormíamos juntos.

¿Y quién sabe? Quizá los sentimientos que tenía por él desaparecieran porque no hubiese magia en el beso. O simplemente se tranquilizasen durante unos días, como cuando tomas un *snack* para calmar el hambre hasta la cena. Cualquiera de las dos opciones era buena, porque cada vez que estaba a su lado se me aceleraba el pulso, pero tampoco podía dejar de pasar tiempo junto a él.

—... aunque, por otro lado, ¿y si intento besarlo y me rechaza? Jodería nuestra relación.

«Te entiendo, amigo.»

—Pero ¿qué relación tenemos ahora mismo? Quiero más y, si no lo intento, nunca lo sabré, ¿verdad?

«Mirándolo así...»

—Quizá debería preguntarle primero si quiere ser mi beso de Fin de Año. Si me dice que sí, me lo tomaré como una señal del destino.

«¿Y si dice que no? Qué vergüenza.»

—Aunque preguntarle rompería el encanto. También sería una señal si lo beso y lo acepta, ¿no?

James se rio y su cabeza cayó hacia atrás. Estaba segura de que con esa sonrisa le brillaban los ojos.

—Kenzie, ¿me estás escuchando? ¡Tengo un gran dilema entre manos!

«Ya somos dos.»

Dejé de mirar a James para centrarme en Elliot, pero alguien gritó que iban a dar las doce y todos comenzaron a saltar y removerse a nuestro alrededor. Si no regresábamos con el grupo, los perderíamos.

—Está bien, entonces tendré que lanzarme —sentenció.

Tomé su mano antes de que cambiara de opinión y siguiera preguntándome qué hacer y tiré de nosotros de vuelta con los demás. Sorteamos a Raúl y Megan, otros pobres trabajadores que no habían pedido vacaciones, y nos reunimos con James y Archie justo cuando la música paró y fue sustituida por un tictac.

—Te había perdido —dijo James, pasando un brazo por encima de mis hombros.

Me mordí el labio ante su comentario. ¿Y si él sí se había acordado del beso?

¿Y si quería que yo fuese su beso?

—¡Empieza la cuenta atrás! —gritó Archie sin contener la emoción.

Desde nuestra posición tan alejada era muy difícil ver la bola o distinguir los números que aparecían en la pantalla gigante, pero el ambiente hacía que no importase. La cuenta atrás alimentaba la magia del Fin de Año, y de pronto me sentía como si estuviese metida en una burbuja.

«¿Qué iba a hacer?»

La cuenta atrás importante comenzó.

—¡Diez, nueve, ocho...!

La gente gritaba muy fuerte y me llevé las manos a los oídos, pero una gran sonrisa se había impuesto en mi cara y se negaba a irse.

—¡... cuatro, tres, dos, uno!

—¡Feliz Año Nuevo!

Millones de chillidos llenaron el aire, envueltos en abrazos y un aire cargado de confeti de colorines. Al fondo, fuegos artificiales alumbraron nuestras caras y la música navideña comenzó a sonar. A mi lado, Elliot se lanzó sobre Archie para felicitarle el año tal como había planeado.

Con el corazón latiendo fuertemente en mi pecho, me volví hacia James.

«¿Qué iba a hacer?»

Me recibió su sonrisa, iluminada por la luz de los fuegos artificiales. Extendió una mano sobre mi cabeza, acercándonos un poco más.

—Tienes confeti en el pelo —dijo.

No hizo falta que gritara porque estábamos lo suficientemente cerca como para poder oírlo.

Y aunque parecía que el corazón se me iba a salir del pecho, aunque estaba nerviosa, aunque hacía frío y ni siquiera estaba segura de lo que iba a pasar, mi sonrisa se expandió junto a la suya.

—Feliz Año Nuevo, James —susurré, acercándome un poquito más a él.

No puedo asegurar quién dio el paso. De lo único de lo que estoy segura es de que nuestros labios se encontraron en el camino. Que los suyos eran suaves y cálidos a pesar del frío. Que sabían a café, a magia y a James.

De que al separarnos tenía ganas de más.

—Feliz Año Nuevo, Kenzie.

Capítulo treinta y dos

Los sentimientos por James no desaparecieron después del beso de Fin de Año. Tampoco se tranquilizaron y me dejaron en paz durante un tiempo. Al contrario. Crecieron hasta el punto de romper el termómetro de la cordura. Empecé a pasar más tiempo que nunca pensando en él y soñando con volver a besarnos. Había vuelto a la adolescencia, al temor de decir que estás enamorada.

Al menos el trabajo me mantenía ocupada, aunque el hecho de que James estuviese allí y fuese mi jefe no ayudaba demasiado. Especialmente cuando mi mente vagaba sola y me imaginaba a mí misma entrando en su despacho de un arrebato e inmovilizándolo sobre su escritorio para…

«¡Basta ya, Kenzie!»

Sacudí la cabeza para ayudar a que los pensamientos saliesen de mi cabeza e intenté centrarme de nuevo en el trabajo, aunque la tarea que tenía entre manos era la mar de sencilla. Necesitaba cuadrar fechas, vuelos y hoteles porque el proyecto de Las Vegas tenía nuevo destino: justamente ese, Las Vegas, Nevada. La reunión final tendría lugar allí, y James y Jack volarían en unos días con un grupo reducido de personas para cerrarlo definitivamente, a ser posible con una respuesta afirmativa.

Daría mi dedo meñique para que me llevasen con ellos. Pero solo el meñique; al fin y al cabo, ¿para qué lo necesitábamos, además de para tomar el té?

—Vamos a celebrar mi despedida de soltera.

Alcé los ojos sin poder contener la sorpresa. Melanie había aparecido de la nada, había apoyado las manos sobre mi escritorio con un fuerte golpe y había dicho aquella frase como si estuviese amenazándome.

—¿No se suponía que tenía que organizarla yo?

Además, era una tarea que me entusiasmaba. Había redactado una lista con diez lugares donde celebrar su despedida y luego otra lista por cada lugar con las diferentes formas de divertirnos.

Los ojos de Mel se iluminaron con picardía.

—Sí, pero yo tengo un plan mejor: nos vamos a Las Vegas.

Teniendo en cuenta que en mi ordenador había unas cuantas ventanas abiertas de hoteles en aquel lugar, me parecía demasiada coincidencia.

—El viaje a Las Vegas para cerrar el trato es en unos días. Aprovecharemos y nos divertiremos allí. —¿Eso significaba que yo también iría?—. ¡Ya he hablado con Alia y puede venir!

—¿En serio?

Estaba impresionada. Alia era una de nuestras mejores amigas en el instituto. De hecho, ella y Mel eran como uña y carne, pero su vida estaba mucho más ocupada que la nuestra. Tenía una niña pequeña a la que cuidar, y ese era un trabajo de veinticuatro horas.

Mel asintió con energía.

—Solo vendrá durante el fin de semana, así Eric puede encargarse de Chloe, ¡que para algo es su hija también!

Mi amiga ya lo tenía todo planeado. Nos iríamos con Jack, James y el resto del equipo el viernes. Eso estaba bien, porque podría ayudar a James a preparar la reunión hasta que esta que tuviese lugar. Se ponía extremadamente nervioso. Una vez tuve que hacerle una tila para dormir y aun así necesitó tomarse un ansiolítico. No estoy a favor de automedicarse, y si Mason se enterara, nos echaría una buena regañina, pero en aquel momento era necesario.

—... y así Jack y yo podemos celebrar nuestras despedidas. Sé que le dijo a James que prefería algo tranquilo, pero a mí no me engaña. El otro día se dejó el ordenador encendido y había estado mirando locales de *striptease* en Las Vegas.

—Espera —la interrumpí—, ¿vais a hacer la despedida juntos?

Quitó las manos de mi mesa y se rascó la cabeza, pensativa.

—No, pero sí en el mismo sitio y el mismo día. Si voy a ponerme cachonda viendo a unos *boys* quitarse la ropa, al regresar al hotel me gustaría poder desfogarme con mi novio y no con mi mano.

Oh, Dios.

A mi lado, Mara no pudo contener la risa. Había escuchado toda la conversación.

—Bien pensado —comentó.

Ellas dos se habían hecho más amigas desde mi fiesta de cumpleaños, fecha en la que se emborracharon y terminaron cantando en un karaoke, o al menos eso me habían contado.

—¿Te apetece venir? —preguntó Mel al reparar en ella—. No seremos muchas, pero la bebida correrá a cargo de la tarjeta oro de Jack.

«*Boys* y barra libre de alcohol, menuda noche nos espera...»

Sintiéndome un poco dejada de lado, Mara y Mel comenzaron a hablar de sus bebidas favoritas y dijeron algo sobre buscar información en internet acerca de los mejores clubs de *striptease*. Pero yo era la encargada de organizar la despedida y, aunque odiaba que me cambiaran los planes, no iba a dejar que eso me fastidiase. Al fin y al cabo, era la despedida de soltera de Mel, no la mía.

Además, tenía muy claro que en la mía sería yo quien lo organizaría todo. Si quieres que algo salga bien, mejor hazlo tú misma.

Mientras ellas dos seguían charlando animadamente, mandé a la impresora la información sobre los últimos hoteles y vuelos que había estado mirando y fui a enseñárselas a James. Todavía teníamos que elegir qué semana sería el viaje y, ahora que sabía que la despedida de Mel también sería ese fin de semana, prefería tenerlo claro cuanto antes.

Entré en el despacho sin llamar, ya por costumbre. James estaba absorto mirando un vídeo de una charla TED en su ordenador. Me acerqué a él con los documentos impresos apretados contra el pecho. Los tacones de mis zapatos resonaron contra el suelo y eso captó su atención. El audio se paró, dejando la habitación en silencio. Al mirarme sonrió.

Así daba gusto ser recibida.

—Estos son los vuelos directos menos ocupados hasta Las Vegas y los hoteles más tranquilos y céntricos que he encontrado.

Dejé los documentos en la mesa al tiempo que él alzaba la mano para tomarlos. Nuestros dedos se tocaron y juro que sentí electricidad pasando a través de ellos. Nos miramos, sonreímos y rompimos el contacto.

Desde el beso que nos dimos la noche de Fin de Año, hacía ya dos semanas, nuestra relación había cambiado. Seguíamos bromeando y pasando mucho tiempo juntos; de hecho, muchísimo más. La diferencia estaba más bien en el aire. O quizá fuese solo yo, pero notaba cierta tensión entre ambos, tensión de tipo sexual que antes también existía, aunque no con tanta fuerza.

James paseó los ojos por encima de los papeles, moviendo los labios mientras leía en silencio determinadas palabras. Cuando llegó al último folio, los amontonó todos en orden y dio unos golpes en la mesa con ellos.

—Estoy de acuerdo con los vuelos, aunque prefiero el segundo hotel que has marcado. El primero está demasiado cerca de todo y el tercero muy lejos.

Su boca se movía y por mis oídos entraban y salían sus palabras, pero apenas podía concentrarme. El recuerdo del beso, de los vívidos sueños que había tenido con él, podían conmigo.

—¿Confirmo y reservo?

Me mordí el labio inferior. Me había imaginado tantas veces levantándolo de la silla y besándolo apasionadamente sobre el escritorio que podía sentirme dentro de uno de esos sueños con demasiada facilidad.

Me balanceé de una pierna a otra, ardiendo por dentro. Necesitaba una ducha fría con rapidez.

—¿Kenzie?

—¿Sí?

Solté el labio inferior, saboreando un poco de sangre. Maldición.

James se rascó la barbilla y extendió los papeles en mi dirección. Los tomé y los apreté de nuevo con fuerza contra mi pecho. Más que una ducha fría, lo que necesitaba era un cubo de hielo. ¿Qué me estaba pasando?

—Te decía que sí, que estaba todo bien.

Asentí con la cabeza y salí de aquel despacho de la perversión lo antes posible. ¡Así no había quien trabajase! Me pregunté si tal vez debería haberle comentado algo sobre las despedidas de soltero. A veces Mel y Jack hacían planes entre ellos y se olvidaban de nosotros, pero me negaba a regresar ahí dentro.

Era muy difícil distinguir entre los sueños y la realidad, especialmente cuando James se me aparecía tan real en los primeros.

Después del trabajo me fui con Mara a una tienda de disfraces para comprar provisiones para la despedida. Tenía muchísimas ideas y me vino bastante bien. Esa misma noche organizamos juntas una sorpresa para Mel y me encargué de reservar lugar para cenar en Las Vegas.

¿Quería una despedida de soltera que fuese una locura? ¡Como que me llamo Mackenzie Audrey Sullivan que iba a tenerla!

Cuando llegamos a casa, cansadas y sin fuerzas, nos encontramos con que no quedaba comida en la nevera. Si exceptuábamos las latitas de paté del gato, pero me negaba a comer eso.

—¿Y si pedimos *pizza*? —propuso Mara después de estar tiradas media hora en el sofá con una bolsa de patatas fritas que llevaba semanas abierta y decidiendo si salir o no a hacer una compra rápida.

Asentí enérgicamente. Cualquier cosa mejor que ponerse la chaqueta y volver a salir a la calle.

—Voy a por el teléfono ahora mismo.

Seo se fue corriendo a su habitación y justo en ese momento llamaron al timbre. Eran las nueve de la noche, ¿quién podría ser a esas horas? Me levanté perezosa del sofá y arrastré los pies hasta la puerta. Una cabeza pelirroja me miró con ojos preocupados desde el rellano.

—Sé que estás organizando la despedida de soltera de Mel —dijo mientras entraba en el piso, obligándome a hacerme a un lado—. Necesito tu ayuda, no sé qué prepararle a Jack.

—Adelante. Pasa, James —murmuré con sarcasmo. ¿Ni siquiera un por favor?

Caminó directamente al sofá y se dejó caer en el hueco que yo había estado ocupando previamente con un largo suspiro. Mara alzó las cejas, divertida.

—¿Has pensado en un *striptease*? —propuso, pasándole la bolsa de patatas fritas—. Nosotras vamos a ir a uno.

Rechazó la bolsa y escondió la cara entre las manos.

—Jack ha dicho que no, que quiere algo tranquilo... ¡En Las Vegas! ¿Os lo podéis creer? Por favor, llevadme con vosotras de fiesta...

Parecía bastante desesperado. Me daba incluso un poco de pena.

Seo salió en ese momento del cuarto con el teléfono móvil en la oreja.

—Oh, James, ¡hola! —saludó—. Íbamos a pedir *pizza*, ¿te quedas a cenar?

—Creo que se va a quedar también a dormir —completó Mara.

Después me lanzó una mirada pícara. Tener amigas para esto…

Capítulo treinta y tres

—¿Qué vais a hacer este fin de semana?

Arrastré mi maleta nueva a través del lujoso vestíbulo sintiéndome como una reina. Mel podía casarse tantas veces como quisiera, estaba encantada de celebrar con ella todas las despedidas de soltera del mundo con tal de realizar más viajes como ese.

—Rememorar *Resacón en Las Vegas* —susurré, inclinándome sobre James—. Quizá vuelva casada con un *stripper*.

Negó con la cabeza y yo sonreí con ganas, acelerando el paso hacia la recepción. Teníamos una reserva de diez habitaciones que cubrir y quería asegurarme de que todo saliese bien. La mejor era para la pareja. Aunque no fuese su noche de bodas, se merecían una despedida de ensueño.

Mientras el equipo se recreaba charlando en el recibidor me encargué de hacer el *check in*. James era la única persona con habitación propia, ¡cómo se notaba que era el jefe! A mí me tocaba compartirla con Mara, pero, a juzgar por las amenazas que me había lanzado antes de salir de casa, quizás acabase durmiendo en el pasillo, pues habría un calcetín colgando en nuestra puerta.

Repartí las tarjetas entre todos y nos distribuimos en las diferentes plantas. Mara y yo salimos las primeras del ascensor. Nada más llegar a la habitación saqué las diademas con gorritos de colores de la maleta, con temor a que se arrugaran, y la cinta de «Me caso» de amarillo fosforito con su disfraz a conjunto.

Mel nos iba a odiar mucho.

—Lo primero que voy a hacer será darme un baño largo y lleno de burbujas —comentó Mara, asomándose desde la puerta del servicio—. Aquí entramos tú, yo y nuestros dobles.

Le lancé un pantalón de pijama que atravesó el aire hasta llegar a ella. Ya sabía que el hotel era bueno, moderno y cómodo. La empresa pagaba y no había puesto límite, así que me había tomado la molestia de hacerlo bien. ¡Me merecía unas vacaciones!

—¿No prefieres dormir la siesta? —bromeé, porque la noche anterior Mara había estado tan nerviosa y me había mareado tanto que pensé seriamente en tomar un taxi de madrugada y plantarme en casa de James—. Esta noche tenemos mucha fiesta por delante.

Al menos ella podía relajarse. Yo tenía planeado quedar con James para repasar la reunión que tendría lugar al día siguiente. Iba a ser un almuerzo relajado en el que nada debería salir mal. El acuerdo estaba prácticamente cerrado. Algo muy grave tendría que ocurrir para fastidiarlo.

Después lo celebraríamos con dos despedidas por todo lo alto. Desconocía cuáles eran los planes de James, pero, así como anoche Mara estaba nerviosa por el viaje, él también, pero por la reunión y la fiesta. Hibernar en mi habitación fue la mejor decisión.

—Creo que iré a por las chicas a ver si alguien quiere salir a dar una vuelta —comentó, saliendo del baño y abriendo su maleta—. Me apetece tomar una copa para ir calentando motores.

¡Y con más de veinticuatro horas de antelación!

Mara tomó una chaqueta, el bolso, me lanzó un beso y salió de la habitación. Con las chicas se refería a Martha, una amiga de la universidad de Mel, y a Alicia, compañera del trabajo. La única que faltaba por llegar era Alia.

Terminé de deshacer la maleta y de colocar cada cosa en su lugar, incluidas las planchas de pelo y el cepillo de dientes de viaje, y salí de la habitación con el iPad apretado contra el pecho. Había sido un regalo de Navidad, mucho mejor que el perro, y procuraba no despegarme demasiado de él. Además, serviría para mirar temas fundamentales de la reunión con James.

Su habitación estaba en el noveno y penúltimo piso. Sabía por las fotos que había visto al reservar que tenía un baño mucho más grande que el nuestro, una cama gigante y terraza propia. El tiempo en Las Vegas era mucho mejor que en Nueva York, pero no lo suficientemente caluroso para mi gusto.

Cuando James abrió la puerta, ya se había puesto ropa más cómoda y llevaba papeles con información sobre la empresa en la mano. Sería incapaz de disfrutar de estas vacaciones hasta que pasara el mal trago. Claro que para él tampoco eran exactamente unas vacaciones.

—Gracias por venir a echarme una mano.

Le guiñé un ojo y entré en la habitación. La maleta estaba abierta en el suelo y sin deshacer. Tropecé con ella y fui lanzada directa a la cama, pero era tan blandita que fue como caer en una nube. ¡Maldita sea! Me había encargado de reservarlo todo, tendría que haber pedido una habitación así para mí.

Estuvimos repasando los puntos principales y las posibles preguntas que saldrían a colación en la comida durante las siguientes dos horas. Hubo un momento en que tuvimos que llamar a Jack para que nos resolviera una duda de financiación y de paso lo secuestramos media hora más para asegurarnos de tenerlo todo atado. Fue fácil encontrarlo. Su habitación era la contigua y había una puerta que las unía sin tener que pasar por el pasillo, pero por precaución preferimos llamar primero.

Mel estuvo esos treinta minutos lanzándonos miradas llenas de enfado hasta que se fueron. Quería ir a pasear por la ciudad y sacar fotos, pero no la dejábamos.

Cuando volvimos a estar solos y mis ojos dolían de mirar tanto tiempo la pantalla del iPad para asegurarme de que James acertaba en los datos que me daba, le pedí salir a la terraza. Necesitaba que me diera un poco el aire. Además, quería disfrutar de las vistas, ya que era probable que no saliese del hotel hasta la noche, o quizás hasta la mañana siguiente.

Y las vistas, tal como imaginaba, eran impresionantes. Nada más descorrer las cortinas que daban a la calle, a través de los cristales perfectamente limpios, Las Vegas se alzaba ante nosotros, predominando los colores blancos, verdes y azules. Faltaba poco para que comenzara a anochecer y estaba segura de que entonces sería todavía mejor.

Sin embargo, al salir, algo captó mi atención en la terraza por encima de las vistas.

—¿Tienes *jacuzzi* o lo estoy soñando?

Sabía que en la habitación de Jack y Mel había uno, pero no aparecía en las fotos que vi de la de James, aunque no había prestado mucha atención. No quería morirme de la envidia.

Me volví hacia él con la boca abierta de par en par. En serio, ¡tendría que haberme pedido esa habitación para mí!

—¿Te has traído bañador?

—Yo no, pero Mara sí.

Y salí corriendo hacia mi habitación antes de que James pudiera añadir nada más. Lo último que oí al cerrar la puerta fue su risa. Quién sabe, quizás esta vez no necesitase los ansiolíticos para dormir, aunque los había guardado en la maleta, por si acaso.

Me cambié en mi habitación. El bikini de Mara me estaba algo grande por la parte del pecho, pero si lo ataba con fuerza no revelaba nada importante. Me puse la ropa encima y salí corriendo hacia el *jacuzzi*. No tardé ni cinco minutos, a veces era muy rápida.

James ya lo había puesto en funcionamiento y…

—¿Vas en calzoncillos?

En calzoncillos y nada más, a un lado del *jacuzzi* esperando a que terminara de llenarse. El calor empezó a quemar salvaje en mi interior. Quizá no había sido tan buena idea…

—Tampoco he traído bañador —explicó, encogiéndose de hombros—. Esto es lo más parecido.

Tragué saliva y aparté la mirada. Mejor centrarse en las vistas de la ciudad.

Con las mejillas encendidas comencé a quitarme la ropa. James tuvo la decencia de mirar hacia otro lado, algo que agradecí. Me había visto con menos ropa antes, incluso sin nada, pero no podía evitar sentir vergüenza. Además, mi cuerpo había cambiado desde la adolescencia. Tenía más caderas y más trasero, aunque por desgracia no más pecho. Y, curiosamente, estaba mucho más a gusto con él, pero la timidez es algo que no se termina de perder del todo.

Me sentí más segura una vez que estuve dentro del *jacuzzi*, con el agua caliente y las burbujas creando una manta semitransparente sobre ambos. No dijimos nada, nos limitamos a disfrutar del silencio, abrazados por los ruidos de la ciudad. No fue incómodo y ninguno trató de entablar conversación. Simplemente fue… bueno.

Pasamos largos minutos así, dejando el sonido de la ciudad a lo lejos gracias al chapoteo de las burbujas. El calor dilataba mis arterias y por un momento pensé que me dormiría.

Entreabrí los ojos ante el silencio que nos había inundado y miré a James. Estaba sentado frente a mí, con las piernas estiradas y prácticamente dormido. No pude evitar sonreír. Entre la despedida de soltero de Jack y la reunión, estos últimos días habían sido horribles para él. Se merecía un descanso.

Mi teléfono móvil comenzó a sonar a todo volumen y James abrió los ojos de par en par. Estaba justo detrás de él, en el suelo.

—¿Qué pasa? —preguntó mientras parpadeaba con rapidez.

Efectivamente, se había dormido.

—Es mi móvil.

Muy a mi pesar, me aparté del chorro que había encontrado, uno que daba justo en mi espalda. Si ese *jacuzzi* entrara en mi maleta, me lo llevaría del hotel a escondidas. Lo crucé a través de un baño de burbujas y me estiré sobre James para atrapar el teléfono, pero no llegaba.

Fui consciente de lo que había hecho demasiado tarde, cuando su respiración se cortó muy cerca de mi oído. Prácticamente me había subido sobre él, con la rodilla entre sus piernas y el cuerpo girado hacia el lateral. Mi hombro estaba sobre el suyo, pero había más partes que se rozaban.

Di un pequeño impulso con las piernas y eso casi me tira fuera. James colocó la mano en mi espalda cuando, por el efecto rebote, casi me caigo hacia atrás. Tenía la mirada somnolienta, clavada en la mía. Me estremecí cuando su mano se posó en la parte baja de mi espalda, atrayéndome más a él. No, no fue así. Yo me moví y su mano bajó. Era yo la que quería estar más cerca.

El teléfono móvil dejó de sonar y yo, de intentar alcanzarlo.

—¿Sabes? Si alguien me dijera que esto es solo otro sueño, quizá me lo creyera.

Su voz sonaba ronca, como si todavía estuviese dormido.

—¿Otro sueño? —repetí.

James cerró los ojos unos segundos y al abrirlos su mirada rehuyó la mía, como si las burbujas del *jacuzzi* fuesen mucho más interesantes.

—Cuando te fuiste después de romper, soñé tantas veces que corría detrás de ti y te pedía perdón... Y aunque era lo que debía hacer, nunca lo hice. No sabes cuánto lo lamenté.

De pronto, sentía la boca seca. No podía procesar sus palabras, lo que significaban o por qué me lo decía en ese momento. Si lo hubiera hecho, si me hubiese llamado, estaba segura de que habría vuelto a su lado corriendo. Cuando lo dejamos seguía profundamente enamorada de él.

—Es pasado —conseguí decir después de varios segundos.

—El pasado es lo que nos convierte en lo que somos ahora. Aprendí de mi pasado, de mis errores. Aprendí que no debes hacer daño a lo que más quieres.

Mi corazón palpitó. Lo hizo rápido, y luego se paró.

—James...

Alzó la mirada, encontrándose con la mía e inmovilizándola.

—Daría lo que fuera por volver a ese día, dar un escarmiento al chaval idiota de diecinueve años que era en aquel entones, y no haberte hecho daño.

Los dos éramos culpables del fin de nuestra relación, porque ambos nos hicimos daño mutuamente. Ninguno era inocente. La diferencia estaba en que fue él quien tomó la decisión de ponerle fin, mientras que yo había decidido darme por vencida.

Estaba tan perdida en su mirada, en sus palabras y en el oleaje de sentimientos que no me di cuenta de que Mel y Jack habían usado la puerta contigua de su habitación para entrar, igual que James, hasta que lo llamaron en voz alta.

—¿James? —Oímos la voz de mi amiga desde dentro de la habitación—. ¿Estás aquí?

Me aparté de él rápidamente. Quitó la mano de mi espalda y caí hacia atrás en el *jacuzzi*. Por suerte, mi cabeza no dio contra el borde, pero sí acabé mojándome todo el pelo. ¡Con lo que costaba secarlo!

Atraídos por el ruido, salieron a la terraza, donde nos encontraron. Quise morirme de la vergüenza.

—¿Qué, pasando el rato? —se rio Mel, y tomó mi teléfono móvil del suelo—. Te estaba llamando a ver si venías a ver un espectáculo conmigo, ¡y tú ignorándome!

Más bien tenía entre manos una situación un poco más peliaguda.

—¿Qué ha pasado? —preguntó Jack al verme.

Su pregunta tenía sentido, porque, aunque continuaba dentro del *jacuzzi*, tenía el pelo húmedo pegado al rostro, tapando parte de mi visión. Además, mi postura era bastante extraña, ya que mis piernas estaban en el aire y mi espalda doblada, de forma que mi abdomen flexionado era lo único que mantenía la cabeza a flote. Y nadie se dignó a echarme una mano.

—Me he caído.

Sintiéndome como una cucaracha, tardé largos segundos en darme la vuelta.

James salió del *jacuzzi* mientras mi amiga me reñía. Flexionó los hombros para ayudarse, marcando más los músculos, y el calzoncillo mojado se pegaba a su cuerpo mostrando mucho más que antes. Agradecí el calor del agua como excusa para lo caliente que notaba la cara.

Al apartar la mirada me encontré con los ojos de Mel sonriendo burlona.

Una hora después, Mara, Mel y yo salimos a recorrernos la avenida Strip, en Las Vegas Boulevard, o al menos todo lo que nos dio tiempo antes de que el cansancio y la noche se nos echaran encima. Sin olvidarnos, por supuesto, de sacarnos una foto con el famoso cartel de «Bienvenido a Las Vegas». Me subí a hombros de Mara y casi besamos el suelo.

James y Jack no nos acompañaron, ya que preferían descansar para la reunión del día siguiente, y Martha y Alicia se encontraban mal por todos los chupitos que se habían tomado durante la tarde.

Nos lo pasamos bien, nos reímos, cenamos juntas y calentamos motores para la fiesta del día siguiente. Me moría de ganas por saber cómo era ir a un bar de *striptease.*

Capítulo treinta y cuatro

Al día siguiente, con unas profundas ojeras y mucho sueño, conseguí subir a la habitación de James antes de que tuviera lugar la reunión. Quería asegurarme de que estaba tranquilo y relajado, porque si los nervios se apoderaban de él, era más fácil que algo saliese mal.

También quería verlo porque después de lo que me dijo en el *jacuzzi*... Había dado alas a mi corazón. Me dio esperanzas de que tal vez yo no era la única que...

—¿Qué tal tengo el pelo? —me preguntó nada más abrir la puerta.

Me reí y entré en la habitación. No podía ir en serio. El cabello rojo de James destacaba por muchas cosas y no solo por su color. Tenía esas ondas incontrolables y llenas de volumen que te hacían querer hundir la mano dentro de ellas. Sabía perfectamente que jamás contestaría con un «bien».

—Desastroso, como siempre.

Como temía, estaba hecho un manojo de nervios. Soltó un pequeño gruñido como queja. Desapareció dentro del baño y volvió al cabo de unos segundos con un bote de fijador en la mano. No podía estar pensando en usarlo...

—¿Tienes idea de cómo se utiliza esto? —preguntó—. Me lo dio Jack, pero no soy muy fan.

Yo tampoco era una especialista, pero intuía que a James se le daba mucho peor que a mí.

—Puedo intentarlo. —Asentí y me acerqué a él—. A ver, dame.

Tomé el bote de fijador y lo llevé de nuevo al baño, donde podría lavarme las manos al terminar. James se apoyó contra el lavamanos y yo unté los dedos en la masa pegajosa y transparente que pensaba esparcir en su pelo.

—Veamos qué puedo hacer con esto —susurré con muy poca seguridad.

Hundí las manos en su pelo y comencé a esparcirlo. Aquello era un pringue total.

Tuve que ponerme de puntillas para llegar a lo alto de su coronilla. James lo notó y se agachó para ayudarme, abriendo un poco las piernas y estirándolas hacia el frente, de forma que mis pies quedaron metidos entre los suyos. Todavía continuaba estando a más altura que yo.

En esa postura no lograba concentrarme en la forma que le daba al pelo que caía sobre su frente. Podía notar su aliento cálido contra el mío. Apenas nos separaban unos centímetros. Si me movía un poco, nuestras narices chocarían. Mis dedos temblaban y esperaba con angustia que no lo notase y que tampoco se diera cuenta de que mi corazón parecía haber huido del pecho y decidido latir frenéticamente en mi garganta. Estaba a punto de vomitarlo.

—Ya casi… —susurré, y pude ver cómo James apretaba los labios.

Mientras continuaba toqueteando su pelo, mis ojos se encontraron con los suyos. Estaba mirándome fijamente, tanto que me puso más nerviosa, si eso era posible. Mis pies, que continuaban manteniéndome de puntillas, me fallaron y me tambaleé.

Las manos de James volaron a mi cintura con rapidez, evitando que me cayese. Estaba estirada y sus dedos me agarraron justo sobre la piel, por debajo de la camiseta, lanzando pequeños escalofríos que recorrieron todo mi cuerpo.

Tragué saliva e intenté centrarme como pude en terminar de peinarlo, pero no podía. Los segundos pasaban con lentitud y pesadez, igual que su respiración mezclándose con la mía, que, junto a los latidos de mi corazón, era lo único que podía oír.

Cuando por fin lo di por terminado, dejé de mantenerme de puntillas y bajé unos centímetros el cuerpo, pero las manos de James no se apartaron de mi cintura y las mías no abandonaron su cabeza.

—Ya está —susurré, encontrándome con sus ojos, pero tan débil que no creí que me hubiese oído.

Su mirada estaba fija en mí y mantenía los labios entreabiertos. Estábamos tan cerca que podía contar cada una de las pecas de su cara, cada pestaña que coronaba sus ojos y cada mota verdosa que los decoraba.

Estábamos tan cerca que mi cuerpo me gritaba que lo besara.

—Ya está —repetí de nuevo, esta vez más alto.

Fui bajando las manos de su cabeza, casi como una caricia, rozando con el borde limpio de los dedos sus orejas, su cuello, sus hombros…

Respiré profundamente, pensando que si no lo hacía, me desmayaría. Me picaban los labios. No, todo mi cuerpo picaba porque sus manos seguían sobre mi cintura, y de alguna forma mi ombligo había chocado con la correa de su pantalón.

El rostro de James se inclinó unos centímetros hacia abajo, hacia mí, y por unos segundos pensé que iba a besarme. Por unos segundos me di cuenta de que si eso ocurría, no me apartaría.

—James, ¿estás listo?

Jack apareció a través de la puerta que unía ambas habitaciones. Nos separamos de un salto, con la mala suerte de que uno de mis pies se enredó entre los suyos y terminé cayendo de espaldas sobre el frío suelo del baño.

—¿Qué haces en el suelo? —preguntó cuando asomó la cabeza por la puerta abierta—. No me digas que te has vuelto a caer.

James me ayudó a levantarme y me lavé las manos mientras se acercaba a su hermano para mirar los papeles que había traído. Aproveché para mojarme un poco la cara. Hacía demasiado calor, o al menos yo lo sentía.

Primero lo del *jacuzzi*, ahora esto… Porque, por unos segundos, estuve completamente segura de que me besaría. Por unos segundos sentí que lo deseaba tanto como yo, y no podía olvidarme de ello.

Sin embargo, la reunión iba a comenzar y después serían las despedidas. No era el mejor momento para hablar, quizás a la vuelta de Las Vegas.

Me despedí de los dos, deseándoles buena suerte, y me marché en busca de Mel. Sabíamos que el avión de Alia llegaría a mediodía, pero, como era el día de su despedida, quería que se lo pasara bien desde el minuto cero. Martha y Alicia continuaban con dolor de estómago por la resaca y Mara quería dormir todo el tiempo que pudiese para estar a tope por la noche.

Decidimos bajar a tomar un *brunch* en el restaurante del hotel. Era una mezcla de desayuno y comida, algo que no terminaba de convencerme del todo, pero Mel tenía muchas ganas. Se lo había prometido la noche anterior. Decía que así podía empezar a beber en su despedida desde por la mañana, y lo demostró pidiéndose unas cuantas mimosas, que básicamente se trata de zumo de naranja con champán.

Sí, yo también pedí una. Era demasiado pronto para comenzar con el vino.

Después regresamos a la habitación del hotel, a la espera de que Alia llegase y de que los chicos regresaran de la reunión. El alcohol de mi mimosa y la charla tranquila con Mel habían conseguido que dejara de pensar en ello por unas horas. Pasaba tanto tiempo trabajando que, aunque la responsabilidad no recayera en mis manos, sentía su peso.

—Solo espero que no me hayáis comprado ninguna banda de esas ridículas de «novia a la fuga», ¡me daría mucha vergüenza!

Mel dio un trago a su mimosa y cambió de canal en el televisor. Había llamado a recepción para pedir que le subieran más bebidas a la habitación y, como era su despedida, ¿quién era yo para decirle que no? Por mi parte, ya no quería más. Si la novia iba a desmadrarse, era mejor que la dama de honor estuviera lo suficientemente sobria como para poder cuidar de ella.

Alcé las cejas con una pequeña sonrisa y Mel me lanzó su almohadón a la cara.

—¡No serás capaz!

Me reí con más ganas, sobre todo porque apuntó mal y ni siquiera me rozó. No solo íbamos a ponerle una banda, también había otras sorpresas más esperando en el camino...

—Ahora tengo miedo —musitó, dando otro sorbo a la bebida—. ¿Qué les diré a mis futuros hijos cuando vean fotos de la despedida? Porque, seamos francas, ahora todo se graba con los móviles...

—Todavía queda mucho para que te preocupes por eso.

No me imaginaba a Melanie con hijos tan pronto. Quizá tenía la estabilidad que tanto envidiaba, pero su ritmo de vida continuaba siendo muy alocado. Salía casi todos los sábados, le encantaba irse de vacaciones aventureras con Jack ¡y la habitación de invitados de su piso era muy pequeña! Aunque al final ella sabía mejor que yo si estaba preparada o no.

Arrugó la nariz.

—Eso díselo a Jack, creo que ya tiene ganas de ser padre, aunque prefiero esperar un par de añitos más por lo menos. —Otro sorbo más y de pronto se volvió hacia mí tan rápido que me asustó, pero su pregunta lo hizo mucho más—. Y tú, ¿cuándo vas a casarte?

Me eché hacia atrás, hasta que la cabeza se hundió en el almohadón, casi tragándome.

—Primero necesitaría un novio, ¿no crees?

Su respuesta fue rápida.

—¿Y James?

—No hay nada entre él y yo, solo somos amigos…

«¡Mentira, mentira, mentira!», gritaba una vocecita en mi interior. Porque, si solo éramos amigos, ¿por qué habíamos estado a punto de besarnos? ¿Por qué me había dicho aquellas cosas en el *jacuzzi*?

Tal vez no eran más que fantasías de mi pobre cerebro enamorado, deseoso de ser correspondido, pero me negaba a darme por vencida. Una vez James Smith estuvo enamorado de mí, ¿por qué no iba a suceder de nuevo? El universo no podía ser tan malvado.

—Oh, venga… Te gusta.

Me quedé callada ante su acusación. Solo Mason sabía la verdad y, aunque Mel y yo éramos buenas amigas, su cercanía con Jack me impedía terminar de abrirme.

Se inclinó sobre mí con el vaso de mimosa en la mano y comenzó a clavar el dedo índice en mi hombro.

—A mí no me engañas. Te conozco.

Me mordí el labio inferior y aparté la mirada, pero eso solo la alentó más y su dedo se clavó con fuerza.

—Kenzie…

Tampoco era que no decírselo fuese a impedir una catástrofe nuclear, ¿verdad?

—Está bien, sí —confesé finalmente—. Me gusta, me gusta mucho.

En realidad, era algo más que gustar, pero mejor comenzar despacito a dar la información. Y, cuando lo hice, sentí que me sacaba un gran peso de encima. ¿Por qué necesitaba esconder mis sentimientos, especialmente a mis amigos? Era una persona adulta, podía con ello.

—¿Os habéis acostado? —preguntó de pronto, y la miré con los ojos muy abiertos mientras negaba con la cabeza—. Supongamos que te creo… ¿Te lo tirarías?

En lugar de llamarle la atención, comencé a reírme. El alma de la mimosa que había tomado en el *brunch* se apoderó de mí y terminé por asentir.

—Pero no se lo digas a nadie —pedí.

Mel esperó a que me calmara para continuar con la conversación. Ya se había acabado su bebida y comenzaba a estar algo afectada. Si tenía suerte, eso facilitaría la misión de meterla en el disfraz…

—De todos modos, es normal, Kenzie. ¿Cuánto tiempo llevas sin acostarte con nadie?

Me encogí de hombros, pero no contesté. Semanas, probablemente meses.

—Además, es obvio que James te sigue gustando, o como mínimo lo encuentras atractivo —continuó—. Entre vosotros hay tensión sexual, se nota.

—¿Tú crees?

Se me escapó la pregunta. Quizá no era la única en notarlo y, en ese caso, no podían ser solo fantasías mías.

—¿Por qué no se lo propones? Puede ser sexo sin compromiso.

No tuve que gritarle si estaba loca porque la expresión de mis ojos y mi boca abierta lo dijeron todo. Mel se echó a reír con ganas y dejó el vaso de mimosa vacío sobre la mesita.

—¡Vamos, Kenz! Los dos sois adultos, tenéis necesidades y… por intentarlo no pierdes nada.

—¿Se te olvida que fuimos pareja? No puedo pedirle eso…

Aunque, tal como había confesado antes, no me importaría en absoluto acostarme con James.

—Mejor aún —insistió Mel—. No haréis nada que no hayáis hecho antes.

—¡Mel!

Su risa aumentó más cuando la reñí. En ese momento, James y Jack regresaron y nos encontraron a las dos sentadas, ambas con la cara roja, pero por diferentes razones. A Mel le había dado tal ataque de risa que le costaba respirar y necesitaba abanicarse con la mano. Era demasiado exagerado.

—¿Qué ocurre? —preguntó Jack, confuso.

—Nad…

—Kenzie, que necesita echar un polvo —me interrumpió Mel, y lo hizo tan rápido que no pude callarla.

Mi rostro, si era posible, se volvió todavía más rojo. ¿Cómo demonios se le había ocurrido decir eso? ¡Se suponía que estábamos manteniendo una conversación privada! Le lancé una mirada aterrada, pero continuaba riéndose y no funcionó.

Con la vergüenza matándome por dentro me atreví a mirar a los chicos. James tenía cara de póquer y Jack, la expresión de quien intenta contener las ganas de reír y no puede. De hecho, se le escapó una carcajada cuando nuestros ojos se encontraron y dijo:

—Bueno, chica, yo conozco a alguien que se ofrecería voluntario encantado.

Capítulo treinta y cinco

La llegada de Alia estuvo plagada de gritos, besos y abrazos. No la dejamos ni soltar la maleta antes de lanzarnos sobre ella como dos leonas lloricas. Le preguntamos por Chloe y lo mayor que estaba en las fotos, qué tal le iba con la carrera que estaba estudiando a distancia y su vida en general. Estaba muy cambiada, más mayor. Se había cortado el pelo, que siempre lo había llevado muy largo, por encima de los hombros y tenía ojeras. A su lado no podía quejarme de la falta de sueño.

Mientras Mel estaba en su habitación arreglándose, Mara y yo aprovechamos para contarle el plan. No teníamos mucha fe en conseguir meter a Mel en el disfraz que le habíamos comprado, pero la esperanza es lo último que se pierde.

A eso de las siete de la tarde estábamos todas cambiadas, incluidas Martha y Alicia, cuyo estómago había mejorado notablemente. Habíamos acordado llevar ropa oscura para pasar lo más desapercibidas posible, aunque las diademas de nuestras cabezas, con un pequeño gorrito de colores en un lateral, no ayudarían nada.

Dejé a las chicas esperando en el vestíbulo del hotel y, cargada con una bolsa negra en la que escondía el disfraz, subí a la habitación de la pareja. En el ascensor me encontré con James y fui consciente de la mirada que lanzó a mi cuerpo, cubierto por un vestido corto de lentejuelas. Tragué saliva al sentir el calor.

—¿Qué llevas ahí? —preguntó, señalando la bolsa mientras subíamos en el ascensor.

Me incliné hacia él y pude oler su colonia.

—Es un secreto, para la despedida de soltera. ¿Y tú? ¿Lo tienes todo preparado?

Se encogió de hombros. No parecía muy entusiasmado, aunque hacía media hora me había encontrado a algunos de los chicos del viaje iniciando la celebración mientras arrastraban un barril de cerveza gigante a una de las habitaciones.

—Comenzaremos tomando una cerveza, a ver si consigo animar a Jack.

Las puertas del ascensor se abrieron en el noveno piso con un suave pitido y salimos al pasillo con paso rápido. Conseguir que Mel se vistiera llevaría tiempo, y necesitaba ahorrar minutos como fuese.

—Habéis conseguido cerrar el trato, ¡debería ser facilísimo! —exclamé, porque no terminaba de asimilar la noticia. Tanto trabajo había merecido la pena—. Yo tengo que convencer a Mel de que se ponga un traje de payasa, una banda con «Me caso» escrito en ella y un gorrito gigante de colorines para desfilar por Las Vegas hasta el club de *striptease*. Si quieres, intercambiamos papeles.

Me lanzó una mirada divertida.

—Deja, deja. Me quedo con lo mío.

Nos paramos al llegar a la puerta de la habitación, pero ninguno de los dos hizo amago de llamar.

—¿Sabes? En realidad les tengo envidia —dije.

—¿Por casarse? Pensé que no te gustaba el matrimonio.

James se volvió hacia mí, confuso. No me molesté en comentarle que había cambiado de opinión.

—No, yo…

Me quedé callada durante unos largos segundos. James no dijo nada, esperó paciente a que las palabras pudieran formarse en mis labios y las dejara salir.

—A ver, ¿a ti nunca te han dado ganas de volver al pasado y ser de nuevo un adolescente? —Negó con la cabeza, tal como imaginaba—. A mí sí. Poder dejar de ser la chica adulta que se espera de mí y que es obvio que no he logrado ser. —Tomé aire, porque sentí que otro peso salía de mí al decirlo por fin en voz alta—. Soy un desastre.

Quizá, si volviera al pasado, podría hacer más planes para mi futuro, no esperar que siguiese su propio camino. Dejarse llevar y vivir en la ignorancia no siempre era divertido.

James atrapó un mechón de mi cabello y me lo escondió tras la oreja. Mi piel hormigueó allá donde sus dedos la habían tocado y recordé sus palabras en el *jacuzzi*, el casi beso por la mañana…

—No lo eres —dijo—. Y, sinceramente, no sé por qué dices eso.

Sacudí la cabeza y él bajó la mano.

—Mírame. Está bien, acabé la carrera y encontré un trabajo, pero ¿qué más? No tengo cuenta de ahorros, ni coche, ni piso propio… Y luego veo a Mel, que tiene toda su vida encauzada. Estaba bien que a los dieciocho no supiera qué pasaría con mi futuro, ¿sabes? Pero ¿y ahora?

Odiaba tanto vivir en aquella situación, no saber qué ocurriría con mi vida... Y al mismo tiempo era consciente de lo estúpida que sonaba. Tampoco debería haber sacado el tema, no era el momento ni el lugar.

Una mano tomó la mía, y mis dedos se encontraron atrapados en los de James.

—Oye, sigues siendo joven, tienes tiempo. Además, no es verdad que seas un desastre. Lo estás haciendo muy bien.

Ojalá pudiera creerlo. Pero no era el momento ni el lugar. Estábamos de celebración, y así se lo recordé al apartar la mano.

—En fin, es hora de ir a por los novios, ¿no crees?

Parecía que iba a decir algo más, pero al final se limitó a asentir.

—Claro. Buena suerte.

—Igualmente.

Y llamamos a la puerta.

—Chloe lleva una semana enferma, con fiebre, vomitando y despertándose en mitad de la noche. Llamadme mala madre si queréis, no me ofenderé, quiero mucho a mi hija, pero necesitaba un fin de semana de chicas con urgencia.

Alcé mi copa por ella, aunque lo único que había en su interior era refresco de cola. Una cosa que había que tener en cuenta en los clubs de *striptease* era el increíblemente obsceno precio de la bebida, ¡por no hablar de la comida!

—¡Ven aquí, Alia! —exclamó Mel, envolviéndola en un abrazo de oso—. Con ojeras y todo eres la mamá más *sexy* que he visto nunca. De mayor quiero ser como tú.

Internet, ese lugar mágico y maravilloso, había encontrado para mí un club que también era restaurante. Podías cenar mientras te deleitabas con la visión de cuerpos desnudos bailando en la pista.

No era un *striptease* en toda regla, de esos que aparecen en las películas, en los que los bailarines lanzan hasta el gorro al público. Aquí la gente también podía venir a ligar. Solo tenías que ponerte una pegatina redonda con un número en la ropa y, si te gustaba alguien, podías decírselo a la *drag queen* que se encargaba de presentar a los bailarines y os ponía en contacto.

Mara tenía un número en la solapa y en las dos horas que llevábamos de cena ya había recibido unas cuantas invitaciones.

—¡Guapo! —gritó Alicia a mi lado, dejándome medio sorda—. ¡Quítatelo todo!

«Qué rápido se le ha pasado la resaca.»

Era el turno de un chico joven, probablemente más que nosotras. Ahora mismo solo le quedaban los zapatos y un tanga de látex. Antes de él había aparecido una chica disfrazada de domadora de circo, y antes de ella, una pareja que simulaban ser cómicos a los que se les caía la ropa.

El *stripper*, que lo había oído, clavó los ojos en nuestra mesa y caminó por la plataforma hasta llegar a ella. Estábamos sentadas en primera fila, el lujo de reservar con antelación, ya que había al menos otras tres despedidas más en el local.

—No puede ser —oí que murmuraba Mara.

Ella y yo éramos las dos únicas chicas de la despedida que manteníamos la cordura. Mel y Alia hacía tiempo que habían pasado a ese estado de felicidad en el que nada te importa y todo te parece genial. Martha ya había vomitado en los servicios y Alicia…

Tomó la mano del *stripper* y dejó que la subiera al escenario, a la misma silla en la que parte del público, incluida Mel por ser la novia, había estado sentado mientras el bailarín se movía y se desnudaba.

—¡Eso es, nena! —gritó Mel, poniéndose de pie unos segundos.

Después cayó de golpe en la silla, y menos mal que acertó, porque si no, se habría comido el suelo. Al menos podía decir que se lo estaba pasando en grande, y eso que cuando aparecí en su habitación con el disfraz de payaso, el gorro gigante de colorines y la banda de «Me caso» tuve una pelea bastante importante con ella para que se lo pusiera.

Hasta que agarré su teléfono móvil y me asomé con él a la terraza, apuntando directamente al vacío. No me alejé de allí hasta que la vi disfrazada.

Por otra parte, la última vez que vi el sombrero, cubría las partes delicadas del *stripper* que la había sacado a la pista.

Me incliné sobre ella cuando consiguió estabilizarse.

—¿Tienes ganas de que llegue la boda?

Tomó la copa de vino antes de contestarme. Había mezclado mimosas, chupitos y vino. Era un milagro que a esas alturas no hubiese vomitado.

—¡Claro que sí! Estoy enamorada.

Dijo la última sílaba mal, trabándose con las letras. Sonreí, al igual que Alia, que también lo había oído. Había estado bebiendo, pero no tanto como Mel.

—Eric y yo igual nos casamos el año que viene, lo hemos estado hablando.

Vaya, eso era nuevo. Ya podía imaginarme a Chloe como la niña de las flores.

—Jo, me dais envidia —confesé, tomando un sorbo del refresco—. Tenéis vuestro futuro planeado.

Mel y Alia intercambiaron una mirada, de esas en las que se tienen conversaciones silenciosas y de las que te sientes completamente excluida. En el instituto eran mejores amigas, prácticamente se conocían de toda la vida. Por eso ella y yo éramos damas de honor en su boda, aunque la despedida la había organizado yo por cuestiones de tiempo. Hasta que Mel decidió que quería ir a Las Vegas y tuve que apresurarlo todo.

Alia fue la primera en traducirme su conversación secreta.

—Nadie tiene planeado su futuro de verdad, Kenz. Ni siquiera yo. La única persona con la que estoy atada de por vida es mi hija. Y sí, ahora quiero mucho a Eric y él me quiere a mí, pero ¿quién me dice que el día de mañana el amor no se acabará?

—O el trabajo de Jack —intervino Mel—. Le va muy bien, sí, pero una mala elección y la empresa se hundiría.

Para ellas no era un secreto lo mucho que me angustiaba no saber qué me depararía el futuro. Habíamos estudiado juntas para la universidad y hablado de nuestros planes miles de veces.

Mel me pasó un brazo por los hombros, como había hecho con Alia, y me atrajo junto a ella, casi tirándome de la silla.

—Disfruta del momento. Tienes un trabajo genial y un futuro bonito, aunque no sepas exactamente cómo será.

Quizá tenía razón, pero… ¿por qué era tan complicado?

Alicia volvió del escenario con una sonrisa difícil de borrar y el *stripper* se despidió hasta su siguiente función, invitándonos a volver al fin de semana siguiente. No dudaba que algunos lo intentarían.

Pedimos otra ronda de copas en el descanso de los bailarines. Después de beber un gran sorbo de su copa, Mara me fulminó con la mirada.

—Y tú —dijo señalándome con su dedo índice, en un tono casi acusatorio—, ¿esta noche dormirás en la habitación o puedo llevarme a alguien? Creo que le he gustado a la *stripper* domadora.

Ay, Dios mío.

—¿Dónde va a dormir si no? —intervino Alia.

Mara alzó las cejas, sonrió y exclamó:

—¡Pues con James!

Hundí el rostro en las manos. James había pasado tantas noches durmiendo en casa, o yo en la suya, que Mara ya lo había normalizado. Sabía que no era sexo, que solo dormíamos como amigos. Sin embargo, era consciente de cómo podía sonar para los demás.

En el camino de la vergüenza que hicieron mis ojos, chocaron con los de Alia. Estaban muy abiertos.

—Entonces, ¿es cierto que no se han acostado? —preguntó Mel, tan alto que se oyó sin problemas por encima de la música.

—¡Mel! Te lo hubiese dicho…

De hecho, lo habíamos hablado hacía nada, aunque había dejado bastante claro que no me creyó.

—Sip, muy cierto. En su cumpleaños entramos en la habitación para felicitarla y los dos estaban vestidos…

—¡Mara!

El tema de conversación había derivado de un modo inapropiado. ¿Qué hacíamos hablando sobre si James y yo habíamos tenido sexo o no? Era una despedida de soltera en un club de *striptease*. ¿Dónde estaban los buenorros bailando, por favor?

—Deberías lanzarte, Kenz. Se nota que James está tan colado por ti como tú por él. ¡Agarra el toro por los cuernos, que esto es el siglo veintiuno!

Y de nuevo, ahí estaba esa frase.

—¡Alia!

No podía ser cierto. Estaban todas contra mí.

Sin embargo, la propuesta de Alia no iba tan desencaminada. Porque llevaba mucho tiempo enamorada de James, guardándolo en secreto, temiendo que nuestra amistad se perdiera por lo importante que era para mí estar a su lado. Y hoy…

—No, es cierto —intervino Mel, y de pronto su tono se volvió serio y maduro, nada acorde con el nivel de alcohol que llevaba en sangre—. Jack me lo dijo.

—¿Qué?

De acuerdo, eso no lo vi venir.

Mel se rascó la barbilla con la mano que no sujetaba la copa de vino, pensativa.

—James le confesó que sigues gustándole, pero le hizo prometer que no diría nada. Luego Jack me lo contó y también me hizo prometer... —Sus ojos se abrieron como platos mientras su voz desaparecía—. ¡Oh, no! ¡No le digas a Jack que te lo he dicho!

No pude oír qué decían las demás. Mis pensamientos se habían quedado en el momento en el que Mel hacía reales mis sueños, mis fantasías sobre James, lo que tanto tiempo llevaba imaginando.

Que no era solo yo. Que James iba a besarme de verdad esa mañana.

Que yo también le gustaba.

Aunque de gustar a estar enamorado hay un gran paso.

—¡Ahí sale otro! —gritó Alicia, alzando un chupito mientras la luz se apagaba y la música bajaba.

Un nuevo *stripper* apareció en la tarima y las chicas dieron la conversación por finalizada. Una melodía lenta comenzó a sonar a todo volumen y el chico se llevó la mano al paquete.

Vaya, qué rapidez.

Una hora más tarde salimos del club de *striptease*. Mel finalmente había vomitado gran parte de lo que había ingerido durante la noche y, aunque no se encontraba del todo mal, bramaba que tenía ganas de volver, y cito textualmente, «junto a su Jack».

Me metí en un taxi con ella, rumbo al hotel. Mara, que a pesar de todo no se había pasado, me prometió cuidar de las chicas, que estaban mucho más borrachas, tranquilizándome. Al menos Alia había dejado de beber hacía tiempo y no tenía intenciones de tomar nada más.

Con suerte, ninguna volvería casada con un *stripper*.

Nos encontramos con Jack en el recibidor del hotel. Estaba hablando por teléfono, ¡a esas horas! Cuando llegamos a su lado nos indicó que esperásemos alzando la mano y entre palabras pude entender que alguien se había olvidado su tarjeta oro en la barra de un club de *striptease.*

Ups…

—De acuerdo, muchas gracias. Mañana a primera hora me pasaré por la comisaría a recogerla.

Nos lanzó una mirada enfadada, pero solo yo fui consciente de ello. A Mel se le escapó una carcajada.

—Gracias de nuevo.

Nada más colgar, se escapó de mis brazos y fue directa a los de su prometido, que la recibió con un traspié, ya que casi lo tira del impulso.

—Veo que os lo habéis pasado muy bien —se burló, apartando el cabello suelto del rostro de Mel—. Menos mal que no perdisteis la tarjeta en medio de la calle.

«O que ninguna persona aprovechada la vio primero en la barra y se fue de fiesta a costa de Jack.»

—Ya sabes, es lo que tienen las despedidas —musité, pero me sentía bastante avergonzada—. Perdona.

Mel eligió ese momento para que sus tacones resbalasen en el suelo y casi caerse, llevándose a Jack consigo. Con un suspiro la tomó en brazos como si fuese un bebé.

—No pasa nada, al menos os habéis divertido. —Se encogió de hombros, quitándole hierro al asunto—. Creo que he defraudado a James, ni siquiera he bebido alcohol en mi despedida.

—Ay, mi pobre chiquitín… —murmuró Mel con voz melosa, aplastándole el cabello—. Vamos a la habitación.

Sí, eso le vendría bien, pero para dormir.

—¿Dónde está James?

Las palabras salieron de mi boca antes de que pudiera pararlas.

James. No había dejado de pensar en él en toda la noche. De hecho, no había dejado de pensar en él en todo el fin de semana y, si me presionaran, diría que no había dejado de pensar en él en semanas.

—En su habitación, se ha ido a dormir. La fiesta era demasiado aburrida para él.

No escuché más, porque me alejé de ellos con rapidez. Tampoco es que fueran a echarme de menos: comenzaron a comerse la boca, sin importarles que todavía estuviésemos en el recibidor del hotel.

Llamé al ascensor y presioné varias veces seguidas la tecla del noveno piso, como si así fuese a ir más rápido. Era tarde, así que no me encontré con nadie en el pasillo.

Estaba decidida. Más decidida que nunca, o al menos más que las últimas semanas.

El miedo había desaparecido. No solo el miedo a que nuestra amistad se rompiera si metía la pata, también el miedo a que me hiciera daño de nuevo y me dejara.

El miedo de que solo le gustase, y no tanto como él a mí.

Ya no éramos unos niños. No me sentía como una niña.

Agarraría el toro por los cuernos y me lanzaría. Porque, si quieres algo bien hecho, más te vale hacerlo tú misma.

Me paré frente a la puerta de la habitación de James. El corazón me iba a mil por hora, mucho más rápido que en cualquier momento de la noche. No sabía qué pasaría después de lo que estaba a punto de hacer, pero no iba a pararme a pensarlo, porque temía que, si lo hacía, me echaría atrás.

Y al final, aunque quería a James en mi vida por encima de todo, lo quería como algo más que un amigo, que un exnovio o que un jefe.

Golpeé la puerta de madera con los nudillos. Me pitaban los oídos y la mano me temblaba. Apreté con fuerza los dedos formando un puño, como si fuese una niña pequeña.

Nada.

Tomé aire y volví a llamar. Jack había dicho que estaba en su habitación, no podía haberse equivocado.

A mitad de un golpe la puerta se abrió y James apareció al otro lado. Llevaba un pantalón de pijama y tenía el pecho desnudo. Aparté mis ojos de la zona con presteza y lo miré fijamente, pero era consciente de que había miedo en ellos. Miedo porque me aterraba lo que ocurriría después, pero estaba decidida a afrontarlo.

—¿Kenzie? —dijo con voz ronca, frotándose un ojo—. ¿Pasa algo?

Tomé aire y me animé a entrar en la habitación. Se hizo a un lado y cerró la puerta.

Todo estaba en penumbra, pero pude distinguir la cama deshecha. Probablemente acababa de acostarse.

—¿Kenzie? —repitió James, preocupado cuando no dije nada.

Me giré de golpe y entonces me encontré con su rostro frente al mío. Se había acercado y no me había dado cuenta.

Tenía que ser una señal del destino.

Sin dejar que el impulso se marchara, me puse de puntillas y, con el más ligero de los roces, mis labios presionaron los suyos y mis ojos se cerraron.

Ya está, había agarrado el toro por los cuernos. Ahora, de perdidos al río.

Al abrirlos, su rostro continuaba tan cerca que se veía borroso. Me alejé unos centímetros, suficientes para poder enfocarlo bien, demasiados para seguir besándolo.

Tenía los ojos muy abiertos y el aliento contenido.

—James… —susurré.

Hasta que por fin respiró. Tomó aire y con su mirada buscó mis labios.

—Kenzie —repitió—. Yo…

Las palabras no faltaban. De hecho, sobraban. Y entonces me devolvió el beso, sin nada de timidez o delicadeza. Me besó como lo hacía en mis sueños y en mis recuerdos, como llevaba tantos meses esperando y deseando.

Suspiré y rodeé su cuello con mis brazos, atrayéndolo tan cerca como pude. Si aquello era un sueño, que nadie me despertase, por favor. Porque quería más, no un final.

Lo quería todo.

Me aferré a sus labios como si mi cordura dependiera de ello. Estaba embriagada en un éxtasis de felicidad. El miedo se había esfumado con su respuesta y la sangre corría por mis venas más rápido que nunca. Las manos de James sujetaban mi espalda, atrayéndome hacia él de forma que el único espacio que quedaba entre nosotros era el que proporcionaba mi vestido.

Lo empujé hacia la cama, hasta lograr que se sentara en ella. Me subí a su regazo sin perder tiempo, sin dejar que nuestros labios se separaran o que la magia del momento desapareciera.

Aunque, siendo sincera, podría haber ocurrido un terremoto y habría continuado sumergida en ellos.

El vestido de lentejuelas se subió sobre mi muslo mientras los dedos de James dibujaban tras su dobladillo caricias infinitas. Bajé las manos del cuello hacia su espalda, clavándolas a la altura de la cintura y apretándome más fuerte contra él.

—Joder… —gimió, y fue como si alguien hubiese prendido la llama del fuego que quemaba desde mi interior.

Mordí su labio inferior, sacando más aire de sus pulmones, que hacía combustión al juntarse con el mío.

Mi piel ardía, y me quité de un tirón el vestido de lentejuelas. Con la cabeza metida entre la tela oí a James jadear. Lo siguiente que noté fueron sus labios en mi pecho.

Terminé de sacar la cabeza de la ropa. Las pulsaciones me recorrían por toda la estructura de mi cuerpo, interna y externa. Lo sentía más allá de la piel y los huesos, recorriendo mi intimidad con necesidad, ansiando cada vez más.

Tomé su mentón entre mis manos con delicadeza y volví a guiar sus labios sobre los míos. Nos enzarzamos en una delicada pelea que terminó con su espalda tumbada sobre las sábanas deshechas, conmigo encima.

Las manos que antes recorrían la piel de mi espalda navegaron más hacia el este y el oeste, y después al sur. Agarré los mechones de su cabello con fuerza mientras me derretía bajo sus encantos.

—James…

Las palabras se escapaban porque sabían que sobraban, porque todo lo que necesitábamos eran los gestos, las miradas y las caricias.

—Kenzie —susurró.

Nos estrechamos con fuerza y giramos y giramos sobre las sábanas, desprendiéndonos de todo lo que nos sobraba, abrazando todo lo que nos faltaba.

Al final me hundí en él. Me asfixié en su llama y dejé que el incendio llegase a su punto álgido, ahogándonos en un mar del que nunca querría salir.

Capítulo treinta y seis

—Todo va bien.

La Kenzie que me devolvía la mirada desde el espejo del baño no parecía tan segura, más bien asustada, y exactamente así era como me sentía. Durante la noche, camuflada por una falsa sensación de confianza, me había atrevido a lanzarme, a agarrar el toro por los cuernos y presentarme ante James.

Ahora era de día y la luz que lo iluminaba todo también había alumbrado el miedo. No había sombras entre las que esconderse, porque el miedo a la incertidumbre, al qué pasará ahora, al actuar sin pensar, llenaba mi cuerpo.

Me eché un poco más de agua en la cara y me animé a salir del cuarto. James estaba en la cama, dormido. No quería despertarlo, aunque envidiaba su capacidad para soñar.

Regresé a la cama y me tumbé junto a él. Me había puesto una de sus camisetas, la que había encontrado sobre la mesa que en principio estaba destinada a ser usada como escritorio, y al taparme con las sábanas noté cómo se subió por encima del muslo.

Estaba de espaldas a James, escuchando su respiración monocorde llenar la habitación. Podría haber huido en aquel momento, correr a esconderme en mi habitación y posponer el encuentro de la mañana siguiente para más tarde, pero no iba a actuar así. Quizás en el instituto lo hubiese hecho, o antes de que a Mel se le escapara que yo también le gustaba, o de saber que había una pequeña posibilidad de que Mara se hubiese llevado compañía al cuarto…

El caso es que me quedé allí, dispuesta a afrontar lo que fuese a suceder. ¿Me rompería el corazón o, por el contrario, le daría alas?

Detrás de mí, James se movió y una mano aterrizó en mi cintura, sobre la camiseta, mandando escalofríos cargados de los recuerdos de anoche por todo mi cuerpo.

El miedo se escondió unos centímetros dentro de su caparazón, pero no lo suficiente.

—Buenos días —susurró con voz ronca.

Estaba despierto.

—Hola…

Mi saludo salió con apenas un hilillo de voz, como si una parte de mí quisiera gritar lo nerviosa que estaba, las ganas que tenía de vomitar por la conversación que se avecinaba, aunque anoche no había bebido. Lo importante que era aquel momento.

La mano en mi cintura desapareció tan rápido como llegó y noté que James se movía detrás de mí.

—Está bien, ¿qué pasa? —Como no contesté enseguida, su preocupación se acentuó—. ¿Es por lo de anoche? No me digas que te arrepientes, por favor…

La forma en que dijo aquella última frase, como si la idea de que pasásemos una noche juntos fuese un error, logró que el miedo se escondiese un poquito más en su caparazón.

Tomé aire y me giré para encararlo. Encontré sus ojos verdes observándome con un tinte de inquietud, y las ganas de abrazarlo, de fundirme de nuevo a su lado, fueron reales.

Incapaz de decir nada, giré la cabeza de un lado a otro, negando.

—¿Entonces? —presionó—. Puedes confiar en mí.

La mano que antes se había posado en mi cintura voló sobre las sábanas hasta mi cara, aterrizando en mi mejilla y apartando un mechón rebelde que nublaba mi mirada. Me mordí el labio inferior. Después de lo de anoche, el miedo necesitaba esconderse para siempre.

—Porque cada vez que te veo… —tartamudeé, incapaz de hablar con coherencia, de pensar— es horrible.

Quizá no escogí las palabras adecuadas. James alzó las cejas pelirrojas y apartó la mano, pero la preocupación se borró de su expresión lo suficiente como para darme fuerza.

—¿Es horrible cada vez que me ves?

Me di cuenta tarde de que estaba tratando de calmarme usando la táctica de burlarse de mí. Quizá pareciese extraño, pero nuestras bromas me tranquilizaban. Además, James sabía que me costaba muchísimo expresarme.

—Sí, lo es —repetí, ganando valentía—. Porque me acuerdo de cuando salíamos juntos, y me haces sentir cosas.

—¿Cosas buenas o malas?

Le di un pequeño empujón, posando la mano en su pecho, pero apenas conseguí que retrocediera. Tenía media sonrisa burlona en el rostro, esa tan característica de él.

Odiaba y al mismo tiempo admiraba que pudiese estar tan tranquilo en una situación así.

—No bromees, James.

De pronto su cuerpo se acercó al mío, atrapándome en un abrazo de oso y aislándome del mundo. Alcé los ojos hacia los suyos, que ya estaban buscándome.

—Entonces, deja de balbucear y dime la verdad de una vez, Mackenzie. ¿Te sigo gustando?

Vaya, qué directo.

Sin embargo…

—¿Por qué dices «sigo»?

—Porque tú nunca dejaste de gustarme, y tengo la sensación de que te pasa lo mismo.

Sonó tan sincero que no dudé de sus palabras. No creía que pudiese escuchar el latido frenético de mi corazón, que acababa de montar una fiesta junto con el resto de mi cuerpo. Confeti de colorines corría por mis venas en aquellos momentos.

—¿Nunca dejé de gustarte? —repetí.

—Y nunca dejé de quererte —añadió.

«De gustar a estar enamorado hay un gran paso.» Un paso que James se había atrevido a confesar primero, aunque después de la entrada dramática que había hecho en su habitación por la noche, no quedaba mucho que ocultar. En cualquiera de los sentidos que se le quiera dar.

—Te lo he dicho —continuó, y su abrazo me atrajo más cerca de él, mandando el miedo a patadas muy lejos—. Eres lo que más quiero, y jamás me he arrepentido tanto como el día en que cortamos.

Sus dedos tocaron mi barbilla. Fue suave, apenas un roce, pero elevé el rostro hacia él. Cerré los ojos cuando nuestras narices chocaron y pude sentir su respiración entrelazándose con la mía.

—¿Qué vamos a hacer? —pregunté.

Lo siguiente en chocar fueron nuestros labios. Brevemente, tanto que pareció un sueño.

—Si tú me dejas, quererte —susurró, rozándome los labios con cada palabra—. Quererte como siempre he hecho.

Mi pecho estalló en llamas, que crecieron en cuanto el beso se volvió más vivo, más ardiente, más real, enterrando el miedo en un lugar del que nunca podría salir.

Envolví mis brazos alrededor de su cuello, juntándonos tanto como me fue posible. Necesitaba volver a fundirme en él. Comprobar que lo que pasó anoche no fue solo un sueño.

Pasó de verdad, y James me quería. Me quería como...

—Yo tampoco —susurré contra sus labios.

—¿Cómo?

—Tampoco dejé de quererte.

Y tan pronto como lo dije, supe que era verdad. Todos esos años con Henry, en una relación en la que nunca estuve del todo volcada, en la que siempre me faltó algo...

En la que siempre me faltó James.

—Necesito preguntarte una cosa —susurré, haciendo cosquillas en sus labios con los míos.

—Dime.

Bajé una de las manos por su cuello, muy despacio, deslizándola por su piel hasta llegar al pecho. Y ahí paré.

—¿Cuánto tiempo llevas... sintiendo esto por mí?

Puse toda mi fuerza de voluntad en no apartar la mirada. Habíamos llegado hasta aquí, no podía avergonzarme por mi pregunta.

—Te lo he dicho, nunca dejé de quererte. Hubo un momento en el que pensé que te había superado, pero intenté salir con un par de chicas y... Digamos que no dio muy buen resultado. No podía quererlas, no como a ti. Y cuando apareciste de nuevo en mi vida, como traída de la nada...

—... traída por Mel y Jack, en realidad —lo interrumpí, pero hizo caso omiso.

—Fue verte y todos esos años de universidad en los que no estuvimos juntos desaparecieron. Así que no hubo un momento exacto en el que pensase: «Oh, mira, pero ¡si la quiero!».

Le di un golpe en el hombro. Había tratado de imitar mi voz, pero le salió muy mal. Además, no me hacía mucha gracia pensar en él saliendo con otras mujeres. Sabía que después de mí hubo más, igual que yo estuve con Henry. Tenía que alegrarme de que al final todo saliese bien y de que ahora estuviésemos juntos.

El roce del dedo de James sobre mi mejilla me devolvió al momento que estábamos viviendo. Sus ojos verdes brillaban con la misma locura ferviente de la noche anterior.

—Simplemente... nunca dejé de quererte.

Y podía decirlo mil y una veces que jamás me cansaría de escucharlo.

—Yo tampoco dejé de hacerlo, pero tenía miedo de... de que si te decía que estaba enamorada de ti, te asustaría y te perdería. No quería que te fueses de nuevo de mi vida.

Será que Las Vegas cambia a la personas, porque ese fin de semana había confesado muchísimos de los miedos que atenazaban mi vida y no me dejaban arriesgarme.

—Oh, Kenzie... Ser solo tu amigo me estaba matando cada día. Dormir a tu lado y no poder tocarte... —Sus manos se colocaron en mi cintura, aferrándose a ella e impulsándome más cerca—. No poder tocarte como lo hago ahora era una tortura.

Mara se encontró conmigo en el desayuno, sentada frente a un gran vaso de zumo y unos huevos revueltos. Llevaba el mismo vestido oscuro que había usado por la noche, el pelo hecho un desastre y el maquillaje corrido. No me había atrevido a entrar en la habitación por miedo a lo que pudiera encontrar, pero tuve suerte y Mel me había dejado ropa. Después de soportar un montón de preguntas mientras vomitaba en el inodoro del baño. Fue el precio que tuve que pagar por una camiseta y unos pantalones limpios.

Pero, regresando a Mara, tenía toda la pinta de no haber pasado por el hotel desde la última vez que la vi.

—Mira quién no ha ido a dormir a la habitación —bromeó cuando me senté frente a ella en la mesa.

Abrí mucho los ojos. Quizá sí que había regresado.

—¿Cómo lo sabes?

Se llevó un trozo de huevo a la boca y sonrió.

—No lo sabía, acabo de volver del casino, donde, por cierto, he perdido todo el sueldo del mes..., pero veo que he acertado.

Sentí que mis mejillas se teñían de rojo, aunque en realidad no había nada de lo que avergonzarse. Había sido una de las mejores noches de mi vida. Una en la que mi corazón por fin quedó satisfecho.

—Ahora dime que fue con James y no con Raúl. A ver, me cae bien, pero llevo muchos meses *shipeando* a Jenzie como para que me lo jodas ahora.

Jenzie. Hacía años que no oía ese nombre. Así nos llamaban Alia y Mel para burlarse de nosotros cuando salíamos en el instituto.

No hizo falta que le respondiera, lo supe cuando sus ojos se desviaron unos centímetros más allá. Alzó las cejas y su sonrisa se extendió, aunque estoy segura de que no tanto como la mía cuando James se sentó a mi lado con su tazón de cereales y me dio un beso en la mejilla.

—Buenos días —dijo a Mara, porque a mí ya me había saludado esa mañana.

Varias veces, de hecho.

Después del desayuno, Mara me atrapó y me arrastró con ella a la habitación, no sin que antes James me diese un beso que podría derretir el mismísimo polo norte. Justo ahí, delante de todas las personas que estaban desayunando.

La forma en que manejaba todo aquello, con la naturalidad de quien lo hace cada día, de quien lleva esperando que sea real durante tanto tiempo, justo como yo, me llenaba de alegría y confianza. Con cada gesto James me demostraba lo real que era. Me demostraba que también estaba enamorado de mí.

—Vale, ahora dime que lo que hicisteis anoche fue dormir y nada más —me exigió en cuanto llegamos a nuestra habitación.

Me senté en la cama, que no era ni de lejos tan cómoda como la de James. Mis mejillas se arrugaron con el atisbo de una sonrisa.

—No puedo decirte eso… porque sería mentira.

—¡Serás malvada! —Estalló en carcajadas y me dio un empujón que me tiró de espaldas sobre la colcha—. ¡Qué callado te lo tenías!

Se tumbó a mi lado en la cama y nos reímos juntas como si fuésemos un par de adolescentes. Me pasó un brazo por los hombros y me atrajo en un abrazo.

—Me alegro mucho, Kenzie. Os lo merecéis.

Capítulo treinta y siete

La vuelta a la rutina nunca había sido tan placentera. James y yo estábamos en ese momento al iniciar una relación en el que nunca quieres separarte de tu pareja y, aunque cualquiera diría que ya deberíamos estar hasta las narices de pasar tiempo juntos, nos negábamos a separarnos.

La primera noche durmió en mi piso y, después de las esperadas burlas por parte de mis compañeras y una botella de vino para celebrarlo, todo fue sobre ruedas. No volvimos a pasar una noche más separados.

El único inconveniente de compartir habitación, especialmente al principio de una relación, era el cansancio con el que iba a trabajar. Tanto que después de mi tercer viaje a la máquina de café terminé chocando con Archie en el pasillo y tirándole la bebida encima. Bebida caliente.

—¡Quema! —chilló histérico, apartándose la camisa del cuerpo tanto como pudo—. ¡Quema mucho!

—Ay, perdón…

Pero las disculpas no servían de nada. Probablemente le había dejado una buena marca roja en el pecho, además de fastidiar lo que parecía una camisa de las buenas. Busqué en todos mis bolsillos por si tenía un pañuelo o cualquier cosa que ayudara a secarlo, pero fallé miserablemente.

Al final Archie dejó de sacudirse la ropa. Tenía un círculo oscuro de café sobre el pecho.

—Elliot va a matarme —se lamentó de pronto, con un largo suspiro—. Esta es de sus camisas favoritas.

—¿Elliot? —repetí, un poco perdida.

Sabía que se habían besado en Fin de Año, pero no llegó a contarme si después surgió la llama del amor.

—Anoche me quedé en su casa y se la tomé prestada —explicó, y de pronto sus ojos se abrieron, mirando más allá de mí—. Ay, no, ¡ahí viene! ¡Tápame!

Entonces, sí que había surgido una llama...

Me agarró por los hombros y me puso frente a él de escudo justo antes de que Mara y Elliot terminasen de llegar a nuestro lado. Las cejas del chico se juntaron hasta ser una sola cuando nos vio.

—Archie, ¿por qué estás escondiéndote detrás de Kenzie?

Oí a mi amigo gemir. Me apretó los hombros con más fuerza, pero entonces Elliot se movió rápidamente y consiguió bordearme. Sin embargo, Archie también fue ágil y se desplazó hacia el frente. Me quedé en medio de ambos, sintiéndome como una pelota a la que romperían en cualquier momento.

—Eh, chicos —pedí a media voz.

No me hicieron caso. Continuaron girando alrededor de mí como si yo fuera el Sol y ellos, dos planetas sin órbita fija, hasta que al final la camisa de Archie quedó a la vista.

—¿Qué has hecho? —exclamó Elliot, horrorizado.

Madre mía, pero si solo era una camisa.

—¡Ha sido Kenzie!

Escondí el vaso de papel que me delataba detrás de mí, pero Elliot no me dedicó ni una sola mirada. Archie había salido corriendo nada más delatarme y fue tras él, directo a la escalera que comunicaba ambas plantas. Mara y yo nos quedamos allí, observando cómo montaban el espectáculo. Al final incluso los oímos reírse.

—Están como cabras —susurró antes de volver hacia mí—. En fin, ¿vienes a por un café?

Levanté el vaso arrugado hacia ella para mostrarle que ya había tomado uno y negué con la cabeza.

—Tengo que seguir con el trabajo, a estas alturas Frankie ya debería haber arrancado.

—En serio, tienes que pedirle al jefe que te compre un ordenador nuevo. —Se acercó a mí y bajó el tono de voz a un susurro—. Además, siempre puedes ofrecerle favores sexuales a cambio.

Quise lanzarle una mirada fría, pero la idea que me había puesto en la mente me lo impidió, creando una sonrisa traicionera en mis labios.

Me despedí de Mara y volví junto a Frankie. Todavía estaba reiniciándose. ¡Increíble! Eran incontables las horas que perdía por culpa del dichoso ordenador. Dejé el vaso de papel sobre el escritorio y resoplando me acerqué con paso decidido al despacho de James.

Entré sin llamar, lo cual no estaba bien, pero las costumbres malas eran fáciles de adquirir y difíciles de dejar. Lo encontré trabajando en el escritorio con su propio ordenador. Nuevo, reluciente y, lo más importante, funcional.

Alzó los ojos al verme, apartándolos de la pantalla. La claridad del día entraba por las ventanas de su oficina, iluminándolo todo sin que hiciese falta encender la luz. Mi zona de trabajo era más amplia y, aunque tenía el concepto de espacio abierto que a James no acababa de gustarle, debíamos gastar energía para poder ver bien.

—¿Necesitas algo? —preguntó, reclinándose sobre su silla y observando cómo me acercaba a él con paso decidido.

—Pues mira, en realidad sí —admití, y me crucé de brazos frente a su escritorio—. Un ordenador nuevo.

Sus cejas pelirrojas se alzaron. Era imposible que no lo hubiese visto venir.

—¿Frankie quiere la jubilación y te envía a hablar conmigo?

Había un matiz de diversión en su voz. Mara me había contado la historia del ordenador. Por lo visto, era famoso. Pertenecía a Jack, de cuando comenzó con la empresa. Después se lo pasó a Mel, esta a Mara y finalmente me lo endosaron a mí. Entendía que se le podía tener cariño después de tantos años, pero vamos... Si tanto lo querían, que se lo quedaran ellos.

—Más bien ha entrado en coma —me quejé.

No me sentía del todo bien exigiendo un nuevo ordenador y empezaba a estar incómoda por quedarme plantada de pie ante él.

James bajó la pantalla de su ordenador portátil y se levantó. Bordeó el mueble hasta quedar frente a mí y llevó una mano a mi cintura.

—¿Y has decidido hacerle una pequeña visita al jefe para contárselo?

Me incliné hacia atrás hasta que mi cintura chocó contra el escritorio y me vi atrapada entre él y el cuerpo de James. Cuando Mara dijo que podía ofrecerle sexo a cambio, me lo tomé a broma, ¡no pensaba hacerlo!

Sus labios buscaron los míos y no tardaron en encontrarlos, dándome un suave beso que hizo que mis piernas temblaran. Miré fugazmente hacia donde estaban los demás trabajadores, pero con las cortinas echadas no podían vernos.

—James —susurré, apartándolo unos segundos—. Este no es el lugar.

Pero, igual que me había pasado con Mara, una sonrisa se escapó. No tardó en atraparla, y la mano en mi cintura trepó un poco más.

—Párame si te molesta…

Volvió a besarme y no pude evitar corresponderle. Envolví mis brazos alrededor de su cuello, hundiendo los dedos en su cabello y atrayéndolo más hacia mí. De pronto, me sujetó con ambas manos y me subió sobre su escritorio, encima de una pequeña montaña de papeles que no tardó en arrugarse. Había tenido esa fantasía millones de veces.

Nuestros labios no se separaban, haciendo que la temperatura en la oficina subiera más y más con cada segundo que pasaba. Sus dedos trazaron un camino sobre mis piernas, subiendo por mis muslos hasta llegar al dobladillo del pantalón y entrando por debajo de la tela de la blusa.

«¡Estáis en el trabajo!»

Mi voz interior chilló, reclamando cordura. Aquel no era ni el lugar ni la situación para comportarse así. Sintiéndolo mucho, me alejé de James, reclinándome hacia atrás. Su cuerpo y su rostro acompañaron al mío durante los primeros centímetros de trayecto, negándose a dejarme ir.

—Creo que… —susurré, intentando recuperar el aliento—. Es mejor parar aquí.

Asintió, con los ojos verdes brillando en ese tono oscuro que tanto me encantaba. Sacó las manos de debajo de mi blusa, mandando pequeños escalofríos por todo mi cuerpo. Resistí la tentación de volver a atraerlo de vuelta y me bajé del escritorio llevándome unos cuantos papeles conmigo.

Nos agachamos a recogerlos, ambos con el rostro rojo. James tenía el cabello revuelto.

—Es mejor que esperes unos minutos antes de salir —me aconsejó, juntando todos los papeles de nuevo en la mesa—. Y que te coloques bien la camisa.

Apreté los labios y alisé la blusa, escondiéndola de nuevo en el dobladillo del pantalón. ¿Para qué había entrado en el despacho?

—No te tomes lo que acaba de pasar como una excusa para venir a pedirme cosas —dijo James, con una sonrisa torcida—, pero miraré a ver qué puedo hacer para conseguirte un ordenador nuevo.

¡Eso era!

Me incliné sobre él y le di otro beso, uno más tímido recatado. Al fin y al cabo, tampoco me importaba seguir trabajando con Frankie.

Capítulo treinta y ocho

Estábamos reunidos en el salón de casa viendo viejas reposiciones de *Friends* que daban una y otra vez por la tele cuando una bolita peluda saltó sobre la mesita y robó un trozo de *pepperoni* de la *pizza*.

—Deberíamos poner al gato a dieta. Está engordando.

Como si hubiese entendido lo que había dicho Mara, Boo la miró con los ojitos muy abiertos y profirió un largo y suave maullido, de esos que hacen que se te derrita el corazón y te den ganas de levantarlo del suelo y abrazarlo.

Fue Seo quien lo hizo, juntando su rostro a la naricilla húmeda de Boo y regalándole caricias.

—Tú di que no, pequeñín. Siempre serás mi *agi*.

James miró con disimulo hacia otro lugar. Le gustaban los animales y por norma general era una persona bastante cariñosa, pero no soportaba cuando las personas les hablaban como si fuesen niños pequeños.

Menos mal que nunca me había visto haciéndole carantoñas a Boo…

Mara también actuó como si no quisiera saber nada. Se estiró y se levantó del sofá, todavía con la boca abierta por un bostezo. Eran las diez de la noche y se suponía que yo pasaba por casa para recoger un poco de ropa limpia. Llevaba casi toda la semana quedándome a dormir en el apartamento de James y me daba mucha pereza hacer la colada. Al final nos pusimos a hablar, encendimos la tele y acabamos pidiendo una *pizza*. El plan surgió solo.

—Me iré a dormir, personas —dijo Mara mientras Seo continuaba sobando al gato—. Mañana tengo una cita y quiero estar divina, porque guapa lo estoy siempre.

Comenzó a deshacer el camino hasta su dormitorio, pero antes de llegar a la puerta paró, se volvió hacia nosotros y con la mano en el pomo preguntó:

—¿Vosotros qué vais a hacer? ¿Os vais o al final os quedáis a dormir aquí? Por saber si mañana tomo el metro o me sale el viaje gratis.

Miré a James a ver qué opinaba.

Las veces que nos habíamos quedado en mi piso habíamos ido los tres juntos a trabajar, porque no iba a dejar de conducir ni aunque le regalara un abono para el metro. Lo sabía, lo había intentado. De todas formas, pasábamos más tiempo en su apartamento. Quería a mis compañeras, pero en mi piso no teníamos la misma intimidad.

—Por mí vale, ya es tarde y también estoy cansado —dijo, conteniendo un bostezo que se me pegó.

Me llevé la mano a la boca y me levanté del sofá, reprochando a las neuronas espejo que justo en ese momento quisieran imitar a James.

—Entonces vamos ya…

Dejamos a Seo sola en el salón con Boo, pero antes de que nos fuésemos nos gritó:

—¡No hagáis mucho ruido, que tengo que trabajar!

Sentí que me ardían las mejillas y decidí ignorarla. Solo lo decía para molestarme.

En el cuarto me lancé directa sobre el armario de la ropa. Tras tirar un par de jerséis mal colocados sobre mi cabeza y escarbar hasta el fondo, logré sacar lo que estaba buscando:

—Aquí, una vez te dejaste una camiseta.

James tenía la costumbre de dormir en ropa interior, pero a veces tenía frío y mi ropa no le valía. Se la lancé, pero en lugar de atraparla la dejó caer. Estaba demasiado ocupado mirando unos papeles que había sobre mi escritorio.

Me acerqué a él para ver de qué se trataba.

—Es para la boda de Mel —expliqué—. Estoy ayudándola a organizarlo todo y es un quebradero de cabeza increíble, aunque…

Me mordí el labio inferior, pero la sonrisa apareció igualmente. Amontoné todos los papeles y saqué un archivador para guardarlos.

—No se lo digas a ella, pero me lo estoy pasando genial —confesé, bajando la voz—. Y he aprendido un montón de cosas sobre organizar eventos. Incluso estoy haciendo un cursillo *online*.

Un folio cayó del archivador que había tomado. James lo recogió del suelo. Lo observó cuidadosamente y una sonrisa burlona decoró su rostro.

—No puedo creerme que todavía sigas guardando esto. ¿No te trae malos recuerdos?

No tenía que arrebatárselo para saber que se trataba de mi lista. La lista en la que había apuntado los cuatro nombres de los chicos que me gustaban y que alguien decidió usar para empapelar el instituto.

—No trae solo malos recuerdos. Gracias a ella empezamos a hablar más y... mejor.

La sonrisa burlona cambió a una que me gustaba más. Una dulce, tierna y creada solo para mí.

—¿Sabes? Me alegro de la lista. Y de haber dejado de ser tu plan D.

Se acercó a mí tentativamente, con el papel todavía entre las manos. Le devolví la sonrisa, también traviesa.

—¿Y cómo sabes que no eres mi plan D?

Su rostro bajó y nuestras narices chocaron. Después fueron sus labios contra mi mejilla, ascendiendo lentamente en un delicado camino plagado de besos hasta mi oído.

—Porque ahora mismo soy tu único plan, nena.

Dejé escapar una pequeña risa mientras me apartaba un poco de él.

—Estás demasiado seguro de ti mismo, ¿qué te hace pensar que no tengo más chicos por ahí deseando salir conmigo?

Sus cejas se unieron en una fina línea, provocando que le aparecieran pequeñas arrugas en la frente.

—Oh, eso no lo dudo —asintió con tono serio—. Pero prefiero pensar que, de todos ellos, tú solo me quieres a mí.

Sus labios regresaron hasta los míos, atrapándolos en un delicado beso que erizó mi piel y dobló los dedos de mis pies.

—Hace años, Mason me dijo algo así —comenté cuando se alejó de mí—. Dijo que quería ser mi único plan.

—Pues Mason va a tener que aguantarse de nuevo, porque esta vez soy yo quien quiere ser tu único plan.

Le di un codazo juguetón y él me lo devolvió con un beso traicionero, seguido de una avalancha de cosquillas que continuó hasta dejarme sin respiración, tendida sobre la cama con él abrazándome por detrás.

—Está bien, está bien, me lo pensaré —dije, exhausta, tras lo que parecieron unos agonizantes y largos segundos—. Quizás algún día llegues a ser mi único plan.

Se movió detrás de mí hasta que su boca quedó cerca de mi oído, y entonces susurró:

—¿Algún día muy lejano o muy cercano?

—Qué tonto eres.

En un visto y no visto dejó de abrazarme y de un salto se colocó sobre mí. Sus manos aprisionaron mis muñecas por encima de mi cabeza mientras bajaba el rostro. El pelo rojo que continuamente caía sobre sus ojos me hizo cosquillas en la frente.

Y después me besó sin nada de la delicadeza que había mostrado antes. Envolví las piernas alrededor de su cintura, atrayéndolo más cerca. Liberó mis manos y con ellas me aferré a su espalda, metiéndolas por debajo de su camiseta.

—Tenía muchísimas ganas de hacer esto —susurró, y tiró de mi labio hacia él—. De besarte, de abrazarte, de estar contigo.

Me abracé a él, dejando que el beso nos transportara a otro lugar, a uno en el que el tiempo se detenía y podíamos disfrutar para siempre de estar juntos.

—De poder decirte lo mucho que te quiero —completó cuando nos separamos.

James

¿Me maquillas?

—¿Puedo?

Kenzie se rio ante mi rápida respuesta. No entendía de qué se sorprendía, tenía mucho estilo y ya le había pedido alguna vez que me dejara intentarlo. Esa noche habíamos quedado con todos los de la empresa para hacer una cena en su honor. Había encontrado un puesto de trabajo que le gustaba mucho más y este era su último mes trabajando con nosotros.

Me pasó una brocha y cerró los ojos.

—Soy toda tuya —dijo.

No podía dejar escapar el momento. Me acerqué a ella y noté cómo le recorría un escalofrío al posar los labios cerca de su oído.

—¿Toda mía?

Su sonrisa se ensanchó. La idea estaba en el juego de palabras. Me alejé de ella con la brocha en la mano y tomé una cajita de polvos en la otra. Todavía mantenía los ojos cerrados cuando dije:

—Vamos allá, nena.

Intenté concentrarme en la tarea, pero era más complicado de lo que pensaba, especialmente con los labios de Kenzie entreabiertos tan cerca de mí. Cada poco tiempo mis ojos escapaban hacia ellos, atrayéndome para que los besara.

Llevábamos tres meses juntos, pero la euforia de los primeros días parecía no acabar.

—¿Sabes ya cuándo vuelven Jack y Mel del viaje de novios? —preguntó mientras ponía colorete en sus mejillas—. Cada vez que le pregunto solo me dice que por ella se quedaría a vivir allí.

No la culpaba, se habían ido a Hawái, pero yo también tenía ganas de que regresaran. Jack me había dejado al mando y no era ni de lejos tan buen jefe como él. La empresa me estaba estresando y que Kenzie dejara su puesto no ayudaba. Al menos iba a esperar a que la parejita feliz regresara de su luna de miel antes de irse definitivamente.

—Sé lo mismo que tú.

Cuando terminé de maquillarla se miró en el espejo y me dio el visto bueno. A Kenzie no le gustaba el maquillaje excesivo, así que era complicado que metiese la pata, aunque me había pasado con el rímel.

Guardó la bolsa de maquillaje en el armario del baño de mi apartamento, junto con sus cremas y tampones. De hecho, en casa había casi tantas cosas suyas como mías, y no me importaba, excepto por...

—Oye, Kenzie —comencé, siguiéndola hacia el salón.

Tenía una pregunta que me bailaba en la cabeza desde hacía tiempo, pero aún no había encontrado el momento de formularla. Tomó un vaso de cristal y lo llenó de agua, mirándome expectante.

—Dime —me apremió, porque me había quedado callado.

Esperé a que dejara el vaso de nuevo sobre la encimera, solo por si acaso las cosas salían mal, y me lancé de cabeza con la pregunta:

—¿Qué te parecería vivir conmigo?

No respondió. Al menos no al instante, y me lo tomé como una mala señal. Abrió la boca como si fuese a decir algo, pero la cerró enseguida. Su mirada también se desvió hacia el otro lado de la sala, justo donde había una estantería repleta de sus libros.

—No tiene que ser en este apartamento, podemos buscar uno que nos guste a los dos y… No sé, pasas aquí casi todos los días y pagas una habitación en un piso en el que nunca estás.

Sabía que lo que decía tenía sentido, pero algo en mi interior se removió por miedo a su respuesta. ¿Y si no quería? ¿Y si era demasiado pronto? Pero, antes de ser pareja, habíamos sido amigos. Y antes de volver a besarla, había pasado meses enamorado de ella. Más bien años.

En realidad, sentía que nuestra relación avanzaba más despacio de lo que deseaba.

—¿Kenzie? —insistí cuando no dijo nada.

Sus ojos volvieron muy despacio a los míos. Parecían inseguros y temí lo peor.

—Yo… —musitó—. ¿Y dejar a Mara y a Seo?

—Sois amigas, no es que no podáis veros más.

—¿Y Boo?

—Si quieres un gato, podemos adoptar otro.

Nada más decirlo me arrepentí, no me apetecía convivir con pelos de animal. Pero Kenzie continuaba allí, indecisa. Suspiré y una parte de mí se dio por vencida.

—Si tú quieres, claro… No tienes que mudarte conmigo a la fuerza.

Se mordió el labio inferior y pasó el peso de una pierna a otra, como si estuviera dando pequeños saltitos.

—En realidad quiero —confesó, rehuyendo de nuevo mi mirada—. Pero ¿y si sale mal? ¿Y si firmamos un contrato y a la semana nos damos cuenta de que somos incompatibles?

Vale, aquella pregunta tenía que ser una broma. Los nervios habían crecido demasiado rápido en mi interior, deseosos de una respuesta.

—Tranquila, Kenzie. ¡No te estoy pidiendo que te cases conmigo!

Su ceño se frunció.

—Lo dices como si estuvieses seguro de que te diría que no.

Alcé las cejas, sorprendido. Las últimas noticias que tenía decían que nunca se casaría.

—Oye, eres tú la que siempre dice que no cree en «eso del matrimonio». ¿Por qué? ¿Has cambiado de opinión?

—Depende.

Bajé el rostro hacia ella, interesado en el tema. Nunca había soñado con tener una gran boda, pero sí me gustaría casarme.

—¿De qué depende? —insistí.

—Pues de si te digo que sí o que no.

«¡No te jode!»

Pero la respuesta de Kenzie fue tan real y me abrió tantas nuevas oportunidades de futuro que el mosqueo por no saber si viviríamos o no juntos se borró por completo y me eché a reír. Ella volvió a mirarme, casi enfadada por mi reacción.

Pasé un brazo sobre sus hombros y la atraje hacia mí.

—Eres increíble —susurré, dándole un beso en la coronilla—. Que sepas que a mí sí me haría muy feliz casarme.

—¿Y vivir juntos? —preguntó con un hilo de voz.

Me alejé de ella, lo suficiente para poder mantenerla entre mis brazos y atrapar su mirada al mismo tiempo.

—Vivir contigo me haría todavía más feliz.

Y así era. No se lo había propuesto solo por cuestiones prácticas, porque me parecía absurdo que no compartiésemos piso cuando la mayoría del tiempo lo pasábamos juntos, y básicamente ya vivía conmigo. También porque la idea me gustaba.

—¿Acaso me necesitas para ser feliz? —se burló.

—No digo que te necesite para ser feliz, encontraría la manera de serlo, pero sí que ayudas a que lo sea.

Me miró en silencio durante tantos segundos que comencé a sentirme incómodo. Estaba debatiéndome entre besarla de nuevo o continuar preparándonos para la cena cuando dijo:

—Vivamos juntos.

Unas semanas después, cuando la mudanza fue definitiva y Mel y Jack regresaron de su viaje, quedé con mi hermano para comentarle la gran pregunta que había estado rondándome la cabeza desde hacía mucho tiempo. Una que iba mucho más allá de vivir juntos y que esperaba que funcionase igual de bien.

Al principio Jack se mostró algo receloso.

—Pero ¿no crees que sois demasiado jóvenes?

Sonreí.

—¿Para saber que quiero estar con ella toda mi vida? No, para eso nunca fui demasiado joven.

Epílogo

El Top of the Rock se había convertido en uno de mis lugares favoritos de Nueva York. Iría más a menudo si no tuviese que pagar, pero de vez en cuando James y yo subíamos a lo alto y disfrutábamos del ambiente mágico que se formaba al anochecer. Ni siquiera la aglomeración de turistas agolpándose contra los cristales para sacarse fotos podía acabar con el encanto.

—Menos mal que hemos conseguido encontrar un buen sitio —murmuró James a mi lado.

El cielo ya había comenzado a volverse anaranjado, de ese tono que adopta cuando se acerca el verano. A nuestro alrededor había cada vez más gente.

—¿Sabes lo que terminaría de hacer genial esta noche? —comenté sin apartar los ojos del cielo—. Una copa de vino y…

—Una buena *pizza* —dijimos al mismo tiempo.

Nos reímos, porque era viernes, y los viernes siempre tocaba *pizza* y vino blanco. Eran mis noches favoritas, después de los miércoles de chicas con Seo, Mel y Mara. Íbamos al cine y a tomar un café para ponernos al día de nuestras vidas, mucho mejor que por teléfono.

La próxima semana Mara vendría acompañada. Una de sus citas de la *app* de ligues había resultado excepcionalmente buena y llevaban varias semanas tonteando. El paso definitivo era hacer las presentaciones con los amigos y valorar si tendría futuro.

Prometimos que no seríamos demasiado malas.

—Además, tenemos la nevera vacía —comentó James—. De nuevo.

En mi defensa diré que había tenido una semana de locos. Además, había salido la tercera parte de la novela que James me había regalado por mi cumpleaños, la que tanto me gustaba, y apenas dormí por las noches para terminar de leerla. En realidad era un *spin off* de uno de los personajes secundarios, pero no importaba. El cansancio de no dormir por leer lo arrastré toda la semana y mi atrofiada memoria pagó las culpas.

Casi estropeo un *bar mitzvá* por no llamar al hotel para confirmar la reserva de la sala, lo que era mucho peor que no hacer la compra. Menos mal que tengo una agenda en la que lo apunto todo.

—Iremos mañana —murmuré, y apoyé la cabeza en su hombro.

Mel y Alia tenían razón. Ahora mismo estaba muy bien con James, pero ¿quién sabía qué pasaría en unos años? Tampoco podía quejarme del trabajo. Había encontrado uno fantástico, en el que encajaba, y me encantaba. Ser organizadora de eventos era todo un reto, pero la idea de ir a trabajar me hacía levantarme de la cama cada día con una sonrisa enorme y, aunque el sueldo no era para tirar cohetes, estaba entusiasmada.

Echaba de menos trabajar con James, pero lo veía en casa todos los días. Además, Mara había cubierto mi puesto y, exceptuando el día que mandó a James a una reunión al restaurante equivocado, lo hacía bastante bien.

En realidad, continuaba viviendo sin tener mi futuro del todo planificado, pero había aprendido a no preocuparme tanto.

La noche terminó de caer sobre nosotros, mostrando bajo ella un río de luces y colores que llenaban de fantasía las calles de Nueva York. A mi lado, una chica sacaba millones de fotos con su teléfono móvil, tal como yo había hecho la primera vez que había ido allí. Con James.

Como si leyera mis pensamientos, el brazo que me rodeaba los hombros se alejó de mí. Me volví hacia él para ver qué pasaba, pero en lugar de encontrarme con su rostro recibí un cuaderno. Lo aparté para mirarlo, mostrándole mi confusión.

—¿Y esto?

—Ábrelo —dijo James, depositándolo en mis manos.

Era pequeño, de tapas duras y con una espiral que facilitaba poder abrirlo. Al hacerlo, lo primero que encontré fue una foto nuestra. No una cualquiera. Era el *selfie* que nos habíamos sacado allí, en el Top of the Rock, la primera noche que subimos juntos.

Debajo había una inscripción.

Este fue el día en el que me di cuenta de lo enamorado que seguía de ti.

Mi corazón se enterneció y me volví hacia él con una pequeña sonrisa producto de la dulzura. James me guiñó un ojo y me animó a seguir leyendo. Con el rabillo del ojo vi cómo tiraba del cuello de su jersey.

—¿Tienes calor? —pregunté.

Los días eran mucho más cálidos, pero por la noche siempre refrescaba.

—Un poco —contestó—, tú sigue.

Me encogí de hombros y continué con el cuaderno. A nuestro alrededor la gente comenzaba a irse.

Pasé la página y me encontré con otra foto. Era en el restaurante que tenía las mesas pegadas unas a otras, cuando conduje su coche por primera vez y casi atropello a unos pobres peatones. Debajo, una nueva inscripción:

Este fue el día en el que te confesé lo importante que eres para mí, pero también el día en el que no tuve la valentía suficiente de decirte exactamente cómo de importante.

Una página más, y una foto de nosotros en Little Italy, justo después de que rompiera aquellas bolas de cristal tan caras en la tienda. Todavía me dolía la cartera de lo mucho que costaron. Rápidamente leí el texto que la acompañaba.

Este fue el día en el que mis esperanzas por volver algún día contigo crecieron.

Nueva página, nueva foto, y ahí estábamos los dos en Coney Island. Junto a la imagen, James había escrito:

Este fue el día en el que me convenciste para que volviera a ir en metro y en el que casi me da un ataque de preocupación cuando te cortaste en el pie.

Lo recordaba. Todavía me quedaba una pequeña cicatriz, prácticamente invisible, en la planta del pie. La herida no fue profunda, pero me había dolido mucho.

Pasé la página, y esta vez era una foto de nuestro viaje en coche a casa para pasar la Navidad.

Este fue el día en el que te vi por primera vez segura de ti misma al volante. ¿Ves como puedes conseguir todo lo que te propongas?

Miré a James con una sonrisa tan grande en los labios que hasta me dolían las mejillas. Los recuerdos se amontonaban bajo mis ojos con cada página que pasaba. Cada momento que había vivido con James desde que llegué a Nueva York estaba allí, en orden cronológico.

Llegué hasta el viaje a Las Vegas. La parte del cuaderno que ya había visto abultaba ahora mucho más que la otra. De hecho, esta página parecía de las últimas con fotografías. Éramos Alia y yo, vestidas de negro y sujetando a Mel disfrazada de payasa.

Este fue el día en el que me enseñaste que eres la más valiente de los dos, en el que diste el primer paso, en el que pude volver a besarte más allá de mis sueños.

Pasé otra más, y me encontré con una fotografía que había sacado yo misma…

Este fue el día en el que por fin nos mudamos y comenzamos a vivir juntos. Otro de los más felices.

También lo fue para mí. El detalle de James al crear aquel cuaderno me estaba llenando de ternura.

Sin embargo, la siguiente página, más que enternecerme, me sorprendió. La foto era de esa misma mañana. Parecía un *selfie* bastante malo. James lo había sacado con su teléfono móvil. Su cara salía en primer plano y al fondo estaba yo, de espaldas, preparando el café medio dormida. Por si no lo tenía claro, encima había escrito la fecha de hoy con rotulador.

Bajé los ojos en busca del texto explicativo que acompañaba a las demás fotos para saber cómo encajaba esta en el álbum. Cuando lo hice, juro que mi corazón dejó de latir.

Esta es del día en que te pediré que te cases conmigo.

Me llevé la mano a la boca mientras los dedos se clavaban con fuerza en el cuaderno. Cuando mi atolondrado corazón decidió volver a latir, lo hizo tan rápido que pensé que me desmayaría.

Me volví hacia James sin terminar de asimilar lo que estaba sucediendo. Primero me encontré con sus ojos, brillando más que las miles de luces que iluminaban Nueva York. Después bajé un poco más, a sus dedos, en los que sostenía una última foto.

Todas las personas que había a nuestro alrededor, ajenas a lo que estaba pasando, dejaron de existir para mí.

Le temblaban las manos cuando me dio la foto y tomó el cuaderno de las mías, que tampoco dejaban de moverse.

En ella estaba él, de rodillas, sosteniendo una pequeña caja con un anillo.

James se acercó un poco más a mí y susurró:

—Mackenzie Audrey Sullivan, ¿me concedes el honor de ser tu único plan?

Ambas manos volaron a mi boca, con la foto arrugándose entre ellas. Tenía los ojos húmedos y me nublaban la visión.

—Y si dices que sí —continuó James, más cerca de mí—, podremos rellenar juntos las páginas en blanco de este cuaderno.

No tenía palabras. En mi interior los sentimientos se estaban arremolinando y amenazaban con salir en un estallido de felicidad.

—James… ¿Estás seguro de esto? —conseguí preguntar, porque no podía creérmelo.

—Estoy seguro de que quiero estar contigo.

Maldición, yo quería lo mismo.

Me lancé sobre él llorando, pero de felicidad. Lo besé con ganas y emoción, y entre besos gritaba:

—Sí, ¡sí quiero casarme contigo!

Entonces, las personas que quedaban a nuestro alrededor se dieron cuenta de lo que pasaba. Algunas aplaudieron, otras silbaron, y si alguien sacó una foto del momento, espero poder verla algún día y pegarla en el cuaderno.

En las páginas en blanco que llenaríamos con los mi nes de recuerdos de un futuro incierto y fantástico que taba por llegar.

Este es el día en el que James Smith se convirtió en único plan.

Capítulo extra
Especial Lily y Blake

¿Sabes esos días en los que no te apetece hacer nada? ¿Esos en los que solo quieres quedarte tirada en el sofá comiendo *pizza* y bebiendo refresco mientras miras un programa en la televisión que públicamente no admitirías ver?

Bien, porque así me encontraba yo el día de hoy hasta que mi compañera de piso entró a la carrera y dando un portazo.

—¡Llego tarde! —chilló, lanzando su bolso lleno libros contra mí, casi dándome en la cara.

—Tú siempre llegas tarde —rechisté, apartando el bolso y sentándome más erguida en el sofá.

Sophia se quedó parada en el salón durante unos segundos, estudiándome con sus ojos verdes. Apreté los labios porque intuía lo que se avecinaba.

—Y por lo visto hoy también vas a llegar tarde tú —dijo finalmente, aprovechando la duración de nuestra pequeña conversación para recogerse el cabello en una coleta—. Sigues en pijama, ¿por qué no estás lista?

—Estoy enferma.

Torcí el gesto y me tapé con la manta hasta los hombros, como si ese gesto me diera la razón. Sophia se acercó más a mí, poniéndose en cuclillas para poder quedar a mi altura. Me estudió fijamente durante unos largos y estresantes segundos hasta que finalmente se apartó resoplando.

—Claro, de cuentitis. No me creo que Savannah se tragara que te encontrabas mal.

—Dije que tengo la regla —admití, estirando las piernas y apartando el pelo detrás de mis orejas—. No tengo ganas de ir a trabajar.

Suspiró y me abandonó unos segundos para correr a su cuarto a cambiarse para el trabajo. Allí era precisamente donde nos habíamos conocido unas semanas antes de comenzar la universidad. Ambas éramos camareras de fin de semana en Liquid, una conocida discoteca de la zona de bares. Ella estudiaba su segundo año de carrera y yo, el primero. Ella no estaba contenta con sus compañeras de piso y yo necesitaba a alguien más para pagar el alquiler.

De hecho, necesitaba a dos personas más, pero aún no habíamos encontrado a una tercera chica que quisiera quedarse en la pequeña habitación sobrante. Al menos entre las dos podíamos apañarnos.

—Sabes que necesitamos el dinero para el alquiler. —Sophia regresó a nuestra discusión colocándose un top apretado de cuero y balanceando los zapatos de tacón en una mano—. La semana que viene toca pagar.

Volví a torcer el gesto. Tal vez estuviese exagerando cuando dije que entre las dos podíamos apañarnos.

—Solo será hoy.

Me moví a un lado cuando ella se sentó junto a mí en el sofá, justo a tiempo de que no cayera sobre mis piernas.

—Te quiero, Lil, pero tus crisis de nostalgia no son buenas para la economía de nuestros bolsillos.

Sophia sabía que había recibido una mala noticia de mis padres, que los echaba de menos, y la *pizza* también. Era más sensible que ella, o al menos lo demostraba más. Y estar con la regla no me ayudaba en nada.

Llamaron a la puerta interrumpiendo nuestra conversación. Me levanté rápidamente a abrir mientras ella se calzaba, lanzando al suelo la manta en la que había estado envuelta. Allí me encontré con Ruben y mi preciada caja de *pizza* esperando en el rellano.

Pagué y llevé la comida al salón. Aparté dos trozos de *pizza* de la caja antes de emprender el camino a mi habitación. Siempre hacía lo mismo, los comía de dos en dos para obligarme a mí misma a tener que volver a levantarme en caso de querer comer otro más. Mantenía la esperanza de ser lo suficientemente perezosa para no moverme, pero la comida siempre me llamaba de un modo especial.

—Y supongo que pasarás la noche escribiendo un nuevo capítulo de tu libro erótico, ¿verdad?

Me chupé los dedos y cerré la caja de *pizza*.

—Si lo leyeras, sabrías que no es erótico —le dije, zarandeando el refresco con mi otra mano hacia ella—. Pero sí, estaré escribiendo. Hace más de una semana que no actualizo.

Sophia se subió la cremallera de la chaqueta y me lanzó una de esas miradas que siempre me dedicaba cuando hablábamos de mi afición a escribir de forma anónima en internet.

—Rara…

—Yo también te quiero, Soph.

Le lancé un beso soplando en el aire, ya que mis manos estaban ocupadas, y ambas nos reímos.

—Duerme tranquila esta noche, dulce escritora.

—No te pases con los chupitos de vodka, recuerda que tú eres la camarera.

Y con eso me dirigí a mi cuarto y me coloqué delante de la pantalla de mi ordenador para escribir el siguiente capítulo de mi historia, tratando de distraer mi cabeza lo máximo posible de mis padres, de la agobiante tarea de la universidad y de las facturas que faltaban por pagar.

Dos viajes más hacia el salón para tomar más *pizza* y dos mil palabras del documento Word después, caí rendida en la cama y me dormí, y me desperté horas más tarde por extraños ruidos en el salón.

Miré el reloj de mi mesita. Era demasiado pronto para que Sophia hubiese regresado.

Con un mal presentimiento, me incorporé de golpe en la cama, abriendo en exceso mis ojos en la oscuridad. El ordenador estaba tirado en el suelo, al lado de la cama y apagado, tal como lo había dejado. Una luz brillaba en el móvil, anunciándome las notificaciones de comentarios por el nuevo capítulo que había subido.

El sonido de una puerta cerrándose volvió a alertarme. Si bajaba el volumen de mi respiración podía escuchar las pisadas, demasiado fuertes para ser de Sophia. ¿Había cerrado la puerta con llave? Quizás Soph la había dejado abierta al irse y no me había dado cuenta.

Con el corazón latiendo acelerado en la garganta, salí de

la cama y busqué con mis ojos en la penumbra de la habitación cualquier cosa que pudiera servirme como arma defensiva contra un posible ladrón. Sophia y yo apenas teníamos cosas y la reserva de dinero para la comida seguía en la hucha de la sala. No podía dejar que nadie nos robase.

Todavía en la penumbra miré a mi alrededor en busca de algún objeto que pudiera servirme, pero lo único que encontré fueron libros, ropa desordenada y sucia y el ordenador portátil.

Tomé una pesada enciclopedia contra mi pecho y me acerqué de puntillas a la puerta. Comencé a abrirla poco a poco, procurando no hacer ruido para poder pillar al ladrón desprevenido. Lo cierto era que yo valía mejor para ese trabajo que él, porque no era exactamente lo que se dice sigiloso. Tenía la esperanza de que fuese Sophia, que llegaba antes de tiempo a casa, pero algo en mi interior me decía que no era así.

Animada por el hecho de que los ruidos no habían cesado, terminé de abrir la puerta lo suficiente como para poder pasar mi cabeza a través de ella y así escrutar el salón. Una ventaja y a la vez desventaja de un piso pequeño era que no había apenas espacio para un pasillo, así que solo dos habitaciones quedaban escondidas, mientras que la mía daba directamente a la sala de estar.

Mi respiración se quedó trabada cuando descubrí la silueta del intruso, también caminando en la penumbra del salón. Estaba encorvado detrás del sofá, buscando algo en el suelo. Parpadeé, tratando forzosamente de ver mejor en la oscuridad. Era, decididamente, un hombre. Tal vez un chico joven, no parecía demasiado mayor, y...

¡Santa madre de Dios! ¡Estaba desnudo!

O prácticamente desnudo. Me pareció apreciar unos calzoncillos, pero no quise mirar demasiado en esa dirección.

Él continuaba mirando hacia el suelo y…

Sabía que tenía que actuar rápido, antes de que notase que me había despertado. Hice uso de la adrenalina que provocaba el miedo y terminé por salir de mi habitación. Avancé en el más completo silencio hacia él. Que todo estuviese oscuro sirvió para que no me viese hasta que fue demasiado tarde.

El chico, que debía tener mi edad, giró su rostro hacia mí al tiempo que yo subía la enciclopedia hacia arriba y la bajaba con toda la fuerza posible, directa a su cara.

Agradecimientos

Gracias.

Es una bonita palabra para empezar los agradecimientos, ¿verdad? Y además, lo expresa todo.

Cuando comencé *Mi plan D* en Wattpad, hace casi cinco años, jamás imaginé que llegaría a ser publicado. Mucho menos su segunda parte. Mucho menos el final que James y Kenzie merecían.

Si tengo que dar las gracias, primero va por vosotros, esos lectores fantasma y no tan fantasma que me animaban en Wattpad con cada comentario, cada *estrellita*, cada visita... Vuestro apoyo fue único, maravilloso, especial, el comienzo de mi sueño.

A mis amigos. A Lata (sí, Lata) y Ángel, que estuvieron desde el inicio.

A De, siempre preguntando e interesándose por esta faceta de mi vida que al final es de las que más disfruto.

A mi padre, que nunca deja de apoyarme.

A Ce, a Robert, a Doalto, a Tamara, a Celia, a Jenny, a Karen, a Almudena, a Lau, a Fina, a Gise, a Judith, a Nuria... ¡Deberíamos ir todas a Nueva York algún día!

A Anna y Ariadna, que lo hacen todo tan sumamente fácil. Trabajar con ellas no es trabajo, sino alegría.

A Judit, la maravillosa artista que consiguió ilustrar a Kenzie y a James (sin olvidarnos de Les y Hunter), tal y como estaban en mi mente.

Y si me pongo en estos agradecimientos podría extenderme hasta el infinito, pero así que sí, tú también estás aquí.

Gracias, esa palabra tan bonita para comenzar algo.

Para finalizarlo.

Porque nunca está de más decirla,

Gracias.

Tu opinión es importante.

Por favor, haznos llegar tus comentarios a través de nuestra web y nuestras redes sociales:

www.plataformaneo.com
www.facebook.com/plataformaneo
@plataformaneo

Plataforma Editorial planta un árbol por cada título publicado.

Kasie West vuelve a enamorarnos con una historia
de amor irresistiblemente ingeniosa,
cálida y llena de luz.
«Con ecos de La cenicienta,
esta obra es dulce y esperanzadora.»
Kirkus Reviews